こゝろ

夏目漱石

角川文庫
13391

目次

夏目漱石『こゝろ』——あらすじ

中村　明

上　先生と私

鎌倉で海水浴を楽しんでいた夏休み、脱衣所で眼鏡《めがね》を拾ったのがきっかけで「私」はある人物と知り合う。とっさに「先生」と呼び、東京の自宅をたびたび訪問する。世の中へ出る資格がないと、「先生」は学問がありながら仕事にも就《つ》かず、奥さんと二人ひっそりと暮らしている。雑司《ぞうし》ケ谷《や》の墓地に友人の墓参りに出かけるほかは外出もしない。「私」が墓参《ぼさん》の供《とも》を申し出ると、他人に話せない事情があって妻さえ連れて来たことがないと拒絶する。自分は寂《さび》しい人間だ…死という事実をまじめに考えたことがあるか…天罰で子供はできない…恋は罪悪だ、そして神聖なものだ…自分が信用できないから他人も信用しない…人は金を前にすると悪人に変わる。親友を亡《な》くしてから性格が変わったことを奥さんの話で知るが、そんな断片的な言葉の背景は依然なぞのまま、「私」はその人格にひかれる。一人ぐらいは信用して死にたいから、時機が来れば話すと「先生」は約束した。

中　両親と私

「私」は大学を卒業して故郷に帰る。親に勧められて「先生」に手紙で仕事の斡旋《あっせん》を頼むが、返事が来ない。病気の父が危篤《きとく》状態になったころ、一度会いたいという「先生」

の電報が舞い込む。家を出られないでいるうち、「先生」の分厚い手紙が書留《かきとめ》で届く。不安に襲《おそ》われながら開くと、この手紙が着くころにはもうこの世にいないという文句が目に飛び込む。死に瀕《ひん》した父を置き去りにしたまま、「私」は東京行きの汽車に飛び乗った。

下　先生と遺書　＊全体が遺書なので、ここの「私」は「先生」自身をさす。

二十歳前に相次いで両親を亡くし、叔父に遺産管理を任せて旧制高校に進学するが、叔父に裏切られ、人間不信に陥る。故郷を捨てて上京し、軍人の未亡人とその娘の住む家に下宿して大学に通う。同郷の友人Kの苦境に同情し、自分の下宿に同居させる。ところがある日、Kはお嬢さんに対するせつない恋を「私」に打ち明ける。前からお嬢さんに心ひかれていた「私」は、Kを出し抜いて先手を打つ。仮病《けびょう》を使って学校を休むことで、奥さんと二人だけの時間を作り出し、お嬢さんとの結婚を申し込んで承知させる。奥さんがその縁談を話すと、何も知らないKは一瞬変な顔をしたが、微笑を浮かべて祝福の言葉を述べたという。遺書にも怨《うら》みごと一つ残さず、Kは隣の部屋で頸動脈《けいどうみゃく》を切って死ぬ。

その後、大学を卒業してお嬢さんと結婚した「私」は、妻に打ち明けることもできず、ただKの墓前《ぼぜん》にひざまずくほかはない。親友を裏切って自殺に追い込んだ罪の意識にさいなまれながら、「私」は死んだつもりで生きていこうと決心する。やがて明治天皇の崩御《ほうぎょ》があり、乃木《のぎ》大将が殉死《じゅんし》を遂《と》げる。乃木は三十五年もの間、ひたすら死ぬ機会を待っていたという。明治という時代の精神に殉死するように、「私」も自らの死を決意する。

こゝろ

上　先生と私

一

私はその人を常に先生と呼んでいた。だからここでもただ先生と書くだけで本名は打ち明けない。これは世間をはばかる遠慮というよりも、そのほうが私にとって自然だからである。私はその人の記憶を呼び起こすごとに、すぐ「先生」と言いたくなる。筆を執っても心持ちは同じことである。よそよそしい頭文字《かしらもじ》などはとても使う気にならない。

私が先生と知り合いになったのは鎌倉《かまくら》である。その時私はまだ若々しい書生であった。暑中休暇を利用して海水浴に行った友だちからぜひ来いというはがきを受け取ったので、私は多少の金をくめんして、出かけることにした。私は金のくめんに二、三日を費やした。ところが私が鎌倉に着いて三日とたたないうちに、私を呼び寄せた友だちは、急に国もとから帰れという電報を受け取った。電報には母が病気だからと断わってあったけれども友だちはそれを信じなかった。友だちはかねてから国もとにいる親たちにすすまない結婚をしいられていた。彼は現代の習慣からいうと結婚するにはあまり年が若すぎた。それに肝心《かんじん》の当人が気にいらなかった。それで夏休みに当然帰るべきところを、わざと避けて東京の近くで遊んでいたのである。彼は電報を私に見せてどうしようと相談をした。私にはどうしていいかわからなかった。けれどもじっさい彼の母が病気であるとすれば彼はもとより帰るべきはずであった。それで彼はとうとう帰ることになった。せっかく来た私は一人《ひとり》取り残された。

学校の授業が始まるにはまだだいぶ日数《ひかず》があるので、鎌倉におってもよし、帰ってもいいという境遇にいた私は、当分元の宿に留まる覚悟をした。友だちは中国*のある資産家の息子《むすこ》で金に不自由のない男であったけれども、学校が学校なのと年が年なので、生活の程度は私とそう変りもしなかった。したがって一人ぼっちになった私はべつにかっこうな宿を捜すめんどうももたなかったのである。

宿は鎌倉でも辺鄙《へんぴ》な方角にあった。玉突きだのアイスクリームだのというハイカラなものには長い畷《なわて》を一つ越さなければ手が届かなかった。車で行っても二十銭は取られた。けれども個人の別荘はそこここにいくつでも建てられていた。それに海へはごく近いので海水浴をやるにはしごく便利な地位を占めていた。

私は毎日海へはいりに出かけた。古いくすぶり返った藁葺《わらぶき》の間を通り抜けて磯へおりると、この辺にこれほどの都会人種が住んでいるかと思うほど、避暑に来た男や女で砂の上が動いていた。ある時は海の中が銭湯《せんとう》のように黒い頭でごちゃごちゃしていることもあった。そのなかに知った人を一人ももたない私も、こういうにぎやかな景色の中につつまれて、砂の上に寝そべってみたり、膝頭《ひざがしら》を波に打たして、そこいらをはね回るのは愉快であった。

私はじつに先生をこの雑踏《ざっとう》の間に見つけ出したのである。その時海岸には掛茶屋《かけぢゃや》が二軒あった。私はふとしたはずみからその一軒のほうに行きなれていた。長谷辺*に大きな別荘を構えている人と違って、めいめいに専有の着替場をこしらえていないここいらの避暑客には、ぜひともこうした共同着替所といったふうなものが必要なのであった。彼らはここで茶を飲み、ここで休息するほかに、ここで海水着を洗濯《せんたく》させたり、ここで塩はゆい*からだを清めたり、ここへ帽子や傘《かさ》を預けたりするのである。海水着を持たない私にも持ち物を盗まれる恐れはあったので、私は海へはいるたびにその茶屋へいっさいを脱ぎすてることにしていた。

二

私がその掛茶屋で先生を見た時は、先生がちょうど着物を脱いでこれから海へはいろうとするところであった。私はその反対にぬれたからだを風に吹かして水から上がってきた。二人《ふたり》の間には目をさえぎる幾多の黒い頭が動いていた。特別の事情のないかぎり、私はついに先生を見のがしたかもしれなかった。それほど浜辺《はまべ》が混雑し、それほど私の頭が放漫であったにもかかわらず、私がすぐ先生を見つけ出したのは、先生が一人の西洋人をつれていたからである。

その西洋人のすぐれて白い皮膚の色が、掛茶屋へはいるやいなや、すぐ私の注意をひいた。純粋の日本《にほん》の浴衣《ゆかた》を着ていた彼は、それを床几《しょうぎ》の上にすぽりとほうり出したまま、腕組みをして海の方を向いて立っていた。彼は我々のはく猿股《さるまた》一つのほか何物も肌《はだ》に着けていなかった。私にはそれが第一不思議だった。私はその二日まえに由井《ゆい》が浜《はま》まで行って、砂の上にしゃがみながら、長いあいだ西洋人の海へ入る様子をながめていた。私の尻《しり》をおろした所は少し小高い丘の上で、そのすぐわきがホテル*の裏口になっていたので、私のじっとしているあいだに、だいぶ多くの男が塩を浴びに出てきたが、いずれも胴と腕と股《もも》は出していなかった。女はことさら肉を隠しがちであった。たいていは頭にゴム製の頭巾《ずきん》をかぶって、海老茶《えびちゃ》や紺や藍《あい》の色を波間に浮かしていた。そういうありさまを目撃したばかりの私の目には、猿股一つですましてみんなの前に立っているこの西洋人がいかにも珍らしく見えた。

彼はやがて自分のかたわらを顧みて、そこにこごんでいる日本人に、一言二言《ひとことふたこと》何か言った。その日本人は砂の上に落ちた手拭《てぬぐい》を拾い上げているところであったが、それを取り上げるやいなや、すぐ頭を包んで、海の方へ歩きだした。その人がすなわち先生であった。

私はたんに好奇心のために、並んで浜辺をおりて行く二人の後姿を見守っていた。すると彼らはまっすぐに波の中に足を踏み込んだ。そうして遠浅《とおあさ》の磯近くにわいわい騒いでいる多人数《たにんず》の間を通り抜けて、比較的広々した所へ来ると、二人とも泳ぎだした。彼らの頭が小さく見えるまで沖の方へ向いて行った。それから引き返してまた一直線に浜辺までもどってきた。掛茶屋へ帰ると、井戸の水も浴びずに、すぐからだをふいて着物を着て、さっさとどこへか行ってしまった。

彼らの出て行ったあと、私はやはりもとの床几に腰をおろして煙草《たばこ》を吹かしていた。その時私はぽかんとしながら先生のことを考えた。どうもどこかで見たことのある顔のように思われてならなかった。しかしどうしても、いつどこで会った人か思い出せずにしまった。

その時の私は屈託がないというよりむしろ無聊《ぶりょう》に苦しんでいた。それであくる日もまた先生に会った時刻をみはからって、わざわざ掛茶屋まで出かけてみた。すると西洋人は来ないで先生一人麦藁帽《むぎわらぼう》をかぶってやって来た。先生は眼鏡《めがね》をとって台の上に置いて、すぐ手拭で頭を包んで、すたすた浜をおりて行った。先生がきのうのように騒がしい浴客の中を通り抜けて、一人で泳ぎだした時、私は急にそのあとが追いかけたくなった。私は浅い水を頭の上まではねかして相当の深さの所まで来て、そこから先生を目標《めじるし》に抜手《ぬきで》を切った。するとと先生はきのうと違って、一種の弧線を描いて、妙な方向から岸の方へ帰りはじめた。

それで私の目的はついに達せられなかった。私が陸《おか》へ上がって雫《しずく》のたれる手を振りながら掛茶屋にはいると、先生はもうちゃんと着物を着て入れ違いに外へ出て行った。

三

私は次の日も同じ時刻に浜へ行って先生の顔を見た。その次の日にもまた同じ事をくり返した。けれども物を言いかける機会も、挨拶《あいさつ》をする場合も、二人の間には起こらなかった。そのうえ先生の態度はむしろ非社交的であった。一定の時刻に超然として来て、また超然と帰って行った。周囲がいくらにぎやかでも、それにはほとんど注意をはらう様子が見えなかった。最初いっしょに来た西洋人はその後まるで姿を見せなかった。先生はいつでも一人であった。

ある時先生が例のとおりさっさと海から上がって来て、いつもの場所に脱ぎすてた浴衣《ゆかた》を着ようとすると、どうしたわけか、その浴衣に砂がいっぱいついていた。先生はそれを落すために、後向きになって、浴衣を二、三度ふるった。すると着物の下に置いてあった眼鏡が板の隙間《すきま》から下へ落ちた。先生は白絣《しろがすり》の上へ兵児帯《へこおび》を締めてから、眼鏡のなくなったのに気がついたとみえて、急にそこいらを捜しはじめた。私はすぐ腰掛けの下へ首と手を突っ込んで眼鏡を拾い出した。先生はありがとうと言って、それを私の手から受け取った。

次の日私は先生のあとにつづいて海へ飛び込んだ。そうして先生といっしょの方角に泳いで行った。二丁ほど沖へ出ると、先生は後を振り返って私に話しかけた。広い青い海の表面に浮いているものは、その近所に私ら二人よりほかになかった。そして強い太陽の光が、目の届くかぎり水と山とを照らしていた。私は自由と歓喜にみちた筋肉を動かして海の中でおどり狂った。先生はまたぱたりと手足の運動をやめて仰向《あおむ》けになったまま波の上に寝た。私もそのまねをした。青空の色がぎらぎらと目を射るように痛烈な色を私の顔に投げつけた。「愉快ですね」と私は大きな声を出した。

しばらくして海の中で起き上がるように姿勢を改めた先生は、「もう帰りませんか」と言って私をうながした。比較的強い体質をもった私は、もっと海の中で遊んでいたかった。しかし先生から誘われた時、私はすぐ「ええ帰りましょう」と快よく答えた。そうして二人でまたもとの道を浜辺へ引き返した。

私はこれから先生と懇意《こんい》になった。しかし先生がどこにいるかはまだ知らなかった。

それから中二日おいてちょうど三日目の午後だったと思う。先生と掛茶屋で出会った時、先生は突然私に向かって、「君はまだだいぶ長くここにいるつもりですか」と聞いた。考えのない私はこういう問に答えるだけの用意を頭の中にたくわえていなかった。それで「どうだかわかりません」と答えた。しかしにやにや笑っている先生の顔を見た時、私は急にきまりが悪くなった。「先生は?」と聞き返さずにはいられなかった。これが私の口を出た先生という言葉の始まりである。
私はその晩先生の宿を尋ねた。宿といってもふつうの旅館と違って、広い寺の境内《けいだい》にある別荘のような建物であった。そこに住んでいる人の先生の家族でないこともわかった。私が先生先生と呼びかけるので、先生は苦笑いをした。私はそれが年長者に対する私の口癖《くちぐせ》だと言って弁解した。私はこのあいだの西洋人のことを聞いてみた。先生は彼の風変りのところや、もう鎌倉にいないことや、いろいろの話をしたすえ、日本人にさえあまり交際《つきあい》をもたないのに、そういう外国人と近づきになったのは不思議だと言ったりした。私は最後に先生に向かって、どこかで先生を見たように思うけれども、どうしても思い出せないと言った。若い私はその時暗に相手も私と同じような感じをもっていはしまいかと疑った。そうして腹の中で先生の返事を予期してかかった。ところが先生はしばらく沈吟したあとで、「どうも君の顔には見覚えがありませんね。人違いじゃないですか」と言ったので私はへんに一種の失望を感じた。

四

私は月の末に東京へ帰った。先生の避暑地を引き上げたのはそれよりずっとまえであった。私は先生と別れる時に、「これからおりおりお宅へ伺ってもよござんすか」と聞いた。先生は簡単にただ「ええいらっしゃい」と言っただけであった。その時分の私は先生とよほど懇意になったつもりでいたので、先生からもう少し濃《こま》やかな言葉を予期してかかったのである。それでこの物足りない返事が少し私の自信をいためた。

私はこういうことでよく先生から失望させられた。先生はそれに気がついているようでもあり、またまったく気がつかないようでもあった。私はまた軽微な失望をくり返しながら、それがために先生から離れて行く気にはなれなかった。むしろそれとは反対で、不安にうごかされるたびに、もっと前へ進みたくなった。もっと前へ進めば、私の予期するあるものが、いつか目の前に満足に現われてくるだろうと思った。私は若かった。けれどもすべての人間に対して、若い血がこうすなおに働こうとは思わなかった。私はなぜ先生に対してだけ、こんな心持ちが起こるのかわからなかった。それが先生の亡《な》くなった今日になって、はじめてわかってきた。先生ははじめから私をきらっていたのではなかったのである。先生が私に示した時々の素気《そっけ》ない挨拶や冷淡にみえる動作は、私を遠ざけようとする不快の表現ではなかったのである。いたましい先生は、自分に近づこうとする人間に、近づくほどの価値のないものだからよせという警告を与えたのである。ひとのなつかしみに応じない先生は、ひとを軽蔑《けいべつ》するまえに、まず自分を軽蔑していたものとみえる。

私はむろん先生をたずねるつもりで東京へ帰って来た。帰ってから授業の始まるまでにはまだ二週間の日数《ひかず》があるので、そのうちに一度行っておこうと思った。しかし帰って二日三日とたつうちに、鎌倉にいた時の気分がだんだん薄くなってきた。そうしてそのうえに彩《いろど》られる大都会の空気が、記憶の復活に伴なう強い刺激とともに、濃く私の心を染めつけた。私は往来で学生の顔を見るたびに新しい学年に対する希望と緊張とを感じた。私はしばらく先生のことを忘れた。

授業が始まって、一か月ばかりすると私の心に、また一種の弛《たる》みができてきた。私はなんだか不足な顔をして往来を歩きはじめた。物欲しそうに自分の部屋《へや》の中を見回した。私の頭には再び先生の顔が浮いて出た。私はまた先生に会いたくなった。

はじめて先生の家をたずねた時、先生は留守《るす》であった。二度目に行ったのは次の日曜だと覚えている。晴れた空が身にしみ込むように感ぜられるいい日和《ひより》であった。その日も先生は留守であった。鎌倉にいた時、私は先生自身の口から、いつでもたいてい家にいるということを聞いた。むしろ外出ぎらいだということも聞いた。二度来て二度とも会えなかった私は、その言葉を思い出して、理由《わけ》もない不満をどこかに感じた。私はすぐ玄関先を去らなかった。下女の顔を見て少し躊躇《ちゅうちょ》してそこに立っていた。このまえ名刺を取次いだ記憶のある下女は、私を待たしておいてまた内へはいった。すると奥さんらしい人が代って出て来た。美しい奥さんであった。

私はその人から丁寧に先生の出先《でさき》を教えられた。先生は例月その日になると雑司《ぞうし》ケ谷《や》の墓地にあるある仏へ花を手向《たむ》けに行く習慣なのだそうである。「たった今出たばかりで、十分になるか、ならないかでございます」と奥さんは気の毒そうに言ってくれた。私は会《え》釈して外へ出た。にぎやかな町の方へ一丁ほど歩くと、私も散歩がてら雑司ヶ谷へ行ってみる気になった。先生に会えるか会えないかという好奇心も動いた。それですぐ踵《きびす》をめぐらした。

五

私は墓地の手前にある苗畑の左側からはいって、両方に楓《かえで》を植えつけた広い道を奥の方へ進んで行った。するとその端《はず》れに見える茶店《ちゃみせ》の中から先生らしい人がふいと出て来た。私はその人の眼鏡《めがね》の縁が日に光るまで近く寄っていった。そうしてだしぬけに「先生」と大きな声をかけた。先生は突然立ち留まって私の顔を見た。

「どうして……、どうして……」

先生は同じ言葉を二へんくり返した。その言葉は森閑とした昼のうちに異様な調子をもってくり返された。私は急になんとも応《こた》えられなくなった。

「私のあとをつけて来たのですか。どうして……」

先生の態度はむしろおちついていた。声はむしろ沈んでいた。けれどもその表情のうちには、はっきり言えないような一種の曇りがあった。

私は私がどうしてここへ来たかを先生に話した。

「だれの墓へ参りに行ったか、妻《さい》がその人の名を言いましたか」

「いいえ、そんなことは何もおっしゃいません」

「そうですか。――そう、それは言うはずがありませんね、はじめて会ったあなたに。言う必要がないんだから」

　先生はようやく得心したらしい様子であった。しかし私にはその意味がまるでわからなかった。先生と私は通りへ出ようとして墓の間を抜けた。依撒伯拉《イザベラ》*何々の墓だの、神僕ロギンの墓だのというかたわらに、一切衆生悉有仏生《いっさいしゅじょうしつうぶっしょう》*と書いた塔婆《とうば》などが建ててあった。全権公使何々というのもあった。私は安得烈*と彫りつけた小さい墓の前で、「これはなんと読むんでしょう」と先生に聞いた。「アンドレとでも読ませるつもりでしょうね」と言って先生は苦笑した。

　先生はこれらの墓標が現わす人さまざまの様式に対して、私ほどに滑稽《こっけい》もアイロニー*も認めてないらしかった。私が丸い墓石だの細長い御影《みかげ》*の碑だのをさして、しきりにかれこれ言いたがるのを、はじめのうちは黙って聞いていたが、しまいに「あなたは死という事実をまだまじめに考えたことがありませんね」と言った。私は黙った。先生もそれぎりなんとも言わなくなった。

　墓地の区切り目に、大きな銀杏《いちょう》が一本空を隠すように立っていた。その下へ来た時、先生は高い梢《こずえ》を見上げて、「もう少しすると、きれいですよ。この木がすっかり黄葉《こうよう》して、ここいらの地面は金色の落葉《おちば》で埋まるようになります」と言った。先生は月に一度ずつは必ずこの木の下を通るのであった。

向こうの方で凸凹《でこぼこ》の地面をならして新墓地を作っている男が、鍬《くわ》の手を休めて私たちを見ていた。私たちはそこから左へ切れてすぐ街道《かいどう》へ出た。

これからどこへ行くという目的《あて》のない私は、ただ先生の歩く方へ歩いて行った。先生はいつもより口数《くちかず》をきかなかった。それでも私はさほどの窮屈を感じなかったので、ぶらぶらいっしょに歩いて行った。

「すぐお宅へお帰りですか」

「ええべつに寄る所もありませんから」

二人はまた黙って南の方へ坂をおりた。

「先生のお宅の墓地はあすこにあるんですか」と私がまた口をききだした。

「いいえ」

「どなたのお墓があるんですか。――御親類のお墓ですか」

「いいえ」

先生はこれ以外に何も答えなかった。私もその話はそれぎりにして切り上げた。すると一町ほど歩いたあとで、先生が不意にそこへもどって来た。

「あすこには私の友だちの墓があるんです」

「お友だちのお墓へ毎月お参りをなさるんですか」

「そうです」

先生はその日これ以外を語らなかった。

六

私はそれから時々先生を訪問するようになった。行くたびに先生は在宅であった。先生に会う度数が重なるにつれて、私はますます繁く先生の玄関へ足を運んだ。

けれども先生の私に対する態度ははじめて挨拶をした時も、懇意になったそののちも、あまり変りはなかった。先生はいつも静かであった。ある時は静かすぎて寂しいくらいであった。私は最初から先生には近づきがたい不思議があるように思っていた。それでいて、どうしても近づかなければいられないという感じが、どこかに強く働いた。こういう感じを先生に対してもっていたものは、多くの人のうちで、あるいは私だけかもしれない。しかしその私だけにはこの直感がのちになって事実の上に証拠立てられたのだから、私は若々しいと言われても、ばかげていると笑われても、それを見越した自分の直覚を、とにかく頼もしくまたうれしく思っている。人間を愛しうる人、愛せずにはいられない人、それでいて自分の懐《ふところ》にはいろうとするものを、手をひろげて抱き締めることのできない人、――これが先生であった。

今言ったとおり先生はしじゅう静かであった。おちついていた。けれども時として変な曇りが、その顔を横切ることがあった。窓に黒い鳥影がさすように。さすかと思うと、すぐ消えるには消えたが。私がはじめてその曇りを先生の眉間《みけん》に認めたのは、雑司ヶ谷の墓地で、不意に先生を呼びかけた時であった。私はその異様の瞬間に、今まで快よく流れていた心臓の潮流をちょっと鈍らせた。しかしそれはたんに一時の結滞にすぎなかった。私の心は五分とたたないうちに平素の弾力を回復した。私はそれぎり暗そうなこの雲の影を忘れてしまった。ゆくりなくまたそれを思い出させられたのは、小春《こはる》の尽きるにまのないある晩のことであった。

先生と話していた私は、ふと先生がわざわざ注意してくれた銀杏の大樹を目の前に思い浮べた。勘定してみると、先生が毎月例として墓参に行く日が、それからちょうど三日目に当っていた。その三日目は私の課業が午《ひる》で終る楽な日であった。私は先生に向かってこう言った。

「先生雑司ヶ谷の銀杏はもう散ってしまったでしょうか」

「まだ空坊主《からぼうず》にはならないでしょう」

先生はそう答えながら私の顔を見守った。そうしてそこからしばし目を離さなかった。私はすぐ言った。

「今度お墓参りにいらっしゃる時にお伴をしてもよござんすか。私は先生といっしょにあすこいらが散歩してみたい」

「私は墓参りに行くんで、散歩に行くんじゃないですよ」

「しかしついでに散歩をなすったらちょうどいいじゃありませんか」

先生はなんとも答えなかった。しばらくしてから、「私のは本当の墓参りだけなんだから」と言って、どこまでも墓参と散歩を切り離そうとするふうにみえた。私と行きたくない口実だかなんだか、私にはその時の先生が、いかにも子供らしくて変に思われた。私はなおと先へ出る気になった。

「じゃお墓参りでもいいからいっしょにつれていってください。私もお墓参りをしますから」

じっさい私には墓参と散歩との区別がほとんど無意味のように思われたのである。すると先生の眉《まゆ》がちょっと曇った。目のうちにも異様の光が出た。それは迷惑とも嫌悪《けんお》とも畏《い》怖《ふ》とも片づけられない微かな不安らしいものであった。私はたちまち雑司ケ谷で「先生」と呼びかけた時の記憶を強く思い起こした。二つの表情はまったく同じだったのである。

「私は」と先生が言った。「私はあなたに話すことのできないある理由があって、ひととといっしょにあすこへ墓参りには行きたくないのです。自分の妻《さい》さえまだつれて行ったことがないのです」

七

私は不思議に思った。しかし私は先生を研究する気で、その家《うち》へ出入りをするのではなかった。私はただそのままにしてうちすぎた。今考えるとその時の私の態度は、私の生活のうちでむしろ尊《たっと》むべきものの一つであった。私はまったくそのために先生と人間らしい温かい交際《つきあい》ができたのだと思う。もし私の好奇心がいくぶんでも先生の心に向かって、研究的に働きかけたなら、二人の間をつなぐ同情の糸は、なんの容赦もなくその時ふつりと切れてしまったろう。若い私はまったく自分の態度を自覚していなかった。それだから尊いのかもしれないが、もしまちがえて裏へ出たとしたら、どんな結果が二人の仲に落ちて来たろう。私は想像してもぞっとする。先生はそれでなくても、冷たい眼《まなこ》で研究されるのを絶えず恐れていたのである。

私は月に二度もしくは三度ずつ必ず先生の家《うち》へ行くようになった。私の足がだんだん繁くなった時のある日、先生は突然私に向かって聞いた。

「あなたはなんでそうたびたび私のようなものの家《うち》へやって来るのですか」

「なんでといって、そんな特別な意味はありません。——しかしおじゃまなんですか」

「じゃまだとは言いません」

なるほど迷惑という様子は、先生のどこにも見えなかった。私は先生の交際の範囲のきわめて狭いことを知っていた。先生のもとの同級生などで、そのころ東京にいるものはほとんど二人か三人しかないということも知っていた。先生と同郷の学生などには時たま座敷で同座する場合もあったが、彼らのいずれもはみんな私ほど先生に親しみをもっていないように見受けられた。

「私は寂しい人間です」と先生が言った。「だからあなたの来てくださることを喜んでいます。だから、なぜそうたびたび来るのかといって聞いたのです」

「そりゃまたなぜです」

私がこう聞き返した時、先生はなんとも答えなかった。ただ私の顔を見て「あなたは幾《いく》歳《つ》ですか」と言った。

この問答は私にとってすこぶる不得要領のものであったが、私はその時底まで押さずに帰ってしまった。しかもそれから四日とたたないうちにまた先生を訪問した。先生は座敷へ出るやいなや笑いだした。

「また来ましたね」と言った。

「ええ来ました」と言って自分も笑った。

私はほかの人からこう言われたら、きっとしゃくにさわったろうと思う。しかし先生にこう言われた時は、まるで反対であった。しゃくにさわらないばかりでなく、かえって愉快だった。

「私は寂しい人間です」と先生はその晩またこのあいだの言葉をくり返した。「私は寂しい人間ですが、ことによるとあなたも寂しい人間じゃないですか。私は寂しくっても年を取っているから、動かずにいられるが、若いあなたはそうはいかないのでしょう。動けるだけ動きたいのでしょう。動いて何かにぶつかりたいのでしょう。……」

「私はちっとも寂《さむ》しくはありません」

「若いうちほど寂《さむ》しいものはありません。そんならなぜあなたはそうたびたび私の家《うち》へ来るのですか」

ここでもこのあいだの言葉がまた先生の口からくり返された。

「あなたは私に会ってもおそらくまだ寂しい気がどこかでしているでしょう。私にはあなたのためにその寂しさを根元《ねもと》から引き抜いてあげるだけの力がないんだから。あなたはほかの方を向いていまに手を広げなければならなくなります。いまに私の家《うち》の方へは足が向かなくなります」

先生はこう言って寂しい笑い方をした。

八

さいわいにして先生の予言は実現されずにすんだ。経験のない当時の私は、この予言のうちに含まれている明白な意義さえ了解しえなかった。私は依然として先生に会いに行った。そのうちいつのまにか先生の食卓で飯を食うようになった。自然の結果奥さんとも口をきかなければならないようになった。

ふつうの人間として私は女に対して冷淡ではなかった。けれども年の若い私の今まで経過してきた境遇からいって、私はほとんど交際らしい交際を女に結んだことがなかった。それが原因かどうかは疑問だが、私の興味は往来で出会う知りもしない女に向かって多く働くだけであった。先生の奥さんにはそのまえ玄関で会った時、美しいという印象を受けた。それから会うたびに同じ印象を受けないことはなかった。しかしそれ以外に私はこれといって特に奥さんについて語るべき何物ももたないような気がした。

これは奥さんに特色がないというよりも、特色を示す機会が来なかったのだと解釈するほうが正当かもしれない。しかし私はいつでも先生に付属した一部分のような心持ちで奥さんに対していた。奥さんも自分の夫の所へ来る書生だからという好意で、私を遇していたらしい。だから中間に立つ先生を取りのければ、つまり二人はばらばらになっていた。それではじめて知り合いになった時の奥さんについては、ただ美しいというほかになんの感じも残っていない。

ある時私は先生の家《うち》で酒を飲まされた。その時奥さんが出て来てそばで酌《しゃく》をしてくれた。先生はいつもより愉快そうにみえた。奥さんに「お前も一つおあがり」と言って、自分の飲み干した杯を差した。奥さんは「私は……」と辞退しかけたあと、迷惑そうにそれを受け取った。奥さんはきれいな眉を寄せて、私の半分ばかりついであげた杯を、唇《くちびる》の先へ持っていった。奥さんと先生のあいだに下《しも》のような会話が始まった。

「珍しいこと。私に飲めとおっしゃったことはめったにないのにね」

「お前はきらいだからさ。しかしたまには飲むといいよ。いい心持ちになるよ」

「ちっともならないわ。苦しいぎりで。でもあなたはたいへん御愉快そうね、少し御酒を召しあがると」

「時によるとたいへん愉快になる。しかしいつでもというわけにはいかない」

「今夜はいかがです」

「今夜はいい心持ちだね」

「これから毎晩少しずつ召しあがるとよござんすよ」

「そうはいかない」

「召しあがってくださいよ。そのほうが寂《さむ》しくなくっていいから」

先生の宅は夫婦と下女だけであった。行くたびにたいていはひそりとしていた。高い笑い声などの聞こえるためしはまるでなかった。ある時は家《うち》の中にいるものは先生と私だけのような気がした。

「子供でもあるといいんですがね」と奥さんは私の方を向いて言った。私は「そうですな」と答えた。しかし私の心にはなんの同情も起こらなかった。子供を持ったことのないその時の私は、子供をただうるさいもののように考えていた。

「一人もらってやろうか」と先生が言った。

「もらいっ子じゃ、ねえあなた」と奥さんはまた私の方を向いた。

「子供はいつまでたったってできっこないよ」と先生が言った。

奥さんは黙っていた。「なぜです」と私が代りに聞いた時先生は「天罰だからさ」と言って高く笑った。

九

私の知るかぎり先生と奥さんとは、仲のいい夫婦の一対《いっつい》であった。家庭の一員として暮らしたことのない私のことだから、深い消息はむろんわからなかったけれども、座敷で私と対座している時、先生は何かのついでに、下女を呼ばないで、奥さんを呼ぶことがあった。（奥さんの名は静《しず》といった）先生は「おい静」といつでも襖《ふすま》の方を振り向いた。その呼びかたが私には優しく聞こえた。返事をして出て来る奥さんの様子もはなはだ素直《すなお》であった。時たまごちそうになって、奥さんが席へ現われる場合などには、この関係がいっそう明らかに二人の間に描き出されるようであった。

先生は時々奥さんをつれて、音楽会だの芝居だのに行った。それから夫婦づれで一週間以内の旅行をしたことも、私の記憶によると、二、三度以上あった。私は箱根《はこね》からもらった絵はがきをまだ持っている。日光《にっこう》へ行った時は紅葉《もみじ》の葉を一枚封じ込めた郵便ももらった。

当時の私の目に映った先生と奥さんの間柄《あいだがら》はまずこんなものであった。そのうちにたった一つの例外があった。ある日私がいつものとおり、先生の玄関から案内を頼もうとすると、座敷の方でだれかの話し声がした。よく聞くと、それが尋常の談話でなくって、どうもいさかいらしかった。先生の家《うち》は玄関の次がすぐ座敷になっているので、格子《こうし》の前に立っていた私の耳にそのいさかいの調子だけはほぼわかった。そうしてそのうちの一人が先生だということも、時々高まって来る男のほうの声でわかった。相手は先生よりも低い音《おん》なので、だれだかはっきりしなかったが、どうも奥さんらしく感ぜられた。泣いているようでもあった。私はどうしたものだろうと思って玄関先で迷ったが、すぐ決心をしてそのまま下宿へ帰った。

妙に不安な心持ちが私を襲ってきた。私は書物を読んでものみこむ能力を失ってしまった。約一時間ばかりすると先生が窓の下へ来て私の名を呼んだ。私は驚いて窓をあけた。先生は散歩しようと言って、下から私を誘った。さっき帯の間へくるんだままの時計を出して見ると、もう八時過ぎであった。私は帰ったなりまだ袴《はかま》を着けていた。私はそれなりすぐ表へ出た。

その晩私は先生といっしょにビールを飲んだ。先生は元来酒量に乏しい人であった。ある程度まで飲んで、それで酔えなければ、酔うまで飲んでみるという冒険のできない人であった。

「きょうはだめです」と言って先生は苦笑した。

「愉快になれませんか」と私は気の毒そうに聞いた。

私の腹の中にはしじゅうさっきの事がひっかかっていた。肴《さかな》の骨が咽喉《のど》に刺さった時のように、私は苦しんだ。打ち明けてみようかと考えたり、よしたほうがよかろうかと思い直したりする動揺が、妙に私の様子をそわそわさせた。

「君、今夜はどうかしていますね」と先生のほうから言いだした。「じつは私も少し変なのですよ。君にわかりますか」

私はなんの答えもしなかった。

「じつはさっき妻《さい》と少し喧嘩《けんか》をしてね。それでくだらない神経を興奮させてしまったんです」と先生がまた言った。

「どうして……」

私には喧嘩という言葉が口へ出てこなかった。

「妻が私を誤解するのです。それを誤解だと言ってきかせても承知しないのです。つい腹を立てたのです」

「どんなに先生を誤解なさるんですか」

先生は私のこの問に答えようとはしなかった。

「妻《さい》が考えているような人間なら、私だってこんなに苦しんでいやしない」

先生がどんなに苦しんでいるか、これも私には想像の及ばない問題であった。

一〇

二人《ふたり》が帰るとき歩きながらの沈黙が一丁も二丁もつづいた。そのあとで突然先生が口をききだした。

「悪いことをした。おこって出たから妻はさぞ心配をしているだろう。考えると女はかあいそうなものですね。私の妻など私よりほかにまるで頼りにするものがないんだから」

先生の言葉はちょっとそこでとぎれたが、べつに私の返事を期待する様子もなく、すぐその続きへ移っていった。

「そういうと、夫のほうはいかにも心丈夫《こころじょうぶ》のようで少し滑稽《こっけい》だが。君、私は君の目にどう映りますかね。強い人に見えますか、弱い人に見えますか」

「中ぐらいに見えます」と私は答えた。この答は先生にとって少し案外らしかった。先生はまた口を閉じて、無言で歩きだした。

先生の家《うち》へ帰るには私の下宿のついそばを通るのが順路であった。私はそこまで来て、曲がり角で分かれるのが先生にすまないような気がした。「ついでにお宅の前までお伴しましょうか」と言った。先生はたちまち手で私をさえぎった。

「もうおそいから早く帰りたまえ。私も早く帰ってやるんだから、細君《さいくん》のために」

先生が最後につけ加えた「細君のために」という言葉は妙にその時私の心を暖かにした。私はその言葉のために、帰ってから安心して寝ることができた。私はその後も長いあいだこの「細君のために」という言葉を忘れなかった。

先生と奥さんのあいだに起こった波瀾《はらん》が、大したものでないことはこれでもわかった。それがまためったに起こる現象でなかったことも、その後絶えず出入《でいり》をしてきた私にはほぼ推察ができた。それどころか先生はある時こんな感想すら私にもらした。

「私は世の中で女というものをたった一人《ひとり》しか知らない。妻《さい》以外の女はほとんど女として私に訴えないのです。妻のほうでも私を天下にただ一人しかない男と思ってくれています。そういう意味からいって、私々は最も幸福に生まれた人間の一対《いっつい》であるべきはずです」

私は今前後の行きがかりを忘れてしまったから、先生がなんのためにこんな自白を私にして聞かせたのか、はっきり言うことができない。けれども先生の態度のまじめであったのと、調子の沈んでいたのとは、いまだに記憶に残っている。その時ただ私の耳に異様に響いたのは、「最も幸福に生まれた人間の一対であるべきはずです」という最後の一句であった。先生はなぜ幸福な人間と言いきらないで、あるべきはずであると断わったのか。私にはそれだけが不審であった。ことにそこへ一種の力を入れた先生の語気が不審であった。先生は事実はたして幸福なのだろうか、また幸福であるべきはずでありながら、それほど幸福でないのだろうか。私は心のうちで疑ぐらざるをえなかった。けれどもその疑いは一時かぎりどこかへ葬むられてしまった。

私はそのうち先生の留守《るす》に行って、奥さんと二人さし向かいで話をする機会に出会った。先生はその日横浜を出帆する汽船に乗って外国へ行くべき友人を新橋《しんばし》*へ送りに行って留守であった。横浜から船に乗る人が、朝八時半の汽車で新橋を立つのはそのころの習慣であった。私はある書物について先生に話してもらう必要があったので、あらかじめ先生の承諾を得たとおり、約束の九時に訪問した。先生の新橋行は前日わざわざ告別に来た友人に対する礼儀としてその日突然起こった出来事であった。先生はすぐ帰るから留守でも私に待っているようにと言い残して行った。それで私は座敷へ上がって、先生を待つあいだ、奥さんと話をした。

二

その時の私はすでに大学生であった。はじめ先生の家《うち》へ来たころから見るとずっと成人した気でいた。奥さんともだいぶ懇意になったのちであった。私は奥さんに対してなんの窮屈も感じなかった。さし向かいでいろいろの話をした。しかしそれは特色のないただの談話だから、今ではまるで忘れてしまった。そのうちでたった一つ私の耳に留まったものがある。しかしそれを話すまえに、ちょっと断わっておきたいことがある。先生は大学出身*であった。これははじめから私に知れていた。しかし先生の何もしないで遊んでいるということは、東京へ帰って少したってからはじめてわかった。私はその時どうして遊んでいられるのかと思った。

先生はまるで世間に名前を知られていない人であった。だから先生の学問や思想については、先生と密接の関係をもっている私よりほかに敬意をはらうもののあるべきはずがなかった。それを私は常に惜しいことだと言った。先生はまた「私のようなものが世の中へ出て、口をきいてはすまない」と答えるぎりで、取り合わなかった。私にはその答が謙遜《けんそん》すぎてかえって世間を冷評するようにも聞こえた。じっさい先生は時々昔の同級生で今著名になっているだれかれをとらえて、ひどく無遠慮な批評を加えることがあった。それで私はろこつにその矛盾《むじゅん》をあげてうんぬんしてみた。私の精神は反抗の意味というよりも、世間が先生を知らないで平気でいるのが残念だったからである。その時先生は沈んだ調子で、「どうしても私は世間に向かって働きかける資格のない男だからしかたがありません」と言った。先生の顔には深い一種の表情がありありと刻まれた。私にはそれが失望だか、不平だか、悲哀だか、わからなかったけれども、なにしろ二の句のつげないほどに強いものだったので、私はそれぎり何も言う勇気が出なかった。

私が奥さんと話しているあいだに、問題がしぜん先生の事からそこへ落ちてきた。

「先生はなぜああやって、家《うち》で考えたり勉強したりなさるだけで、世の中へ出て仕事をなさらないんでしょう」

「あの人はだめですよ。そういうことがきらいなんですから」

「つまりくだらないことだと悟っていらっしゃるんでしょうか」

「悟るの悟らないのって、――そりゃ女だからわたくしにはわかりませんけれど、おそらくそんな意味じゃないでしょう。やっぱり何かやりたいのでしょう。それでいてできないんです。だから気の毒ですわ」

「しかし先生は健康からいって、べつにどこも悪いところはないようじゃありませんか」

「丈夫《じょうぶ》ですとも。なんにも持病はありません」

「それでなぜ活動ができないんでしょう」

「それがわからないのよ、あなた。それがわかるくらいなら私だって、こんなに心配しやしません。わからないから気の毒でたまらないんです」

奥さんの語気には非常に同情があった。それでも口もとだけには微笑が見えた。外からいえば、私のほうがむしろまじめだった。私はむずかしい顔をして黙っていた。すると奥さんが急に思い出したようにまた口を開いた。

「若い時はあんな人じゃなかったんですよ。若い時はまるで違っていました。それがまったく変ってしまったんです」

「若い時っていつごろですか」と私が聞いた。

「書生時代よ」

「書生時代から先生を知っていらっしゃったんですか」

奥さんは急に薄赤い顔をした。

三

奥さんは東京の人であった。それはかつて先生からも奥さん自身からも聞いて知っていた。奥さんは「本当いうと合《あい》の子なんですよ」と言った。奥さんの父親はたしか鳥取かどこかの出であるのに、お母《かあ》さんの方はまだ江戸といった時分の市《いち》ヶ谷《や》で生まれた女なので、奥さんは冗談半分そう言ったのである。ところが先生はまったく方角違いの新潟県人であった。だから奥さんがもし先生の書生時代を知っているとすれば、郷里の関係からでないことは明らかであった。しかし薄赤い顔をした奥さんはそれより以上の話をしたくないようだったので、私のほうでも深くは聞かずにおいた。

先生と知り合いになってから先生の亡《な》くなるまでに、私はずいぶんいろいろの問題で先生の思想や情操に触れてみたが、結婚当時の状況については、ほとんどなにものも聞きえなかった。私は時によると、それを善意に解釈してもみた。年輩の先生のことだから、艶《なま》めかしい回想などを若いものに聞かせるのはわざと慎んでいるのだろうと思った。時によると、またそれを悪くも取った。先生にかぎらず、奥さんにかぎらず、二人とも私に比べると、一時代まえの因襲のうちに成人したために、そういう艶《つや》っぽい問題になると、正直に自分を開放するだけの勇気がないのだろうと考えた。もっともどちらも推測にすぎなかった。そうしてどちらの推測の裏にも、二人の結婚の奥に横たわる花やかなロマンスの存在を仮定していた。

私の仮定ははたして誤らなかった。けれども私はただ恋の半面だけを想像に描きえたにすぎなかった。先生は美しい恋愛の裏に、恐ろしい悲劇をもっていた。そうしてその悲劇のどんなに先生にとってみじめなものであるかは相手の奥さんにまるで知れていなかった。奥さんは今でもそれを知らずにいる。先生はそれを奥さんに隠して死んだ。先生は奥さんの幸福を破壊するまえに、まず自分の生命を破壊してしまった。

私は今この悲劇について何事も語らない。その悲劇のためにむしろ生まれ出たともいえる二人の恋愛については、さっき言ったとおりであった。二人とも私にはほとんど何も話してくれなかった。奥さんは慎みのために、先生はまたそれ以上の深い理由のために。

ただ一つ私の記憶に残っている事がある。ある時花時分に私は先生といっしょに上野《うえの》へ行った。そうしてそこで美しい一対の男女《なんにょ》を見た。彼らはむつまじそうに寄り添って花の下を歩いていた。場所が場所なので、花よりもそちらを向いて目をそばだてている人がたくさんあった。

「新婚の夫婦のようだね」と先生が言った。

「仲がよさそうですね」と私が答えた。

先生は苦笑さえしなかった。二人の男女を視線の外に置くような方角へ足を向けた。それから私にこう聞いた。

「君は恋をしたことがありますか」

私はないと答えた。

「恋をしたくはありませんか」

私は答えなかった。

「したくないことはないでしょう」

「ええ」

「君は今あの男と女を見て、冷評《ひやか》しましたね。あの冷評《ひやかし》のうちには君が恋を求めながら相手を得られないという不快の声が交っていましょう」

「そんなふうに聞こえましたか」

「聞こえました。恋の満足を味わっている人はもっと暖かい声を出すものです。しかし……しかし君、恋は罪悪ですよ。わかっていますか」

私は急に驚かされた。なんとも返事をしなかった。

三

我々は群集の中にいた。群集はいずれもうれしそうな顔をしていた。そこを通り抜けて、花も人も見えない森の中へ来るまでは、同じ問題を口にする機会がなかった。

「恋は罪悪ですか」と私がその時突然聞いた。

「罪悪です。たしかに」と答えた時の先生の語気はまえと同じように強かった。

「なぜですか」

「なぜだかいまにわかります。いまにじゃない、もうわかっているはずです。あなたの心はとっくの昔からすでに恋で動いているじゃありませんか」

私は一応自分の胸の中を調べてみた。けれどもそこは案外に空虚であった。思いあたるようなものはなんにもなかった。

「私の胸の中にこれという目的物は一つもありません。私は先生に何も隠してはいないつもりです」

「目的物がないから動くのです。あればおちつけるだろうと思って動きたくなるのです」

「今それほど動いちゃいません」

「あなたは物足りない結果私の所に動いて来たじゃありませんか」

「それはそうかもしれません。しかしそれは恋とは違います」

「恋に上《のぼ》る階段なんです。異性と抱き合う順序として、まず同性の私の所へ動いて来たのです」

「私には二つのものがまったく性質を異《こと》にしているように思われます」

「いや同じです。私は男としてどうしてもあなたに満足を与えられない人間なのです。それから、ある特別の事情があって、なおさらあなたに満足を与えられないでいるのです。私はじっさいお気の毒に思っています。あなたが私からよそへ動いて行くのはしかたがない。私はむしろそれを希望しているのです。しかし……」

私はへんに悲しくなった。

「私が先生から離れて行くようにお思いになればしかたがありませんが、私にそんな気の起こったことはまだありません」

先生は私の言葉に耳を貸さなかった。

「しかし気をつけないといけない。恋は罪悪なんだから。私の所では満足が得られない代りに危険もないが、——君、黒い長い髪で縛られた時の心持ちを知っていますか」

私は想像で知っていた。しかし事実としては知らなかった。いずれにしても先生のいう罪悪という意味は朦朧《もうろう》としてよくわからなかった。そのうえ私は少し不愉快になった。

「先生、罪悪という意味をもっとはっきり言って聞かしてください。それでなければこの問題をここで切り上げてください。私自身に罪悪という意味がはっきりわかるまで」

「悪いことをした。私はあなたに真実《まこと》を話している気でいた。ところが実際は、あなたをじらしていたのだ。私は悪いことをした」

先生と私とは博物館の裏から鶯谷《うぐいすだに》の方角に静かな歩調で歩いて行った。垣《かき》の隙間《すきま》から広い庭の一部に茂る熊笹《くまざさ》が幽邃《ゆうすい》に見えた。

「君は私がなぜ毎月雑司ヶ谷の墓地に埋っている友人の墓へ参るのか知っていますか」

先生のこの問はまったく突然であった。しかも先生は私がこの問に対して答えられないということもよく承知していた。私はしばらく返事をしなかった。すると先生ははじめて気がついたようにこう言った。

「また悪いことを言った。じらせるのが悪いと思って、説明しようとすると、その説明がまたあなたをじらせるような結果になる。どうもしかたがない。この問題はこれでやめましょう。とにかく恋は罪悪ですよ、よござんすか。そうして神聖なものですよ」

私には先生の話がますますわからなくなった。しかし先生はそれぎり恋を口にしなかった。

一四

年の若い私はややともするといちずになりやすかった。少なくとも先生の目にはそう映っていたらしい。私には学校の講義よりも先生の談話のほうが有益なのであった。教授の意見よりも先生の思想のほうがありがたいのであった。とどのつまりをいえば、教壇に立って私を指導してくれる偉い人々よりも、ただ独《ひと》りを守って多くを語らない先生のほうが偉くみえたのであった。

「あんまりのぼせちゃいけません」と先生が言った。

「覚《さ》めた結果としてそう思うんです」と答えた時の私には十分の自信があった。その自信を先生はうけがってくれなかった。

「あなたは熱に浮かされているのです。熱がさめるといやになります。私は今のあなたからそれほどに思われるのを、苦しく感じています。しかしこれからさきのあなたに起こるべき変化を予想してみると、なお苦しくなります」

「私はそれほど軽薄に思われているんですか。それほど不信用なんですか」

「私はお気の毒に思うのです」

「気の毒だが信用されないとおっしゃるんですか」

先生は迷惑そうに庭の方を向いた。その庭に、このあいだまで重そうな赤い強い色をぽたぽた点じていた椿《つばき》の花はもう一つも見えなかった。先生は座敷からこの椿の花をよくながめる癖があった。

「信用しないって、特にあなたを信用しないんじゃない。人間全体を信用しないんです」

その時生垣《いけがき》の向こうで金魚売りらしい声がした。そのほかにはなんの聞こえるものもなかった。大通りから二丁も深く折れ込んだ小路《こうじ》は存外静かであった。家の中はいつものとおりひっそりしていた。私は次の間に奥さんのいることを知っていた。黙って針仕事か何かしている奥さんの耳に私の話し声が聞こえるということも知っていた。しかし私はまったくそれを忘れてしまった。

「じゃ奥さんも信用なさらないんですか」と先生に聞いた。

先生は少し不安な顔をした。そうして直接の答を避けた。

「私は私自身さえ信用していないのです。つまり自分で自分が信用できないから、人も信用できないようになっているのです。自分を呪《のろ》うよりほかにしかたがないのです」

「そうむずかしく考えれば、だれだって確かなものはないでしょう」

「いや考えたんじゃない。やったんです。やったあとで驚いたんです。そうして非常にこわくなったんです」

私はもう少しさきまで同じ道をたどって行きたかった。すると襖《ふすま》の陰で「あなた、あなた」という奥さんの声が二度聞こえた。先生は二度目に「なんだい」と言った。奥さんは「ちょっと」と先生を次の間へ呼んだ。二人のあいだにどんな用事が起こったのか、私にはわからなかった。それを想像する余裕を与えないほど早く先生はまた座敷へ帰って来た。

「とにかくあまり私を信用してはいけませんよ。いまに後悔するから。そうして自分があざむかれた返報に、残酷な復讐《ふくしゅう》をするようになるものだから」

「そりゃどういう意味ですか」

「かつてはその人の膝《ひざ》の前にひざまずいたという記憶が、今度はその人の頭の上に足を載せさせようとするのです。私は未来の侮辱を受けないために、今の尊敬をしりぞけたいと思うのです。私は今よりいっそう寂しい未来の私を我慢する代りに、寂しい今の私を我慢したいのです。自由と独立と己《おのれ》とにみちた現代*に生まれた我々は、その犠牲としてみんなこの寂しみを味わわなくてはならないでしょう」

私はこういう覚悟をもっている先生に対して、言うべき言葉を知らなかった。

一五

その後私は奥さんの顔を見るたびに気になった。先生は奥さんに対してもしじゅうこういう態度に出るのだろうか。もしそうだとすれば、奥さんはそれで満足なのだろうか。

奥さんの様子は満足とも不満足ともきめようがなかった。私はそれほど近く奥さんに接触する機会がなかったから。それから奥さんは私に会うたびに尋常であったから。最後に先生のいる席でなければ私と奥さんとはめったに顔を合わせなかったから。

私の疑惑はまだそのうえにもあった。先生の人間に対するこの覚悟はどこから来るのだろうか。ただ冷たい目で自分を内省したり現代を観察したりした結果なのだろうか。先生はすわって考える質《たち》の人であった。先生の頭さえあれば、こういう態度はすわって世の中を考えていてもしぜんと出て来るものだろうか。私にはそうばかりとは思えなかった。先生の覚悟は生きた覚悟らしかった。火に焼けて冷却しきった石造家屋の輪郭とは違っていた。私の目に映ずる先生はたしかに思想家であった。けれどもその思想家のまとめあげた主義の裏には、強い事実が織り込まれているらしかった。自分と切り離された他人の事実でなくって、自分自身が痛切に味わった事実、血が熱くなったり脈が止まったりするほどの事実が、畳み込まれているらしかった。

これは私の胸で推測するがものはない。先生自身すでにそうだと告白していた。ただその告白が雲の峰のようであった。私の頭の上に正体の知れない恐ろしいものをおおいかぶせた。そうしてなぜそれが恐ろしいか私にもわからなかった。告白はぼうとしていた。それでいて明らかに私の神経を震わせた。

私は先生のこの人生観の基点に、ある強烈な恋愛事情を仮定してみた。(むろん先生と奥さんとのあいだに起こった)。先生がかつて恋は罪悪だと言ったことから照らし合わせてみると、多少それが手がかりにもなった。しかし先生は現に奥さんを愛していると私に告げた。すると二人の恋からこんな厭世《えんせい》に近い覚悟が出ようはずがなかった。「かつてはその人の前にひざまずいたという記憶が、今度はその人の頭の上に足を載せさせようとする」と言った先生の言葉は、現代一般のだれかれについて用いられるべきで、先生と奥さんのあいだには当てはまらないもののようでもあった。

雑司《ぞうし》ケ谷《や》にあるだれだかわからない人の墓、——これも私の記憶に時々動いた。私はそれが先生と深い縁故のある墓だということを知っていた。先生の生活に近づきつつありながら、近づくことのできない私は、先生の頭の中にある生命《いのち》の断片として、その墓を私の頭の中にも受け入れた。けれども私にとってその墓はまったく死んだものであった。二人のあいだにある生命の扉《とびら》をあける鍵《かぎ》にはならなかった。むしろ二人のあいだに立って、自由の往来を妨げる魔物のようであった。

そうこうしているうちに、私はまた奥さんとさし向かいで話をしなければならない時機が来た。そのころは日の詰まってゆくせわしない秋に、だれも注意をひかれる肌寒《はださむ》の季節であった。先生の付近で盗難にかかったものが三、四日続いて出た。盗難はいずれも宵《よい》の口であった。大したものを持ってゆかれた家《うち》はほとんどなかったけれども、はいられた所では必ず何か取られた。奥さんは気味を悪くした。そこへ先生がある晩家を空《あ》けなければならない事情ができてきた。先生と同郷の友人で地方の病院に奉職しているものが上京したため、先生はほかの二、三名とともに、ある所でその友人に飯を食わせなければならなくなった。先生はわけを話して、私に帰ってくるあいだまでの留守番《るすばん》を頼んだ。私はすぐ引き受けた。

一六

私の行ったのはまだ灯《ひ》のつくかつかない暮れ方であったが、几帳面《きちょうめん》な先生はもう家にいなかった。「時間におくれると悪いって、つい今しがた出かけました」と言った奥さんは、私を先生の書斎へ案内した。

書斎にはテーブルと椅子《いす》のほかに、たくさんの書物が美しい背皮を並べて、ガラスごしに電燈の光で照らされていた。奥さんは火鉢《ひばち》の前に敷いた座蒲団《ざぶとん》の上へ私をすわらせて、「ちっとそこいらにある本でも読んでいてください」と断わって出て行った。私はちょうど主人の帰りを待ち受ける客のような気がしてすまなかった。私は畏《かしこ》まったまま煙草を飲んでいた。奥さんが茶の間で何か下女に話している声が聞こえた。書斎は茶の間の縁側を突きあたって折れ曲がった角にあるので、棟《むね》の位置からいうと、座敷よりもかえってかけ離れた静かさを領していた。ひとしきりで奥さんの話し声がやむと、あとはしんとした。私は泥棒《どろぼう》を待ち受けるような心持ちで、じっとしながら気をどこかに配った。

三十分ほどすると、奥さんがまた書斎の入口へ顔を出した。「おや」と言って、軽く驚いた時の目を私に向けた。そうして客に来た人のようにしかつめらしく控えている私をおかしそうに見た。

「それじゃ窮屈でしょう」

「いいえ、窮屈じゃありません」

「でも退屈でしょう」

「いいえ。泥棒が来るかと思って緊張しているから退屈でもありません」

奥さんは手に紅茶茶碗《ぢゃわん》を持ったまま、笑いながらそこに立っていた。

「ここは隅《すみ》っこだから番をするにはよくありませんね」と私が言った。

「じゃ失礼ですがもっとまん中へ出て来てちょうだい。御退屈だろうと思って、お茶を入れて持って来たんですが、茶の間でよろしければあちらであげますから」

私は奥さんのあとについて書斎を出た。茶の間にはきれいな長火鉢に鉄瓶《てつびん》が鳴っていた。私はそこで茶と菓子のごちそうになった。奥さんは寝られないといけないといって、茶碗に手を触れなかった。

「先生はやっぱり時々こんな会へお出かけになるんですか」

「いいえめったに出たことはありません。近ごろはだんだん人の顔を見るのがきらいになるようです」

こう言った奥さんの様子に、べつだん困ったものだというふうも見えなかったので、私はつい大胆になった。

「それじゃ奥さんだけが例外なんですか」

「いいえ私もきらわれている一人《ひとり》なんです」

「そりゃ嘘です」と私が言った。「奥さん自身嘘と知りながらそうおっしゃるんでしょう」

「なぜ」

「私に言わせると、奥さんが好きになったから世間がきらいになるんですもの」

「あなたは学問をするかただけあって、なかなかおじょうずね。からっぽな理窟《りくつ》を使いこなすことが。世の中がきらいになったから、私までもきらいになったんだともいわれるじゃありませんか。それとおんなじ理窟で」

「両方ともいわれることはいわれますが、この場合は私のほうが正しいのです」

「議論はいやよ。よく男のかたは議論だけなさるのね。おもしろそうに。空《から》の杯でよくあ飽きずに献酬《けんしゅう》ができると思いますわ」

奥さんの言葉は少し手ひどかった。しかしその言葉の耳ざわりからいうと、けっして猛烈なものではなかった。自分に頭脳のあることを相手に認めさせて、そこに一種の誇りを見いだすほどに奥さんは現代的でなかった。奥さんはそれよりもっと底の方に沈んだ心を大事にしているらしくみえた。

一七

私はまだそのあとに言うべきことをもっていた。けれども奥さんからいたずらに議論をしかける男のように取られては困ると思って遠慮した。奥さんは飲み干した紅茶茶碗の底をのぞいて黙っている私をそらさないように、「もう一杯あげましょうか」と聞いた。私はすぐ茶碗を奥さんの手に渡した。

「いくつ？　一つ？　二っつ？」

妙なもので角砂糖をつまみ上げた奥さんは、私の顔を見て、茶碗の中へ入れる砂糖の数を聞いた。奥さんの態度は私に媚《こ》びるというほどではなかったけれども、さっきの強い言葉をつとめて打ち消そうとする愛嬌《あいきょう》にみちていた。

私は黙って茶を飲んだ。飲んでしまっても黙っていた。

「あなたたいへん黙り込んじまったのね」と奥さんが言った。

「何か言うとまた議論をしかけるなんて、しかりつけられそうですから」と私は答えた。

「まさか」と奥さんが再び言った。

二人《ふたり》はそれを緒口《いとぐち》にまた話を始めた。そうしてまた二人に共通な興味のある先生を問題にした。

「奥さん、さっきの続きをもう少し言わせてくださいませんか。奥さんには空《から》な理窟と聞こえるかもしれませんが、私はそんな上《うわ》の空《そら》で言ってることじゃないんだから」

「じゃおっしゃい」

「今奥さんが急にいなくなったとしたら、先生は現在のとおりで生きていられるでしょうか」

「そりゃわからないわ、あなた。そんなこと、先生に聞いてみるよりほかにしかたがないじゃありませんか。私のところへ持って来る問題じゃないわ」

「奥さん、私はまじめですよ。だから逃げちゃいけません。正直に答えなくっちゃ」

「正直よ。正直にいって私にはわからないのよ」

「じゃ奥さんは先生をどのくらい愛していらっしゃるんですか。これは先生に聞くよりむしろ奥さんに伺っていい質問ですから、あなたに伺います」

「なにもそんな事を開き直って聞かなくってもいいじゃありませんか」

「まじめくさって聞くがものはない。わかりきってるとおっしゃるんですか」

「まあそうよ」

「そのくらい先生に忠実なあなたが急にいなくなったら、先生はどうなるんでしょう。世の中のどっちを向いてもおもしろそうでない先生は、あなたが急にいなくなったらあとでどうなるでしょう。先生から見てじゃない。あなたから見てですよ。あなたから見て、先生は幸福になるでしょうか、不幸になるでしょうか」

「そりゃ私から見ればわかっています。(先生はそう思っていないかもしれませんが)。先生は私を離れれば不幸になるだけです。あるいは生きていられないかもしれませんよ。そういうと、己惚《おのぼ》れになるようですが、私は今先生を人間としてできるだけ幸福にしているんだと信じていますわ。どんな人があっても私ほど先生を幸福にできるものはないとまで思い込んでいますわ。それだからこうしておちついていられるんです」

「その信念が先生の心によく映るはずだと私は思いますが」

「それは別問題ですわ」

「やっぱり先生からきらわれているとおっしゃるんですか」

「私はきらわれてるとは思いません。きらわれる訳がないんですもの。しかし先生は世間がきらいなんでしょう。世間というより近ごろでは人間がきらいになっているんでしょう。だからその人間の一人として、私も好かれるはずがないじゃありませんか」

奥さんのきらわれているという意味がやっと私にのみこめた。

八

私は奥さんの理解力に感心した。奥さんの態度が旧式の日本の女らしくないところも私の注意に一種の刺激を与えた。それで奥さんはそのころ流行《はや》りはじめたいわゆる新しい言葉などはほとんど使わなかった。

私は女というものに深い交際《つきあい》をした経験のない迂闊《うかつ》な青年であった。男としての私は、異性に対する本能から、憧憬《しょうけい》の目的物として常に女を夢みていた。けれどもそれはなつかしい春の雲をながめるような心持ちで、ただ漠然《ばくぜん》と夢みていたにすぎなかった。だから実際の女の前へ出ると、私の感情が突然変ることが時々あった。私は自分の前に現われた女のためにひきつけられる代りに、その場に臨んでかえって変な反発力を感じた。奥さんに対した私にはそんな気がまるで出なかった。ふつう男女《なんにょ》のあいだに横たわる思想の不平均という考えもほとんど起こらなかった。私は奥さんの女であるということを忘れた。私はただ誠実なる先生の批評家および同情家として奥さんをながめた。

「奥さん、私がこのまえなぜ先生が世間的にもっと活動なさらないのだろうといって、あなたに聞いた時に、あなたはおっしゃったことがありますね。もとはああじゃなかったんだって」

「ええ言いました。じっさいあんなじゃなかったんですもの」

「どんなだったんですか」

「あなたの希望なさるような、また私の希望するような頼もしい人だったんです」

「それがどうして急に変化なすったんですか」

「急にじゃありません、だんだんああなってきたのよ」

「奥さんはそのあいだしじゅう先生といっしょにいらしったんでしょう」

「むろんいましたわ。夫婦ですもの」

「じゃ先生がそう変ってゆかれる原因がちゃんとわかるべきはずですがね」

「それだから困るのよ。あなたからそう言われるとじつにつらいんですが、私にはどう考えても、考えようがないんですもの。私は今まで何べんあの人に、どうぞ打ち明けてくださいって頼んでみたかわかりゃしません」

「先生はなんとおっしゃるんですか」

「なんにも言うことはない、なんにも心配することはない、おれはこういう性質になったんだからと言うだけで、取り合ってくれないんです」

　私は黙っていた。奥さんも言葉をとぎらした。下女部屋《べや》にいる下女はことりとも音をさせなかった。私はまるで泥棒の事を忘れてしまった。

「あなたは私に責任があるんだと思ってやしませんか」と突然奥さんが聞いた。

「いいえ」と私が答えた。

「どうぞ隠さずに言ってください。そう思われるのは身を切られるよりつらいんだから」と奥さんがまた言った。「これでも私は先生のためにできるだけのことはしているつもりなんです」

「そりゃ先生もそう認めていられるんだから、大丈夫です。御安心なさい、私が保証します」

　奥さんは火鉢の灰をかきならした。それから水差しの水を鉄瓶に注《さ》した。鉄瓶はたちまち鳴りを沈めた。

「私はとうとう辛抱しきれなくなって、先生に聞きました。私に悪いところがあるなら遠慮なく言ってください、改められる欠点なら改めるからって。すると先生は、お前に欠点なんかありゃしない、欠点はおれのほうにあるだけだと言うんです。そう言われると、私悲しくなってしようがないんです、涙が出てなおのこと自分の悪いところが聞きたくなるんです」
奥さんは目のうちに涙をいっぱいためた。

一九

はじめ私は理解のある女性《にょしょう》として奥さんに対していた。私がその気で話しているうちに、奥さんの様子が次第に変ってきた。奥さんは私の頭脳に訴える代りに、私の心臓《ハート》を動かしはじめた。自分と夫の間にはなんのわだかまりもない、またないはずであるのに、やはり何かある。それだのに目をあけて見きわめようとすると、やはりなんにもない。奥さんの苦にする要点はここにあった。

奥さんは最初世の中を見る先生の目が厭世的《えんせいてき》だから、その結果として自分もきらわれているのだと断言した。そう断言しておきながら、ちっともそこにおちついていられなかった。底を割ると、かえってその逆を考えていた。先生は自分をきらう結果、とうとう世の中までいやになったのだろうと推測していた。けれどもどう骨を折っても、その推測をつきとめて事実とすることができなかった。先生の態度はどこまでも良人《おっと》らしかった。親切で優しかった。疑いのかたまりをその日その日の情合《じょうあい》*で包んで、そっと胸の奥にしまっておいた奥さんは、その晩その包みの中を私の前であけて見せた。

「あなたどう思って？」と聞いた。「私からああなったのか、それともあなたのいう人生観とかなんとかいうものから、ああなったのか。隠さず言ってちょうだい」

私はなにも隠す気はなかった。けれども私の知らないあるものがそこに存在しているとすれば、私の答がなんであろうと、それが奥さんを満足させるはずがなかった。そうして私はそこに私の知らないあるものがあると信じていた。

「私にはわかりません」

奥さんは予期のはずれた時に見る哀れな表情をそのとっさに現わした。私はすぐ私の言葉をつぎ足した。

「しかし先生が奥さんをきらっていらっしゃらないことだけは保証します。私は先生自身の口から聞いたとおりを奥さんに伝えるだけです。先生は嘘をつかないかたでしょう」

奥さんはなんとも答えなかった。しばらくしてからこう言った。

「じつは私すこし思いあたることがあるんですけれども……」

「先生がああいうふうになった原因についてですか」

「ええ。もしそれが原因だとすれば、私の責任だけはなくなるんだから、それだけでも私たいへん楽になれるんですが……」

「どんなことですか」

奥さんは言いしぶって膝《ひざ》の上に置いた自分の手をながめていた。

「あなた判断してくだすって。言うから」

「私にできる判断ならやります」

「みんなは言えないのよ。みんな言うとしかられるから。しかられないところだけよ」

私は緊張して唾液《つばき》をのみ込んだ。

「先生がまだ大学にいる時分、たいへん仲のいいお友だちが一人あったのよ。そのかたがちょうど卒業する少しまえに死んだんです。急に死んだんです」

奥さんは私の耳にささやくような小さな声で、「じつは変死したんです」と言った。それは「どうして」と聞き返さずにはいられないような言い方であった。

「それっきりしか言えないのよ。けれどもその事があってからのちなんです。先生の性質がだんだん変ってきたのは。なぜそのかたが死んだのか、私にはわからないの。先生にもおそらくわかっていないでしょう。けれどもそれから先生が変ってきたと思えば、そう思われないこともないのよ」

「その人の墓ですか、雑司ケ谷にあるのは」

「それも言わないことになってるから言いません。しかし人間は親友を一人亡《な》くしただけで、そんなに変化できるものでしょうか。私はそれが知りたくってたまらないんです。だからそこを一つあなたに判断していただきたいと思うの」

私の判断はむしろ否定のほうに傾いていた。

二〇

私は私のつらまえた事実の許すかぎり、奥さんを慰めようとした。奥さんもまたできるだけ私によって慰められたそうに見えた。それで二人は同じ問題をいつまでも話し合った。けれども私はもともと事の大根《おおね》*をつかんでいなかった。奥さんの不安もじつはそこに漂う薄い雲に似た疑惑から出て来ていた。事件の真相になると、奥さん自身にも多くは知れていなかった。知れているところでもすっかりは私に話すことができなかった。したがって慰める私も、慰められる奥さんも、ともに波に浮いて、ゆらゆらしていた。ゆらゆらしながら、奥さんはどこまでも手を出して、おぼつかない私の判断にすがりつこうとした。

十時ごろになって先生の靴《くつ》の音が玄関に聞こえた時、奥さんは急に今までのすべてを忘れたように、前にすわっている私をそっちのけにして立ち上がった。そうして格子《こうし》をあける先生をほとんど出会いがしらに迎えた。私はとり残されながら、あとから奥さんについて行った。下女だけは仮寝《うたたね》でもしていたとみえて、ついに出て来なかった。

先生はむしろ機嫌がよかった。しかし奥さんの調子はさらによかった。今しがた奥さんの美しい目のうちにたまった涙の光と、それから黒い眉毛《まゆげ》の根に寄せられた八の字を記憶していた私は、その変化を異常なものとして注意深くながめた。もしそれが偽りでなかったならば、(じっさいそれは偽りとは思えなかったが)、今までの奥さんの訴えは感傷《センチメント》をもてあそぶために特に私を相手にこしらえた、いたずらな女性の遊戯ととれないこともなかった。もっともその時の私には奥さんをそれほど批評的に見る気は起こらなかった。私は奥さんの態度の急に輝やいてきたのを見て、むしろ安心した。これならばそう心配する必要もなかったんだと考え直した。

先生は笑いながら「どうも御苦労さま、泥棒は来ませんでしたか」と私に聞いた。それから「来ないんではりあいが抜けやしませんか」と言った。

帰る時、奥さんは「どうもお気の毒さま」と会釈《えしゃく》した。その調子は忙がしいところを暇をつぶさせて気の毒だというよりも、せっかく来たのに泥棒がはいらなくって気の毒だという冗談のように聞こえた。奥さんはそう言いながら、さっき出した西洋菓子の残りを、紙に包んで私の手に持たせた。私はそれを袂《たもと》へ入れて、人通りの少ない夜寒《よさむ》の小路《こうじ》を曲折してにぎやかな町の方へ急いだ。

私はその晩のことを記憶のうちからひき抜いてここへ詳しく書いた。これは書くだけの必要があるから書いたのだが、実をいうと、奥さんに菓子をもらって帰るときの気分では、それほど当夜の会話を重く見ていなかった。私はその翌日午飯《ひるめし》を食いに学校から帰って来て、昨夜机の上に載せておいた菓子の包みを見ると、すぐその中からチョコレートを塗った鳶色《とびいろ》のカステラを出してほおばった。そうしてそれを食う時に、畢竟《ひっきょう》この菓子を私にくれた二人の男女《なんにょ》は、幸福な一対《いっつい》として世の中に存在しているのだと自覚しつつ味わった。

秋が暮れて冬が来るまで格別の事もなかった。私は先生の家《うち》へ出入《ではい》りをするついでに、衣服の洗い張りや仕立て方などを奥さんに頼んだ。それまで繻絆《じゅばん》というものを着たことのない私が、シャツの上に黒い襟《えり》のかかったものを重ねるようになったのはこの時からであった。子供のない奥さんは、そういう世話をやくのがかえって退屈しのぎになって、結句からだの薬だぐらいのことを言っていた。

「こりゃ手織りね。こんな地のいい着物は今まで縫ったことがないわ。その代り縫いにくいのよそりゃ。まるで針が立たないんですもの。おかげで針を二本折りましたわ」

こんな苦情をいう時ですら、奥さんはべつにめんどうくさいという顔をしなかった。

二二

冬が来た時、私は偶然国へ帰らなければならないことになった。私の母から受け取った手紙の中に、父の病気の経過がおもしろくない様子を書いて、今が今という心配もあるまいが、年が年だから、できるなら都合して帰って来てくれと頼むようにつけ足してあった。

父はかねてから腎臓《じんぞう》を病んでいた。中年以後の人にしばしば見るとおり、父のこの病《やまい》は慢性であった。その代り用心さえしていれば急変のないものと当人も家族のものも信じて疑わなかった。現に父は養生《ようじょう》のおかげ一つで、今日までどうかこうかしのいできたように客が来ると吹聴《ふいちょう》していた。その父が、母の書信によると、庭へ出て何かしているはずみに突然眩暈《めまい》がしてひっくり返った。家内のものは軽症の脳溢血《のういっけつ》と思い違えて、すぐその手当をした。あとで医者からどうもそうではないらしい、やはり持病の結果だろうという判断を得て、はじめて卒倒と腎臓病を結びつけて考えるようになったのである。

冬休みが来るにはまだ少し間《ま》があった。私は学期の終りまで待っていてもさしつかえあるまいと思って一日二日そのままにしておいた。するとその一日二日《ふつか》のあいだに、父の寝ている様子だの、母の心配している顔だのが時々目に浮かんだ。そのたびに一種の心苦しさをなめた私は、とうとう帰る決心をした。国から旅費を送らせる手数と時間を省くため、私は暇乞《いとまご》いかたがた先生の所へ行って、いるだけの金を一時立て替えてもらうことにした。

先生は少し風邪《かぜ》の気味で、座敷へ出るのが億劫《おっくう》だといって、私をその書斎に通した。書斎のガラス戸から冬に入《い》ってまれに見るようななつかしいやわらかな日光が机掛けの上にさしていた。先生はこの日あたりのいい部屋《へや》の中へ大きな火鉢を置いて、五徳《ごとく》の上にかけた金盥《かなだらい》から立ち上がる湯気で、呼吸の苦しくなるのを防いでいた。

「大病はいいが、ちょっとした風邪などはかえっていやなものですね」と言った先生は、苦笑しながら私の顔を見た。

先生は病気という病気をしたことのない人であった。先生の言葉を聞いた私は笑いたくなった。

「私は風邪ぐらいなら我慢しますが、それ以上の病気はまっぴらです。先生だって同じことでしょう。試みにやってごらんになるとよくわかります」

「そうかね。私は病気になるくらいなら、死病にかかりたいと思ってる」

私は先生の言うことに格別注意をはらわなかった。すぐ母の手紙の話をして、金の無心を申し出た。

「そりゃ困るでしょう。そのくらいなら今手もとにあるはずだから持って行きたまえ」

先生は奥さんを呼んで、必要の金額を私の前に並べさせてくれた。それを奥の茶箪笥《ちゃだんす》か何かの抽出《ひきだし》から出して来た奥さんは、白い半紙の上へ丁寧に重ねて、「そりゃ御心配ですね」と言った。

「何べんも卒倒したんですか」と先生が聞いた。

「手紙にはなんとも書いてありませんが。――そんなに何度もひっくり返るものですか」

「ええ」

先生の奥さんの母親という人も私の父と同じ病気で亡《な》くなったのだということがはじめて私にわかった。

「どうせむずかしいんでしょう」と私が言った。

「そうさね。私が代られれば代ってあげてもいいが。――吐き気はあるんですか」

「どうですか、なんとも書いてないから、おおかたないんでしょう」

「吐き気さえこなければまだ大丈夫ですよ」と奥さんが言った。

私はその晩の汽車で東京を立った。

三

父の病気は思ったほど悪くはなかった。それでも着いた時は床《とこ》の上にあぐらをかいて、「みんなが心配するから、まあ我慢してこうじっとしている。なにもう起きてもいいのさ」と言った。しかしその翌日からは母が止めるのも聞かずに、とうとう床を上げさせてしまった。母は不承不承に太織《ふとおり》の蒲団《ふとん》を畳みながら「お父さんはお前が帰って来たので、急に気が強くおなりなんだよ」と言った。私には父の挙動がさして虚勢を張っているようにも思えなかった。

私の兄はある職を帯びて遠い九州にいた。これは万一の事がある場合でなければ、容易に父母《ちちはは》の顔を見る自由のきかない男であった。妹は他国へ嫁《とつ》いだ。これも急場の間に合うように、おいそれと呼び寄せられる女ではなかった。兄妹《きょうだい》三人のうちで、いちばん便利なのはやはり書生をしている私だけであった。その私が母の言いつけどおり学校の課業をほうり出して、休みまえに帰って来たということが、父には大きな満足であった。

「これしきの病気に学校を休ませては気の毒だ。お母《かあ》さんがあまりぎょうさんな手紙を書くものだからいけない」

父は口ではこう言った。こう言ったばかりでなく、今まで敷いていた床を上げさせて、いつものような元気を示した。

「あんまり軽はずみをしてまたぶりかえすといけませんよ」

私のこの注意を父は愉快そうに、しかしきわめて軽く受けた。

「なに大丈夫、これでいつものように用心さえしていれば」

じっさい父は大丈夫らしかった。家の中を自由に往来して、息も切れなければ、眩暈も感じなかった。ただ顔色《かおいろ》だけはふつうの人よりもたいへん悪かったが、これはまた今始まった症状でもないので、私たちは格別それを気にとめなかった。

私は先生に手紙を書いて恩借の礼を述べた。正月上京する時に持参するからそれまで待ってくれるようにと断わった。そうして父の病状の思ったほど険悪でないこと、この分なら当分安心なこと、眩暈も吐き気も皆無なことなどを書き連ねた。最後に先生の風邪《ふうじゃ》についても一言《いちごん》の見舞いをつけ加えた。私は先生の風邪をじっさい軽く見ていたので。

私はその手紙を出す時にけっして先生の返事を予期していなかった。出したあとで父や母と先生の噂《うわさ》などをしながら、はるかに先生の書斎を想像した。

「こんど東京へ行くときには椎茸《しいたけ》でも持って行っておあげ」

「ええ、しかし先生が干した椎茸なぞを食うかしら」

「うまくはないが、べつにきらいな人もないだろう」

私には椎茸と先生を結びつけて考えるのが変であった。

先生の返事が来た時、私はちょっと驚かされた。ことにその内容が特別の用件を含んでいなかった時、驚かされた。先生はただ親切ずくで、返事を書いてくれたんだと私は思った。そう思うと、その簡単な一本の手紙が私にはたいそうな喜びになった。もっともこれは私が先生から受け取った第一の手紙には相違なかったが。

第一というと私と先生のあいだに書信の往復がたびたびあったように思われるが、事実はけっしてそうでないことをちょっと断わっておきたい。私は先生の生前にたった二通の手紙しかもらっていない。その一通は今いうこの簡単な返書で、あとの一通は先生の死ぬまえ特に私あてで書いたたいへん長いものである。

父は病気の性質として、運動を慎まなければならないので、床を上げてからも、ほとんど戸外《そと》へは出なかった。一度天気のごく穏やかな日の午後庭へおりたことがあるが、その時は万一を気づかって、私が引き添うようにそばについていた。私が心配して自分の肩へ手をかけさせようとしても、父は笑って応じなかった。

三

私は退屈な父の相手としてよく将棋盤《しょうぎばん》に向かった。二人とも無精《ぶしょう》な性質《たち》なので、炬燵《こたつ》にあたったまま、盤を櫓《やぐら》の上へ載せて、駒《こま》を動かすたびに、わざわざ手を掛蒲団《かけふとん》の下から出すようなことをした。時々持駒をなくして、次の勝負の来るまで双方とも知らずにいたりした。それを母が灰の中から見つけ出して、火箸ではさみ上げるという滑稽《こっけい》もあった。

「碁だと盤が高すぎるうえに、足がついているから、炬燵の上では打てないが、そこへくると将棋盤はいいね、こうして楽に差せるから。無精者にはもってこいだ。もう一番やろう」

父は勝った時は必ずもう一番やろうと言った。そのくせ負けた時にも、もう一番やろうと言った。要するに、勝っても負けても、炬燵にあたって、将棋を差したがる男であった。はじめのうちは珍らしいので、この隠居じみた娯楽が私にも相当の興味を与えたが、少し時日がたつにつれて、若い私の気力はそのくらいな刺激で満足できなくなった。私は金《きん》や香車《きょうしゃ》をにぎった拳《こぶし》を頭の上へ伸ばして、時々思い切ったあくびをした。

私は東京のことを考えた。そうしてみなぎる心臓の血潮の奥に、活動活動と打ちつづける鼓動を聞いた。不思議にもその鼓動の音が、ある微妙な意識状態から、先生の力で強められているように感じた。

私は心のうちで、父と先生とを比較してみた。両方とも世間から見れば、生きているか死んでいるかわからないほどおとなしい男であった。ひとに認められるという点からいえばどっちも零であった。それでいて、この将棋を差したがる父は、たんなる娯楽の相手としても私には物足りなかった。かつて遊興のために往来《ゆきき》をしたおぼえのない先生は、歓楽の交際から出る親しみ以上に、いつか私の頭に影響を与えていた。ただ頭というのはあまりに冷《ひや》やかすぎるから、私は胸と言い直したい。肉の中に先生の力がくい込んでいると言っても、血の中に先生の命が流れていると言っても、その時の私には少しも誇張でないように思われた。私は父が私の本当の父であり、先生はまたいうまでもなく、あかの他人であるという明白な事実を、ことさら目の前に並べてみて、はじめて大きな真理でも発見したかのごとくに驚いた。

私がのつそつ*しだすと前後して、父や母の目にも今まで珍らしかった私がだんだん陳腐になってきた。これは夏休みなどに国へ帰るだれもが一様に経験する心持ちだろうと思うが、当座の一週間ぐらいは下にも置かないように、ちやほや歓待《もてな》されるのに、その峠を定規どおり通り越すと、あとはそろそろ家族の熱がさめてきて、しまいにはあっても無くってもかまわないもののように粗末に取り扱われがちになるものである。私も滞在中にその峠を通り越した。そのうえ私は国へ帰るたびに、父にも母にもわからない変なところを東京から持って帰った。昔でいうと、儒者の家へ切支丹《キリシタン》のにおいを持ち込むように、*私の持って帰るものは父とも母とも調和しなかった。むろん私はそれを隠していた。けれどももともと身についているものだから、出すまいと思っても、いつかそれが父や母の目にとまった。わたしはついおもしろくなくなった。早く東京へ帰りたくなった。

父の病気はさいわい現状維持のままで、少しも悪いほうへ進む模様は見えなかった。念のためにわざわざ遠くから相当の医者を招いたりして、慎重に診察してもらっても、やはり私の知っている以外に異状は認められなかった。私は冬休みの尽きる少しまえに国を立つことにした。立つと言いだすと、人情は妙なもので、父も母も反対した。

「もう帰るのかい、まだ早いじゃないか」と母が言った。

「まだ四、五日いても間に合うんだろう」と父が言った。

私は自分のきめた出立の日を動かさなかった。

二四

東京へ帰ってみると、松飾りはいつか取り払われていた。町は寒い風の吹くにまかせて、どこを見てもこれというほどの正月めいた景気はなかった。

私はさっそく先生の家《うち》へ金を返しに行った。例の椎茸もついでに持って行った。ただ出すのは少し変だから、母がこれをさしあげてくれと言いましたとわざわざ断わって奥さんの前へ置いた。椎茸は新しい菓子折に入れてあった。丁寧に礼を述べた奥さんは、次の間へ立つ時、その折を持ってみて、軽いのに驚かされたのか、「こりゃなんのお菓子」と聞いた。奥さんは懇意になると、こんなところにきわめて淡泊な子供らしい心を見せた。

二人とも父の病気について、いろいろ懸念《けねん》の問をくり返してくれたなかに、先生はこんなことを言った。

「なるほど容体《ようだい》を聞くと、今が今どうということもないようですが、病気が病気だからよほど気をつけないといけません」

先生は腎臓の病について私の知らない事を多く知っていた。

「自分で病気にかかっていながら、気がつかないで平気でいるのがあの病の特色です。私の知ったある士官は、とうとうそれでやられたが、まったく嘘のような死に方をしたんですよ。なにしろそばに寝ていた細君が看病をする暇もなんにもないくらいなんですからね。夜中にちょっと苦しいといって、細君を起こしたぎり、あくる朝はもう死んでいたんです。しかも細君は夫が寝ているとばかり思ってたんだっていうんだから」

今まで楽天的に傾いていた私は急に不安になった。

「私のおやじもそんなになるんでしょうか。ならんとも言えないですね」

「医者はなんと言うのです」

「医者はとても治らないというんです。けれども当分のところ心配はあるまいとも言うんです」

「それじゃいいでしょう。医者がそう言うなら。私の今話したのは気がつかずにいた人の事で、しかもそれがずいぶん乱暴な軍人なんだから」

私はやや安心した。私の変化をじっと見ていた先生は、それからこうつけ足した。

「しかし人間は健康にしろ、病気にしろどっちにしてももろいものですね。いつどんな事でどんな死にようをしないともかぎらないから」

「先生もそんな事を考えておいでですか」

「いくら丈夫の私でも、まんざら考えないこともありません」

先生の口もとには微笑の影が見えた。

「よくころりと死ぬ人があるじゃありませんか。自然に。それからあっと思う間に死ぬ人もあるでしょう。不自然な暴力で」

「不自然な暴力ってなんですか」

「なんだかそれは私にもわからないが、自殺する人はみんな不自然な暴力を使うんでしょう」

「すると殺されるのも、やはり不自然な暴力のおかげですね」

「殺されるほうはちっとも考えていなかった。なるほどそういえばそうだ」

その日はそれで帰った。帰ってからも父の病気のことはそれほど苦にならなかった。先生の言った自然に死ぬとか、不自然の暴力で死ぬとかいう言葉も、その場限りの浅い印象を与えただけで、あとはなんらのこだわりを私の頭に残さなかった。私は今まで幾たびか手をつけようとしては手を引っ込めた卒業論文を、いよいよ本式に書きはじめなければならないと思いだした。

二五

その年の六月に卒業するはずの私は、ぜひともこの論文を成規どおり四月いっぱいに書き上げてしまわなければならなかった。二、三、四と指を折って余る時日を勘定してみた時、私は少し自分の度胸を疑った。ほかのものはよほどまえから材料を集めたり、ノートをためたりして、よそめにも忙がしそうに見えるのに、私だけはまだなんにも手をつけずにいた。私はただ年が改まったら大いにやろうという決心だけがあった。私はその決心でやりだした。そうしてたちまち動けなくなった。今まで大きな問題を空《くう》に描いて、骨組だけはほぼできあがっているくらいに考えていた私は、頭をおさえて悩み始めた。私はそれから論文の問題を小さくした。そうして練り上げた思想を系統的にまとめる手数を省くために、ただ書物の中にある材料を並べて、それに相当な結論をちょっとつけ加えることにした。

私の選択した問題は先生の専門と縁故の近いものであった。私がかつてその選択について先生の意見を尋ねた時、先生はいいでしょうと言った。狼狽《ろうばい》した気味の私は、さっそく先生のところへ出かけて、私の読まなければならない参考書を聞いた。先生は自分の知っているかぎりの知識を、快よく私に与えてくれたうえに、必要の書物を二、三冊貸そうと言った。しかし先生はこの点についてごうも私を指導する任に当ろうとしなかった。

「近ごろはあんまり書物を読まないから、新しい事は知りませんよ。学校の先生に聞いたほうがいいでしょう」

先生は一時非常の読書家であったが、その後どういう訳か、まえほどこの方面に興味が働かなくなったようだと、かつて奥さんから聞いたことがあるのを、私はその時ふと思い出した。私は論文をよそにして、そぞろに口を開いた。

「先生はなぜもとのように書物に興味をもちえないんですか」

「なぜという訳もありませんが。……つまりいくら本を読んでもそれほどえらくならないと思うせいでしょう。それから……」

「それから、まだあるんですか」

「まだあるというほどの理由でもないが、以前はね、人の前へ出たり、人に聞かれたりして知らないと恥のようにきまりが悪かったものだが、近ごろは知らないということが、それほどの恥でないように見えだしたものだから、ついむりにも本を読んでみようという元気が出なくなったのでしょう。まあ早くいえば老い込んだのです」

先生の言葉はむしろ平静であった。世間に背中を向けた人の苦味を帯びていなかっただけに、私にはそれほどのてごたえもなかった。私は先生を老い込んだとも思わない代りに、偉いとも感心せずに帰った。

それからの私はほとんど論文にたたられた精神病者のように目を赤くして苦しんだ。私は一年前に卒業した友だちについて、いろいろ様子を聞いてみたりした。そのうちの一人は締切の日に車で事務所へかけつけて、ようやく間に合わせたと言った。他の一人は五時を十五分ほどおくらして持って行ったため、あやうくはねつけられようとしたところを、主任教授の好意でやっと受理してもらったと言った。私は不安を感ずるとともに度胸をすえた。毎日机の前で精根のつづくかぎり働いた。でなければ、薄暗い書庫にはいって、高い本棚《ほんだな》のあちらこちらを見回した。私の目は好事家《こうずか》が骨董《こっとう》でも掘り出す時のように背表紙の金文字をあさった。

梅が咲くにつけて寒い風はだんだん向きを南へかえていった。それがひとしきりたつと、桜の噂《うわさ》がちらほら私の耳に聞こえだした。それでも私は馬車馬《ばしゃうま》のように正面ばかり見て、論文に鞭《むち》うたれた。私はついに四月の下旬が来て、やっと予定どおりのものを書き上げるまで、先生の敷居をまたがなかった。

二六

私の自由になったのは、八重桜《やえざくら》の散った枝にいつしか青い葉が霞《かす》むように伸びはじめる初夏の季節であった。私は籠《かご》を抜け出した小鳥の心をもって、広い天地を一目に見渡しながら、自由に羽ばたきをした。私はすぐ先生の家《うち》へ行った。枳殻《からたち》の垣《かき》が黒ずんだ枝の上に、萌《も》えるような芽を吹いていたり、柘榴《ざくろ》の枯れた幹から、つやつやしい茶褐色《ちゃかっしょく》の葉が、柔らかそうに日光を映していたりするのが、道々私の目をひきつけた。私は生まれて初めてそんなものを見るような珍らしさを覚えた。

先生はうれしそうな私の顔を見て、「もう論文は片づいたんですか、結構ですね」と言った。私は「おかげでようやくすみました。もうなんにもすることはありません」と言った。

じっさいその時の私は、自分のなすべきすべての仕事がすでに結了して、これからさきはいばって遊んでいてもかまわないような晴れやかな心持ちでいた。私は書き上げた自分の論文に対して十分の自信と満足をもっていた。私は先生の前で、しきりにその内容を喋々《ちょうちょう》した。先生はいつもの調子で、「なるほど」とか、「そうですか」とか言ってくれたが、それ以上の批評は少しも加えなかった。私は物足りないというよりも、いささか拍子《ひょうし》抜けの気味であった。それでもその日私の気力は、因循らしく見える先生の態度に逆襲を試みるほどにいきいきしていた。私は青くよみがえろうとする大きな自然の中に、先生を誘い出そうとした。

「先生どこかへ散歩しましょう。外へ出るとたいへんいい心持ちです」

「どこへ」

私はどこでもかまわなかった。ただ先生をつれて郊外へ出たかった。

一時間ののち、先生と私は目的どおり市を離れて、村とも町とも区別のつかない静かなところをあてもなく歩いた。私はかなめの垣から若い柔らかい葉をもぎ取って芝笛《しばぶえ》を鳴らした。ある鹿児島人を友だちにもって、その人のまねをしつつ自然に習い覚えた私は、この芝笛というものを鳴らすことがじょうずであった。私が得意にそれを吹きつづけると、先生は知らん顔をしてよそを向いて歩いた。

やがて若葉にとざされたようにこんもりした小高い一構えの下に細い道が開けた。門の柱に打ちつけた標札に何々園とあるので、その個人の邸宅でないことがすぐ知れた。先生はだらだら上《のぼ》りになっている入口をながめて、「はいってみようか」と言った。私はすぐ「植木屋ですね」と答えた。

植込みの中を一うねりして奥へ上《のぼ》ると左側に家《うち》があった。あけ放った障子の内はがらんとして人の影も見えなかった。ただ軒先にすえた大きな鉢《はち》の中に飼ってある金魚が動いていた。

「静かだね。断わらずにはいってもかまわないだろうか」

「かまわないでしょう」

二人はまた奥の方へ進んだ。しかしそこにも人影は見えなかった。躑躅《つつじ》が燃えるように咲き乱れていた。先生はそのうちで樺色《かばいろ》の丈《たけ》の高いのをさして、「これは霧島《きりしま》*でしょう」と言った。

芍薬《しゃくやく》も十坪《とつぼ》あまりいちめんに植えつけられていたが、まだ季節が来ないので花をつけているのは一本もなかった。この芍薬畑のそばにある古びた縁台のようなものの上に先生は大の字なりに寝た。私はその余った端《はじ》の方に腰をおろして煙草を吹かした。先生は青い透きとおるような空を見ていた。私は私を包む若葉の色に心を奪われていた。その若葉の色をよくよくながめると、いちいち違っていた。同じ楓《かえで》の樹《き》でも同じ色を枝につけているものは一つもなかった。細い杉苗《すぎなえ》の頂《いただき》に投げかぶせてあった先生の帽子が風に吹かれて落ちた。

二七

私はすぐその帽子を取り上げた。ところどころについている赤土を爪《つめ》ではじきながら先生を呼んだ。

「先生帽子が落ちました」

「ありがとう」

からだを半分起こしてそれを受け取った先生は、起きるとも寝るとも片づかない姿勢のままで、変な事を私に聞いた。

「突然だが、君の家《うち》には財産がよっぽどあるんですか」

「あるというほどありゃしません」

「まあどのくらいあるのかね。失礼のようだが」

「どのくらいって、山の田地《でんち》が少しあるぎりで、金なんかまるでないんでしょう」

先生が私の家の経済について、問らしい問をかけたのはこれがはじめてであった。私のほうはまだ先生の暮し向きに関して、何も聞いたことがなかった。先生と知り合いになったはじめ、私は先生がどうして遊んでいられるかを疑った。その後もこの疑いはたえず私の胸を去らなかった。しかし私はそんな露骨《あらわ》な問題を先生の前に持ち出すのはぶしつけとばかり思って、いつでも控えていた。若葉の色で疲れた目を休ませていた私の心は、偶然またその疑いに触れた。

「先生はどうなんです。どのくらいの財産をもっていらっしゃるんですか」

「私は財産家と見えますか」

先生は平生《へいぜい》からむしろ質素な服装《なり》をしていた。それに家内は小人数《こにんず》であった。したがって住宅もけっして広くはなかった。けれどもその生活の物質的に豊かなことは、内輪《うちわ》にはいり込まない私の目にさえ明らかであった。要するに先生の暮らしは贅沢《ぜいたく》といえないまでも、あたじけなく切り詰めた無弾力性のものではなかった。

「そうでしょう」と私は言った。

「そりゃそのくらいの金はあるさ。けれどもけっして財産家じゃありません。財産家ならもっと大きな家《うち》でも造るさ」

この時先生は起き上がって、縁台の上にあぐらをかいていたが、こう言い終ると、竹の杖の先で地面の上へ円のようなものを描《か》きはじめた。それがすむと、今度はステッキを突き刺すようにまっすぐに立てた。

「これでも元は財産家なんだがなあ」

先生の言葉は半分独言《ひとりごと》のようであった。それですぐあとについて行きそこなった私は、つい黙っていた。

「これでも元は財産家なんですよ、君」と言い直した先生は、次に私の顔を見て微笑した。私はそれでもなんとも答えなかった。むしろ不調法で答えられなかったのである。すると先生がまた問題をよそへ移した。「あなたのお父《とう》さんの病気はその後《ご》どうなりました」

私は父の病気について正月以後なんにも知らなかった。月々国から送ってくれる為替《かわせ》とともに来る簡単な手紙は、例のとおり父の手跡《しゅせき》であったが、病気の訴えはそのうちにほとんど見当らなかった。そのうえ書体も確かであった。この種の病人に見るふるえが少しも筆の運びを乱していなかった。

「なんとも言ってきませんが、もういいんでしょう」

「よければ結構だが、──病症が病症なんだからね」*

「やっぱりだめですかね。でも当分は持ち合ってるんでしょう。なんとも言ってきませんよ」

「そうですか」

私は先生が私のうちの財産を聞いたり、私の父の病気を尋ねたりするのを、ふつうの談話――胸に浮かんだままをそのとおり口にする、ふつうの談話と思って聞いていた。ところが先生の言葉の底には両方を結びつける大きな意味があった。先生自身の経験をもたない私はむろんそこに気がつくはずがなかった。

六

「君のうちに財産があるなら、今のうちによく始末をつけてもらっておかないといけないと思うがね、よけいなお世話だけれども。君のお父さんが達者なうちに、もらうものはちゃんともらっておくようにしたらどうですか。万一の事があったあとで、いちばんめんどうの起こるのは財産の問題だから」

「ええ」

私は先生の言葉に大した注意をはらわなかった。私の家庭でそんな心配をしているものは、私にかぎらず、父にしろ母にしろ、一人もないと私は信じていた。そのうえ先生のいうことの、先生として、あまりに実際的なのに私は少し驚かされた。しかしそこは年長者に対する平生の敬意が私を無口にした。

「あなたのお父さんが亡《な》くなられるのを、今から予想してかかるような言葉づかいをするのが気にさわったら許してくれたまえ。しかし人間は死ぬものだからね。どんなに達者なものでも、いつ死ぬかわからないものだからね」

先生の口気《こうき》*は珍らしく苦々しかった。

「そんな事をちっとも気にかけちゃいません」と私は弁解した。

「君の兄妹《きょうだい》は何人でしたかね」と先生が聞いた。

先生はそのうえに私の家族の人数《にんず》を聞いたり、親類の有無《うむ》を尋ねたり、叔父《おじ》や叔母《おば》の様子を問いなどした。そうして最後にこう言った。

「みんな善《い》い人ですか」

「べつに悪い人間というほどのものもいないようです。たいてい田舎者《いなかもの》ですから」

「田舎者はなぜ悪くないんですか」

私はこの追窮に苦しんだ。しかし先生は私に返事を考えさせる余裕さえ与えなかった。

「田舎者は都会のものより、かえって悪いくらいなものです。それから、君は今、君の親《しん》戚《せき》なぞのうちに、これといって、悪い人間はいないようだと言いましたね。しかし悪い人間という一種の人間が世の中にあると君は思っているんですか。そんな鋳型《いがた》に入れたような悪人は世の中にあるはずがありませんよ。平生はみんな善人なんです、少なくともみんなふつうの人間なんです。それが、いざというまぎわに、急に悪人に変るんだから恐ろしいのです。だから油断ができないんです」

先生の言うことは、ここで切れる様子もなかった。私はまたここで何か言おうとした。

すると後の方で犬が急にほえだした。先生も私も驚いて後を振り返った。

縁台の横から後部へかけて植えつけてある杉苗のそばに、熊笹《くまざさ》が三坪《みつぼ》ほど地を隠すように茂って生《は》えていた。犬はその顔と背を熊笹の上に現わして、さかんにほえたてた。そこへ十《とお》ぐらいの子供がかけて来て犬をしかりつけた。子供は徽章《きしょう》のついた黒い帽子をかぶったまま先生の前へ回って礼をした。

「おじさん、はいって来る時、家《うち》にだれもいなかったかい」と聞いた。

「だれもいなかったよ」

「姉《ねえ》さんやおっかさんが勝手の方にいたのに」

「そうか、いたのかい」

「ああ。おじさん、こんちはって、断わってはいって来るとよかったのに」

先生は苦笑した。懐中《ふところ》から蟇口《がまぐち》を出して、五銭の白銅を子供の手に握らせた。

「おっかさんにそう言っとくれ。少しここで休ましてくださいって」

子供は怜悧《りこう》そうな目に笑いをみなぎらして、うなずいて見せた。

「今斥候長《せっこうちょう》になってるところなんだよ」

子供はこう断わって、躑躅のあいだを下の方へかけおりて行った。犬も尻尾《しっぽ》を高く巻いて子供のあとを追いかけた。しばらくすると同じくらいの年恰好《としかっこう》の子供が二、三人、これも斥候長のおりて行った方へかけて行った。

二九

先生の談話は、この犬と子供のために、結末まで進行することができなくなったので、私はついにその要領を得ないでしまった。先生の気にする財産うんぬんの懸念はその時の私にはまったくなかった。私の性質として、また私の境遇からいって、その時の私には、そんな利害の念に頭を悩ます余地がなかったのである。考えるとこれは私がまだ世間に出ないためでもあり、またじっさいその場に臨まないためでもあったろうが、とにかく若い私にはなぜか金の問題が遠くの方に見えた。

先生の話のうちでただ一つ底まで聞きたかったのは、人間がいざというまぎわに、だれでも悪人になるという言葉の意味であった。たんなる言葉としては、これだけでも私にわからないことはなかった。しかし私はこの句についてもっと知りたかった。

犬と子供が去ったあと、広い若葉の園は再びもとの静かさに帰った。そうして我々は沈黙にとざされた人のようにしばらく動かずにいた。うるわしい空の色がその時次第に光を失ってきた。目の前にある樹はたいがい楓であったが、その枝にしたたるようにふいた軽い緑の若葉が、だんだん暗くなってゆくように思われた。遠い往来を荷車を引いて行く響きがごろごろと聞こえた。私はそれを村の男が植木か何かを載せて縁日へでも出かけるものと想像した。先生はその音を聞くと、急に瞑想《めいそう》から息を吹き返した人のように立ち上がった。

「もう、そろそろ帰りましょう。だいぶ日が長くなったようだが、やっぱりこう安閑としているうちには、いつのまにか暮れてゆくんだね」

先生の背中には、さっき縁台の上に仰向《あおむ》きに寝た痕《あと》がいっぱいついていた。私は両手でそれを払い落した。

「ありがとう。脂《やに》がこびりついてやしませんか」

「きれいに落ちました」

「この羽織はついこないだこしらえたばかりなんだよ。だからむやみによごして帰ると、妻《さい》にしかられるからね。ありがとう」

二人はまただらだら坂の中途にある家《うち》の前へ来た。はいる時には誰もいる気色《けしき》の見えなかった縁に、おかみさんが、十五、六の娘を相手に、糸巻へ糸を巻きつけていた。二人は大きな金魚鉢《きんぎょばち》の横から、「どうもおじゃまをしました」と挨拶《あいさつ》した。おかみさんは「いいえおかまい申しもいたしませんで」と礼を返したあと、さっき子供にやった白銅の礼を述べた。

門口《かどぐち》を出て二、三町来た時、私はついに先生に向かって口をきった。

「さきほど先生の言われた、人間はだれでもいざというまぎわに悪人になるんだという意味ですね。あれはどういう意味ですか」

「意味といって、深い意味もありません。――つまり事実なんですよ。理窟《りくつ》じゃないんだ」

「事実でさしつかえありませんが、私の伺いたいのは、いざというまぎわという意味なんです。いったいどんな場合をさすのですか」

先生は笑いだした。あたかも時機の過ぎた今、もう熱心に説明するはりあいがないといったふうに。

「金さ君。金を見ると、どんな君子でも悪人になるのさ」

私には先生の返事があまりに平凡すぎてつまらなかった。先生が調子に乗らないごとく、私も拍子抜けの気味であった。私はすましてさっさと歩きだした。いきおい先生は少しおくれがちになった。先生はあとから「おいおい」と声をかけた。

「そらみたまえ」

「何をですか」

「君の気分だって、私の返事一つですぐ変るじゃないか」

待ち合わせるために振り向いて立ち留まった私の顔を見て、先生はこう言った。

三〇

その時の私は腹の中で先生を憎らしく思った。肩を並べて歩きだしてからも、自分の聞きたいことをわざと聞かずにいた。しかし先生のほうでは、それに気がついていたのか、いないのか、まるで私の態度にこだわる様子を見せなかった。いつものとおり沈黙がちにおちつきはらった歩調をすまして運んで行くので、私は少し業腹《ごうはら》になった。なんとかいってひとつ先生をやっつけてみたくなってきた。

「先生」

「なんですか」

「先生はさっき少し興奮なさいましたね。あの植木屋の庭で休んでいる時に。私は先生の興奮したのをめったに見たことがないんですが、きょうは珍らしいところを拝見したような気がします」

先生はすぐ返事をしなかった。私はそれをてごたえのあったようにも思った。また的がはずれたようにも感じた。しかたがないからあとは言わないことにした。すると先生がいきなり道の端《はじ》に寄って行った。そうしてきれいに刈り込んだ生垣《いけがき》の下で、裾《すそ》をまくって小便をした。私は先生が用を足すあいだぼんやりそこに立っていた。

「やあ失敬」

先生はこう言ってまた歩きだした。私はとうとう先生をやりこめることを断念した。私たちの通る道はだんだんにぎやかになった。今までちらほらと見えた広い畑の斜面や平地が、まったく目にはいらないように左右の家並《やなみ》がそろってきた。それでもところどころ宅地の隅《すみ》などに、豌豆《えんどう》の蔓《つる》を竹にからませたり、金網で鶏を囲い飼いにしたりするのが閑静にながめられた。市中から帰る駄馬がしきりなくすれ違って行った。こんなものにしじゅう気をとられがちな私は、さっきまで胸の中にあった問題をどこかへ振り落してしまった。先生が突然そこへあともどりをした時、私はじっさいそれを忘れていた。

「私はさっきそんなに興奮したように見えたんですか」

「そんなにというほどでもありませんが、少し……」

「いや見えてもかまわない。じっさい興奮するんだから。私は財産のことをいうときっと興奮するんです。君にはどう見えるかしらないが、私はこれでたいへん執念《しゅうねん》深い男なんだから。人から受けた屈辱や損害は、十年たっても二十年たっても忘れやしないんだから」

先生の言葉はもとよりもなお興奮していた。しかし私の驚いたのは、けっしてその調子ではなかった。むしろ先生の言葉が私の耳に訴える意味そのものであった。先生の口からこんな自白を聞くのは、いかな私にもまったくの意外に相違なかった。私は先生の性質の特色として、こんな執着力《しゅうじゃくりょく》をいまだかつて想像したことさえなかった。私は先生をもっと弱い人と信じていた。そうしてその弱くて高いところに、私のなつかしみの根を置いていた。一時の気分で先生にちょっと盾《たて》を突いてみようとした私は、この言葉の前に小さくなった。先生はこう言った。

「私はひとに欺かれたのです。しかも血のつづいた親戚《しんせき》のものから欺かれたのです。私はけっしてそれを忘れないのです。私の父の前には善人であったらしい彼らは、父の死ぬやいなや許しがたい不徳義漢に変ったのです。私は彼らから受けた屈辱と損害を子供の時から今日までしょわされている。おそらく死ぬまでしょわされどおしでしょう。私は死ぬまでそれを忘れることができないんだから。しかし私はまだ復讐《ふくしゅう》をしずにいる。考えると私は個人に対する復讐以上の事を現にやっているんだ。私は彼らを憎むばかりじゃない、彼らが代表している人間というものを、一般に憎むことを覚えたのだ。私はそれでたくさんだと思う」

私は慰藉の言葉さえ口へ出せなかった。

三

その日の談話もついにこれぎりで発展せずにしまった。私はむしろ先生の態度に畏縮して、先へ進む気が起こらなかったのである。

二人は市のはずれから電車に乗ったが、車内ではほとんど口をきかなかった。電車を降りるとまもなく別れなければならなかった。別れる時の先生は、また変っていた。常よりは晴れやかな調子で、「これから六月まではいちばん気楽な時ですね。ことによると生涯《しょうがい》でいちばん気楽かもしれない。精出して遊びたまえ」と言った。私は笑って帽子をとった。その時私は先生の顔を見て、先生ははたして心のどこで、一般の人間を憎んでいるのだろうかと疑《うたぐ》った。その目、その口、どこにも厭世的の影はさしていなかった。

私は思想上の問題について、大いなる利益を先生から受けたことを自白する。しかし同じ問題について、利益を受けようとしても、受けられないことがままあったと言わなければならない。先生の談話は時として不得要領に終った。その日二人のあいだに起こった郊外の談話も、この不得要領の一例として私の胸のうちに残った。

無遠慮な私は、ある時ついにそれを先生の前に打ち明けた。先生は笑っていた。私はこう言った。

「頭が鈍くて要領を得ないのはかまいませんが、ちゃんとわかってるくせに、はっきり言ってくれないのは困ります」

「私はなんにも隠してやしません」

「隠していらっしゃいます」

「あなたは私の思想とか意見とかいうものと、私の過去とを、ごちゃごちゃに考えているんじゃありませんか。私は貧弱な思想家ですけれども、自分の頭でまとめあげた考えをむやみに人に隠しやしません。隠す必要がないんだから。けれど私の過去をことごとくあなたの前に物語らなくてはならないとなると、それはまた別問題になります」

「別問題とは思われません。先生の過去が生み出した思想だから、私は重きを置くのです。二つのものを切り離したら、私にはほとんど価値のないものになります。私は魂の吹き込まれていない人形を与えられただけで、満足はできないのです」

先生はあきれたと言ったふうに、私の顔を見た。巻煙草《まきたばこ》を持っていたその手が少しふるえた。

「あなたは大胆だ」

「ただまじめなんです。まじめに人生から教訓を受けたいのです」

「私の過去をあばいてもですか」

あばくという言葉が突然恐ろしい響きをもって、私の耳を打った。私は今私の前にすわっているのが、一人の罪人であって、ふだんから尊敬している先生でないような気がした。先生の顔は青かった。

「あなたはほんとうにまじめなんですか」と先生が念を押した。「私は過去の因果*で、人を疑《うたぐ》りつけている。だからじつはあなたも疑っている。しかしどうもあなただけは疑りたくない。あなたは疑るにはあまりに単純すぎるようだ。私は死ぬまえにたった一人でいいから、ひとを信用して死にたいと思っている。あなたはそのたった一人になれますか。なってくれますか。あなたは腹の底からまじめですか」

「もし私の命がまじめなものなら、私の今言ったこともまじめです」

私の声はふるえた。

「よろしい」と先生が言った。「話しましょう。私の過去を残らず、あなたに話してあげましょう。その代り……。いやそれはかまわない。しかし私の過去はあなたにとってそれほど有益でないかもしれませんよ。聞かないほうがましかもしれませんよ。それから、——今は話せないんだから、そのつもりでいてください。適当の時機が来なくっちゃ話さないんだから」

私は下宿へ帰ってからも一種の圧迫を感じた。

三

私の論文は自分が評価していたほどに、教授の目にはよく見えなかったらしい。それでも私は予定どおり及第した。卒業式の日、私は黴《かび》臭くなった古い冬服を行李《こうり》の中から出して着た。式場にならぶと、どれもこれもみな暑そうな顔ばかりであった。私も風の通らない厚羅紗《あつラシャ》の下に密封された自分のからだをもてあました。しばらく立っているうちに手に持ったハンケチがぐしょぐしょになった。

私は式がすむとすぐ帰って裸体《はだか》になった。下宿の二階の窓をあけて、遠眼鏡《とおめがね》のようにぐるぐる巻いた卒業証書の穴から、見えるだけの世の中を見渡した。それからその卒業証書を机の上にほうり出した。そうして大の字なりになって、部屋《へや》のまん中に寝そべった。私は寝ながら自分の過去を顧みた。また自分の未来を想像した。するとそのあいだに立って一区切りをつけているこの卒業証書なるものが、意味のあるような、また意味のないような変な紙に思われた。

私はその晩先生の家《うち》へごちそうに招かれて行った。これはもし卒業したらその日の晩餐《ばんさん》はよそで食わずに、先生の食卓ですますというまえからの約束であった。

食卓は約束どおり座敷の縁近くにすえられてあった。模様の織り出された厚い糊《のり》の硬《こわ》い卓　布《テーブルクロス》が美しくかつ清らかに電燈の光を射返していた。先生の家で飯を食うと、きっとこの西洋料理店に見るような白いリンネルの上に、箸《はし》や茶碗《ちゃわん》が置かれていた。そうしてそれが必ず洗濯したてのまっ白なものにかぎられていた。

「カラやカフスと同じことさ。よごれたのを用いるくらいなら、いっそはじめから色のついたものを使うがいい。白ければ純白でなくっちゃ」

こう言われてみると、なるほど先生は潔癖であった。書斎などもじつにきちりと片づいていた。無頓着《むとんじゃく》な私には、先生のそういう特色がおりおり著しく目にとまった。

「先生は癇性《かんしょう》ですね」とかつて奥さんに告げた時、奥さんは「でも着物などは、それほど気にしないようですよ」と答えたことがあった。それをそばに聞いていた先生は、「ほんとうをいうと、私は精神的に癇性なんです。それでしじゅう苦しいんです。考えるとじつにばかばかしい性分だ」と言って笑った。精神的に癇性という意味は、俗にいう神経質という意味か、または倫理的に潔癖だという意味か、私にはわからなかった。奥さんにもよく通じないらしかった。

その晩私は先生と向かい合わせに、例の白い卓布の前にすわった。奥さんは二人を左右に置いて、ひとり庭の方を正面にして席を占めた。

「おめでとう」と言って、先生が私のために杯を上げてくれた。私はこの杯に対してそれほどうれしい気を起こさなかった。むろん私自身の心がこの言葉に反響するように、飛び立つうれしさをもっていなかったのが、一つの原因であった。けれども先生の言い方もけっして私のうれしさをそそるうきうきした調子を帯びていなかった。先生は笑って杯を上げた。私はその笑いのうちに、ちっとも意地の悪いアイロニーを認めなかった。同時にめでたいという真情も汲み取ることができなかった。先生の笑いは、「世間はこんな場合によくおめでとうと言いたがるものですね」と私に物語っていた。

奥さんは私に「結構ね。さぞお父《とう》さんやお母《かあ》さんはお喜びでしょう」と言ってくれた。私は突然病気の父の事を考えた。早くあの卒業証書を持って行って見せてやろうと思った。

「先生の卒業証書はどうしました」と私が聞いた。

「どうしたかね。――まだどこかにしまってあったかね」と先生が奥さんに聞いた。

「ええ、たしかしまってあるはずですが」

卒業証書の在処《ありどころ》は二人ともよく知らなかった。

三

飯になった時、奥さんはそばにすわっている下女を次へ立たせて、自分で給仕の役をつとめた。これが表立《おもてだ》たない客に対する先生の家のしきたりらしかった。はじめの一、二回は私も窮屈を感じたが、度数の重なるにつけ、茶碗を奥さんの前へ出すのが、なんでもなくなった。

「お茶？　御飯？　ずいぶんよく食べるのね」

奥さんのほうでも思い切って遠慮のないことを言うことがあった。しかしその日は、時候が時候なので、そんなにからかわれるほど食欲が進まなかった。

「もうおしまい。あなた近ごろたいへん小食になったのね」

「小食になったんじゃありません。暑いんで食われないんです」

奥さんは下女を呼んで食卓を片づけさせたあとへ、改めてアイスクリームと水菓子を運ばせた。

「これは家《うち》でこしらえたのよ」

用のない奥さんには、手製のアイスクリームを客にふるまうだけの余裕があるとみえた。私はそれを二杯かえてもらった。

「君もいよいよ卒業したが、これから何をする気ですか」と先生が聞いた。先生は半分縁側の方へ席をずらして、敷居ぎわで背中を障子にもたせていた。

私はただ卒業したという自覚があるだけで、これから何をしようという目的《あて》もなかった。返事にためらっている私を見た時、奥さんは「教師？」と聞いた。それにも答えずにいると、今度は、「じゃお役人？」とまた聞かれた。私も先生も笑いだした。

「ほんというと、まだ何をする考えもないんです。じつは職業というものについて、まったく考えたことがないくらいなんですから。だいちどれが善《い》いか、どれが悪いか、自分がやってみたうえでないとわからないんだから、選択に困るわけだと思います」

「それもそうね。けれどもあなたは畢竟《ひっきょう》財産があるからそんなのん気なことを言っていられるのよ。これが困る人でごらんなさい。なかなかあなたのようにおちついちゃいられないから」

私の友だちには卒業しないまえから、中学教師の口を捜している人があった。私は腹の中で奥さんのいう事実を認めた。しかしこう言った。

「少し先生にかぶれたんでしょう」

「ろくなかぶれ方をしてくださらないのね」

先生は苦笑した。

「かぶれてもかまわないから、その代りこのあいだ言ったとおり、お父さんの生きてるうちに、相当の財産を分けてもらっておきなさい。それでないとけっして油断はならない」

私は先生といっしょに、郊外の植木屋の広い庭の奥で話した、あの躑躅《つつじ》の咲いている五月の初めを思い出した。あの時帰り道に、先生が興奮した語気で、私に物語った強い言葉を、再び耳の底でくり返した。それは強いばかりでなく、むしろすごい言葉であった。けれども事実を知らない私には同時に徹底しない言葉でもあった。

「奥さん、お宅の財産はよっぽどあるんですか」

「なんだってそんなことをお聞きになるの」

「先生に聞いても教えてくださらないから」

奥さんは笑いながら先生の顔を見た。

「教えてあげるほどないからでしょう」

「でもどのくらいあったら先生のようにしていられるか、家《うち》へ帰って一つ父に談判する時の参考にしますから聞かしてください」

先生は庭の方を向いて、すまして煙草を吹かしていた。相手はしぜん奥さんでなければならなかった。

「どのくらいってほどありゃしませんわ。まあこうしてどうかこうか暮らしてゆかれるだけよ、あなた。――そりゃどうでもいいとして、あなたはこれから何かなさらなくっちゃほんとうにいけませんよ。先生のようにごろごろばかりしていちゃ……」

「ごろごろばかりしていやしないさ」

先生はちょっと顔だけ向け直して、奥さんの言葉を否定した。

三四

私はその夜十時過ぎに先生の家を辞した。二、三日うちに帰国するはずになっていたので、座を立つまえに私はちょっと暇乞《いとまご》いの言葉を述べた。

「また当分お目にかかれませんから」

「九月には出ていらっしゃるんでしょうね」

私はもう卒業したのだから、必ず九月に出て来る必要もなかった。しかし暑い盛りの八月を東京まで来て送ろうとも考えていなかった。私には位置を求めるための貴重な時間というものがなかった。

「まあ九月ごろになるでしょう」

「じゃずいぶんごきげんよう。私たちもこの夏はことによるとどこかへ行くかもしれないのよ。ずいぶん暑そうだから。行ったらまた絵はがきでも送ってあげましょう」

「どちらの見当です。もしいらっしゃるとすれば」

先生はこの問答をにやにや笑って聞いていた。

「なにまだ行くとも行かないともきめていやしないんです」

席を立とうとした時に、先生は急に私をつらまえて、「時にお父さんの病気はどうなんです」と聞いた。私は父の健康についてほとんど知るところがなかった。なんとも言ってこない以上、悪くはないのだろうくらいに考えていた。

「そんなにたやすく考えられる病気じゃありませんよ。尿毒症が出ると、もうだめなんだから」

尿毒症という言葉も意味も私にはわからなかった。このまえの冬休みに国で医者と会見した時に、私はそんな術語をまるで聞かなかった。

「ほんとうに大事にしておあげなさいよ」と奥さんも言った。「毒が脳へ回るようになると、もうそれっきりよ、あなた。笑いごとじゃないわ」

無経験な私は気味を悪がりながらも、にやにやしていた。

「どうせ助からない病気だそうですから、いくら心配したってしかたがありません」

「そう思い切りよく考えれば、それまでですけれども」

奥さんは昔同じ病気で死んだという自分のお母さんの事でも思い出したのか、沈んだ調子でこう言ったなり下を向いた。私も父の運命がほんとうに気の毒になった。

すると先生が突然奥さんの方を向いた。

「静《しず》、お前はおれより先へ死ぬだろうかね」

「なぜ」

「なぜでもない、ただ聞いてみるのさ。それともおれのほうがお前よりまえに片づくかな。たいてい世間じゃ旦那《だんな》が先で、細君があとへ残るのがあたりまえのようになってるね」

「そうきまったわけでもないわ。けれども男のほうはどうしても、そら年が上でしょう」

「だから先へ死ぬという理窟なのかね。するとおれもお前より先にあの世へ行かなくっちゃならないことになるね」

「あなたは特別よ」

「そうかね」

「だって丈夫なんですもの。ほとんど煩ったためしがないじゃありませんか。そりゃどうしたって私のほうが先だわ」

「先かな」

「え、きっと先よ」

先生は私の顔を見た。私は笑った。

「しかしもしおれのほうが先へ行くとするね。そうしたらお前どうする」

「どうするって……」

奥さんはそこで口ごもった。先生の死に対する想像的な悲哀が、ちょっと奥さんの胸を襲ったらしかった。けれども再び顔をあげた時は、もう気分をかえていた。

「どうするって、しかたがないわ、ねえあなた。老少不定《ふじょう》*っていうくらいだから」

奥さんはことさらに私の方を見て冗談らしくこう言った。

三五

私は立てかけた腰をまたおろして、話の区切りのつくまで二人の相手になっていた。

「君はどう思います」と先生が聞いた。

先生が先へ死ぬか、奥さんが早く亡《な》くなるか、もとより私に判断のつくべき問題ではなかった。私はただ笑っていた。

「寿命はわかりませんね。私にも」

「こればかりはほんとうに寿命ですからね。生まれた時にちゃんときまった年数をもらってくるんだからしかたがないわ。先生のお父さんやお母さんなんか、ほとんどおんなじよ、あなた、亡くなったのが」

「亡くなられた日がですか」

「まさか日までおんなじじゃないけれども。でもまあおんなじよ。だって続いて亡くなっちまったんですもの」

この知識は私にとって新しいものであった。私は不思議に思った。

「どうしてそう一度に死なれたんですか」

奥さんは私の問に答えようとした。先生はそれをさえぎった。

「そんな話はおよしよ。つまらないから」

先生は手に持った団扇《うちわ》をわざとばたばたいわせた。そうしてまた奥さんを顧みた。

「静、おれが死んだらこの家をお前にやろう」

奥さんは笑い出した。

「ついでに地面もくださいよ」

「地面はひとのものだからしかたがない。その代りおれの持ってるものはみんなお前にやるよ」

「どうもありがとう。けれども横文字の本なんかもらってもしようがないわね」

「古本屋に売るさ」

「売ればいくらくらいになって」

先生はいくらとも言わなかった。けれども先生の話は、容易に自分の死という遠い問題を離れなかった。そうしてその死は必ず奥さんのまえに起こるものと仮定されていた。奥さんも最初のうちは、わざとたわいのない受け答えをしているらしくみえた。それがいつのまにか、感傷的な女の心を重苦しくした。

「おれが死んだら、おれが死んだらって、まあ何べんおっしゃるの。後生《ごしょう》だからもういいかげんにして、おれが死んだらはよしてちょうだい。縁起《えんぎ》でもない。あなたが死んだら、なんでもあなたの思いどおりにしてあげるから、それでいいじゃありませんか」

先生は庭の方を向いて笑った。しかしそれぎり奥さんのいやがることを言わなくなった。

私もあまり長くなるので、すぐ席を立った。先生と奥さんは玄関まで送って出た。

「御病人をお大事に」と奥さんが言った。

「また九月に」と先生が言った。

私は挨拶《あいさつ》をして格子《こうし》の外へ足を踏み出した。玄関と門の間にあるこんもりした木犀《もくせい》の一株が、私のゆくてをふさぐように、夜陰《やいん》のうちに枝を張っていた。私は二、三歩動きだしながら、黒ずんだ葉におおわれているその梢《こずえ》を見て、来たるべき秋の花と香《か》を思い浮かべた。私は先生の家《うち》とこの木犀とを、以前から心のうちで、離すことのできないもののように、いっしょに記憶していた。私が偶然その樹《き》の前に立って、再びこの家《うち》の玄関をまたぐべき次の秋に思いをはせた時、今まで格子の間からさしていた玄関の電燈がふっと消えた。先生夫婦はそれぎり奥へはいったらしかった。私は一人《ひとり》暗い表へ出た。

私はすぐ下宿へはもどらなかった。国へ帰るまえに調える買物もあったし、ごちそうを詰めた胃袋にくつろぎを与える必要もあったので、ただにぎやかな町の方へ歩いて行った。町はまだ宵《よい》の口であった。用事もなさそうな男女《なんにょ》がぞろぞろ動くなかに、私はきょう私といっしょに卒業したなにがしに会った。彼は私をむりやりにあるバーへ連れ込んだ。私はそこでビールの泡《あわ》のような彼の気炎を聞かされた。私の下宿へ帰ったのは十二時過ぎであった。

三六

私はその翌日も暑さを冒して、頼まれものを買い集めて歩いた。手紙で注文を受けた時はなんでもないように考えていたのが、いざとなるとたいへん億劫《おっくう》に感ぜられた。私は電車の中で汗をふきながらひとの時間と手数に気の毒という観念をまるでもっていない田舎《いなか》者《もの》を憎らしく思った。

私はこの一夏《ひとなつ》を無為に過ごす気はなかった。国へ帰ってからの日程というようなものをあらかじめ作っておいたので、それを履行するに必要な書物も手に入れなければならなかった。私は半日を丸善の二階でつぶす覚悟でいた。私は自分に関係の深い部門の書籍棚《しょせきだな》の前に立って、隅《すみ》から隅まで一冊ずつ点検して行った。

買物のうちでいちばん私を困らせたのは女の半襟《はんえり》であった。小僧に言うと、いくらでも出してはくれるが、さてどれを選んでいいのか、買うだんになっては、ただ迷うだけであった。そのうえ価がきわめて不定であった。安かろうと思って聞くと、非常に高かったり、高かろうと考えて、聞かずにいると、かえってたいへん安かったりした。あるいはいくら比べてみても、どこから価格の差違が出るのか見当がつかないのもあった。私はまったく弱らせられた。そうして心のうちで、なぜ先生の奥さんを煩わさなかったかを悔いた。

私は鞄《かばん》を買った。むろん和製の下等な品にすぎなかったが、それでも金具やなどがぴかぴかしているので、田舎者をおどかすには十分であった。この鞄を買うということは、私の母の注文であった。卒業したら新しい鞄を買って、そのなかにいっさいの土産物《みやげもの》を入れて帰るようにと、わざわざ手紙の中に書いてあった。私はその文句を読んだ時に笑いだした。私には母の料簡《りょうけん》がわからないというよりも、その言葉が一種の滑稽として訴えたのである。

私は暇乞《いとまご》いをする時先生夫婦に述べたとおり、それから三日目の汽車で東京を立って国へ帰った。この冬以来父の病気について先生からいろいろの注意を受けた私は、いちばん心配しなければならない地位にありながら、どういうものか、それが大して苦にならなかった。私はむしろ父がいなくなったあとの母を想像して気の毒に思った。そのくらいだから私は心のどこかで、父はすでに亡《な》くなるべきものと覚悟していたに違いなかった。九州にいる兄へやった手紙の中にも、私は父のとてももとのような健康体になる見込みのないことを述べた。一度などは職務のつごうもあろうが、できるならくり合わせてこの夏ぐらい一度顔だけでも見に帰ったらどうだとまで書いた。そのうえ年寄りが二人ぎりで田舎にいるのはさだめて心細いだろう、我々も子として遺憾《いかん》のいたりであるというような感傷的な文句さえ使った。私はじっさい心に浮かぶままを書いた。けれども書いたあとの気分は書いた時とは違っていた。

私はそうした矛盾《むじゅん》を汽車の中で考えた。考えているうちに自分が自分に気の変りやすい軽薄者《けいはくもの》のように思われてきた。私は不愉快になった。私はまた先生夫婦の事を思い浮かべた。ことに二、三日まえ晩食に呼ばれた時の会話を思い出した。

「どっちが先へ死ぬだろう」

私はその晩先生と奥さんの間に起こった疑問をひとり口の内でくり返してみた。そうしてこの疑問にはだれも自信をもって答えることができないのだと思った。しかしどっちが先へ死ぬとはっきりわかっていたならば、先生はどうするだろう。奥さんはどうするだろう。先生も奥さんも、今のような態度でいるよりほかにしかたがないだろうと思った。(死に近づきつつある父を国もとに控えながら、この私がどうすることもできないように)。私は人間をはかないものに観じた。人間のどうすることもできない持って生まれた軽薄を、はかないものに観じた。

中　両親と私

一

　家《うち》へ帰って案外に思ったのは、父の元気がこのまえ見た時と大して変っていないことであった。

「ああ帰ったかい。そうか、それでも卒業ができてまあ結構だった。ちょっとお待ち、今顔を洗ってくるから」

　父は庭へ出て何かしていたところであった。古い麦藁帽《むぎわらぼう》の後へ、日除けのためにくりつけたうすぎたないハンケチをひらひらさせながら、井戸のある裏手の方へ回って行った。

　学校を卒業するのをふつうの人間として当然のように考えていた私は、それを予期以上に喜んでくれる父の前に恐縮した。

「卒業ができてまあ結構だ」

　父はこの言葉を何べんもくり返した。私の心のうちでこの父の喜びと、卒業式のあった晩先生の家の食卓で、「おめでとう」と言われた時の先生の顔つきとを比較した。私には口で祝ってくれながら、腹の底でけなしている先生のほうが、それほどにもないものを珍らしそうにうれしがる父よりも、かえって高尚《こうしよう》に見えた。私はしまいに父の無知から出る田舎《いなか》臭いところに不快を感じだした。

「大学ぐらい卒業したって、それほど結構でもありません。卒業するものは毎年《まいとし》何百人だってあります」

私はついにこんな口のききようをした。すると父が変な顔をした。

「なにも卒業したから結構とばかり言うんじゃない。そりゃ卒業は結構に違いないが、おれの言うのは少し意味があるんだ。それがお前にわかっていてくれさえすれば、……」

私は父からそのあとを聞こうとした。父は話したくなさそうであったが、とうとうこう言った。

「つまり、おれが結構ということになるのさ。おれはお前の知ってるとおりの病気だろう。去年の冬お前に会った時、ことによるともう三月か四月ぐらいなものだろうと思っていたのさ。それがどういうしあわせか、きょうまでこうしている。起居《たちい》に不自由なく、こうしている。そこへお前が卒業してくれた。だからうれしいのさ。せっかく丹精《たんせい》した息子《むすこ》が、自分のいなくなったあとで卒業してくれるよりも、丈夫なうちに学校を出てくれるほうが、親の身になればうれしいだろうじゃないか。大きな考えをもっているお前から見たら、たかが大学を卒業したぐらいで、結構だ結構だと言われるのはあまりおもしろくもないだろう。しかしおれのほうから見てごらん、立場が少し違っているよ。つまり卒業はお前にとってより、このおれにとって結構なんだ。わかったかい」

私は一言《いちごん》もなかった。あやまる以上に恐縮してうつむいていた。父は平気なうちに自分の死を覚悟していたものとみえる。しかも私の卒業するまえに死ぬだろうと思い定めていたとみえる。その卒業が父の心にどのくらい響くかも考えずにいた私はまったく愚か者であった。私は鞄《かばん》の中から卒業証書を取り出して、それを大事そうに父と母に見せた。証書は何かにおしつぶされて、元の形を失っていた。父はそれを丁寧に伸《の》した。

「こんなものは巻いたなり手に持ってくるものだ」

「中に芯でも入れるとよかったのに」と母もかたわらから注意した。

父はしばらくそれをながめたあと、立って床《とこ》の間《ま》の所へ行って、だれの目にもすぐはいるような正面へ証書を置いた。いつもの私ならすぐなんとかいうはずであったが、その時の私はまるで平生《へいぜい》と違っていた。父や母に対して少しもさからう気が起こらなかった。私は黙って父のなすがままに任せておいた。いったん癖のついた鳥の子紙の証書は、なかなか父の自由にならなかった。適当な位置に置かれるやいなや、すぐ己《おのれ》に自然ないきおいを得て倒れようとした。

二

私は母をかげへ呼んで父の病状を尋ねた。

「お父《とう》さんはあんなに元気そうに庭へ出たりして何かしているが、あれでいいんですか」

「もうなんともないようだよ。おおかたよくおなりなんだろう」

母は案外平気であった。都会からかけ隔たった森や田の中に住んでいる女の常として、母はこういうことにかけてはまるで無知識であった。それにしてもこのまえ父が卒倒した時には、あれほど驚いて、あんなに心配したものを、と私は心のうちでひとり異な感じをいだいた。

「でも医者はあの時とてもむずかしいって宣告したじゃありませんか」

「だから人間のからだほど不思議なものはないと思うんだよ。あれほどお医者が手重く言ったものが、今までしゃんしゃんしているんだからね。お母《かあ》さんもはじめのうちは心配して、なるべく動かさないようにと思ったんだがね。それ、あの気性だろう。養生《ようじょう》はしなさるけれども、強情でねえ。自分がいいと思い込んだら、なかなか私の言うことなんか、聞きそうにもなさらないんだからね」

私はこのまえ帰った時、むりに床を上げさして、髭《ひげ》をそった父の様子と態度とを思い出した。「もう大丈夫《だいじょうぶ》、お母さんがあんまりぎょうさんすぎるからいけないんだ」と言ったその時の言葉を考えてみると、まんざら母ばかり責める気にもなれなかった。「しかしはたでも少しは注意しなくっちゃ」と言おうとした私は、とうとう遠慮してなんにも口へ出さなかった。ただ父の病の性質《やまい》について、私の知るかぎりを教えるように話して聞かせた。しかしその大部分は先生と先生の奥さんから得た材料にすぎなかった。母はべつに感動した様子も見せなかった。ただ「へえ、やっぱりおんなじ病気でね。お気の毒だね。いくつでお亡《な》くなりかえ、そのかたは」などと聞いた。

私はしかたがないから、母をそのままにしておいて直接父に向かった。父は私の注意を母よりはまじめに聞いてくれた。「もっともだ。お前の言うとおりだ。けれども、おれのからだは畢竟《ひっきょう》おれのからだで、そのおれのからだについての養生法は、多年の経験上、おれがいちばんよく心得ているはずだからね」と言った。それを聞いた母は苦笑した。「それごらんな」と言った。

「でも、あれでお父さんは自分でちゃんと覚悟だけはしているんですよ。今度私が卒業して帰ったのをたいへん喜んでいるのも、まったくそのためなんです。生きてるうちに卒業はできまいと思ったのが、達者なうちに免状を持って来たから、それがうれしいんだって、お父さんは自分でそう言っていましたぜ」

「そりゃ、お前、口でこそそうお言いだけれどもね。お腹《なか》の中ではまだ大丈夫だと思っておいでのだよ」

「そうでしょうか」

「まだまだ十年も二十年も生きる気でおいでのだよ。もっとも時々はわたしにも心細いようなことをお言いだがね。おれもこの分じゃもう長いこともあるまいよ、おれが死んだら、お前はどうする、一人《ひとり》でこの家《うち》にいる気かなんて」

私は急に父がいなくなって母一人が取り残された時の、古い広い田舎家《いなかや》を想像してみた。この家から父一人を引き去ったあとは、そのままでたちゆくだろうか。兄はどうするだろうか。母はなんというだろうか。そう考える私はまたここの土を離れて、東京で気楽に暮らしてゆけるだろうか。私は母を目の前に置いて、先生の注意――父の丈夫でいるうちに、分けてもらうものは、分けてもらっておけという注意を、偶然思い出した。

「なにね、自分で死ぬ死ぬって言う人に死んだためしはないんだから安心だよ。お父さんなんぞも、死ぬ死ぬって言いながら、これからさきまだ何年生きなさるかわかるまいよ。それよりか黙ってる丈夫の人のほうがけんのんさ」

私は理窟《りくつ》から出たとも統計から来たとも知れない、この陳腐なような母の言葉を黙然《もくねん》と聞いていた。

三

私のために赤い飯をたいて客をするという相談が父と母のあいだに起こった。私は帰った当日から、あるいはこんな事になるだろうと思って、心のうちで暗にそれを恐れていた。私はすぐ断わった。

「あんまりぎょうさんな事はよしてください」

私は田舎の客がきらいだった。飲んだり食ったりするのを、最後の目的としてやって来る彼らは、何か事があればいいといったふうの人ばかりそろっていた。私は子供の時から彼らの席に侍するのを心苦しく感じていた。まして自分のために彼らが来るとなると、私の苦痛はいっそうはなはだしいように想像された。しかし私は父や母のてまえ、あんな野《や》鄙《ひ》な人を集めて騒ぐのはよせとも言いかねた。それで私はただあまりぎょうさんだからとばかり主張した。

「ぎょうさんぎょうさんとお言いだが、ちっともぎょうさんじゃないよ。生涯《しょうがい》に二度とある事じゃないんだからね、お客ぐらいするのはあたりまえだよ。そう遠慮をおしでない」

母は私が大学を卒業したのを、ちょうど嫁でももらったと同じ程度に、重くみているらしかった。

「呼ばなくってもいいが、呼ばないとまたなんとか言うから」

これは父の言葉であった。父は彼らのかげ口を気にしていた。じっさい彼らはこんな場合に、自分たちの予期どおりにならないと、すぐなんとか言いたがる人々であった。

「東京と違って田舎はうるさいからね」

父はこうも言った。

「お父さんの顔もあるんだから」と母がまたつけ加えた。

私は我《が》を張るわけにもいかなかった。どうでも二人《ふたり》のつごうのいいようにしたらと思いだした。

「つまり私のためなら、よしてくださいと言うだけなんです。かげで何か言われるのがいやだからという御主意なら、そりゃまた別です。あなたがたに不利益な事を私がしいて主張したってしかたがありません」

「そう理窟を言われると困る」

父は苦い顔をした。

「なにもお前のためにするんじゃないとお父さんがおっしゃるんじゃないけれども、お前だって世間への義理ぐらいは知っているだろう」

母はこうなると女だけにしどろもどろなことを言った。その代り口数からいうと、父と私を二人寄せてもなかなかかなうどころではなかった。

「学問をさせると人間がとかく理窟っぽくなっていけない」

父はただこれだけしか言わなかった。しかし私はこの簡単な一句のうちに、父が平生から私に対してもっている不平の全体を見た。私はその時自分の言葉使いの角張《かどば》ったところに気がつかずに、父の不平のほうばかりを無理のように思った。

父はその夜また気をかえて、客を呼ぶならいつにするかと私のつごうを聞いた。つごうのいいも悪いもなしにただぶらぶら古い家の中に寝起きしている私に、こんな問をかけるのは、父のほうが折れて出たのと同じことであった。私はこの穏やかな父の前にこだわらない頭を下げた。私は父と相談のうえ招待《しようだい》の日取りをきめた。

その日取りのまだ来ないうちに、ある大きな事が起こった。それは明治天皇の御病気の報知であった。新聞紙ですぐ日本じゅうへ知れ渡ったこの事件は、一軒の田舎家のうちに多少の曲折を経てようやくまとまろうとした私の卒業祝いを、塵《ちり》のごとくに吹き払った。

「まあ御遠慮申したほうがよかろう」

眼鏡《めがね》をかけて新聞を見ていた父はこう言った。父は黙って自分の病気の事も考えているらしかった。私はついこのあいだの卒業式に例年のとおり大学へ行幸《ぎようこう》になった陛下《へいか》を思い出したりした。

四

小勢な人数《にんず》には広すぎる古い家がひっそりしている中に、私は行李《こうり》をといて書物をひもときはじめた。なぜか私は気がおちつかなかった。あのめまぐるしい東京の下宿の二階で、遠く走る電車の音を耳にしながら、ページを一枚一枚にまくっていくほうが、気に張りがあって心持ちよく勉強ができた。

私はややもすると机にもたれて仮寝《うたたね》をした。時にはわざわざ枕《まくら》さえ出して本式に昼寝をむさぼることもあった。目がさめると、蟬《せみ》の声を聞いた。うつつから続いているようなその声は、急にやかましく耳の底をかき乱した。私はじっとそれを聞きながら、時に悲しい思いを胸にいだいた。

私は筆を執って友だちのだれかれに短かいはがきまたは長い手紙を書いた。その友だちのあるものは東京に残っていた。あるものは遠い故郷に帰っていた。返事の来るのも、音信《たより》の届かないのもあった。私はもとより先生を忘れなかった。原稿紙へ細字《さいじ》で三枚ばかり国へ帰ってから以後の自分というようなものを題目にして書きつづったのを送ることにした。私はそれを封じる時、先生ははたしてまだ東京にいるだろうかと疑《うたぐ》った。先生が奥さんといっしょに家《うち》をあける場合には、五十恰好《がっこう》の切下《きりさ》げ*の女の人がどこからか来て、留《る》守番《すばん》をするのが例になっていた。私がかつて先生にあの人はなんですかと尋ねたら、先生はなんと見えますかと聞き返した。私はその人を先生の親類と思い違えていた。先生は「私には親類はありませんよ」と答えた。先生の郷里にいる続きあいの人々と、先生はいっこう音信の取りやりをしていなかった。私の疑問にしたその留守番の女の人は、先生とは縁のない奥さんのほうの親戚《しんせき》であった。私は先生に郵便を出す時、ふと幅の細い帯を楽にうしろで結んでいるその人の姿を思い出した。もし先生夫婦がどこかへ避暑にでも行ったあとへこの郵便が届いたら、あの切下げのお婆《ばあ》さんは、それをすぐ転地先へ送ってくれるだけの気転と親切があるだろうかなどと考えた。そのくせその手紙のうちには、これというほどの必要の事も書いてないのを、私はよく承知していた。ただ私は寂しかった。そうして先生から返事の来るのを予期してかかった。しかしその返事はついに来なかった。

父はこのまえの冬に帰って来た時ほど将棋《しょうぎ》を差したがらなくなった。将棋盤はほこりのたまったまま、床《とこ》の間の隅に片寄せられてあった。ことに陛下の御病気以後父はじっと考え込んでいるようにみえた。毎日新聞の来るのを待ち受けて、自分がいちばんさきへ読んだ。それからその読みがらをわざわざ私のいるところへ持って来てくれた。

「おい御覧、きょうも天子さまの事が詳しく出ている」

父は陛下のことを、常に天子さまと言っていた。

「もったいない話だが、天子さまの御病気も、お父さんのとまあ似たものだろうな」

こういう父の顔には深い懸念《けねん》の曇りがかかっていた。こう言われる私の胸には、また父がいつたおれるかわからないという心配がひらめいた。

「しかし大丈夫だろう。おれのようなくだらないものでも、まだこうしていられるくらいだから」

父は自分の達者な保証を自分で与えながら、今にも己に落ちかかって来そうな危険を予感しているらしかった。

「お父さんはほんとうに病気をこわがってるんですよ。お母さんのおっしゃるように、十年も二十年も生きる気じゃなさそうですぜ」

　母は私の言葉を聞いて当惑そうな顔をした。

「ちっとまた将棋でも差すように勧めてごらんな」

　私は床の間から将棋盤を取りおろして、ほこりをふいた。

五

　父の元気は次第に衰えていった。私を驚かせたハンケチつきの古い麦藁帽子がしぜんと閑却されるようになった。私は黒いすすけた棚《たな》の上に載っているその帽子をながめるたびに、父に対して気の毒な思いをした。父が以前のように、かるがると動くあいだは、もう少し慎んでくれたらと心配した。父がじっとすわり込むようになると、やはり元のほうが達者だったのだという気が起こった。私は父の健康についてよく母と話し合った。

「まったく気のせいだよ」と母が言った。母の頭は陛下の病と父の病とを結びつけて考えていた。私にはそうばかりとも思えなかった。

「気じゃない、ほんとうにからだが悪かないんでしょうか。どうも気分より健康のほうが悪くなってゆくらしい」

　私はこう言って、心のうちでまた遠くから相当の医者でも呼んで、ひとつ見せようかしらと思案した。

「今年《ことし》の夏はお前もつまらなかろう。せっかく卒業したのに、お祝いもしてあげることができず、お父さんのからだもあのとおりだし。それに天子さまの御病気で。――いっそのこと、帰るすぐにお客でも呼ぶほうがよかったんだよ」

私が帰ったのは七月の五、六日で、父や母が私の卒業を祝うためにお客を呼ぼうと言いだしたのは、それから一週間後であった。そうしていよいよときめた日はそれからまた一週間の余もさきになっていた。時間に束縛を許さない悠長《ゆうちょう》な田舎に帰った私は、おかげで好もしくない社交上の苦痛から救われたも同じことであったが、私を理解しない母は少しもそこに気がついていないらしかった。

崩御《ほうぎょ》の報知が伝えられた時、父はその新聞を手にして、「ああ、ああ」と言った。

「ああ、ああ、天子さまもとうとうおかくれになる。おれも……」

父はそのあとを言わなかった。

私は黒いうすものを買うために町へ出た。それで旗竿《はたさお》の球《たま》を包んで、それで旗竿の先へ三寸幅のひらひらをつけて、門の扉の横から斜めに往来へさし出した。旗も黒いひらひらも、風のない空気の中にだらりと下がった。私の家《うち》の古い門の屋根は藁《わら》で葺《ふ》いてあった。雨や風に打たれたりまた吹かれたりしたその藁の色はとくに変色して、薄く灰色を帯びたうえに、所々の凸凹《でこぼこ》さえ目についた。私はひとり門外へ出て、黒いひらひらと、白いメリンスの地と、地の中に染め出した赤い日の丸の色とをながめた。それがうすぎたない屋根もあった。私はかつて先生から「あなたの家《うち》の構えはどんな体裁《ていさい》ですか。私の郷里のほうとはだいぶ趣が違っていますかね」と聞かれたことを思い出した。私は自分の生まれたこの古い家を、先生に見せたくもあった。また先生に見せるのが恥ずかしくもあった。

私はまたひとり家の中へはいった。自分の机の置いてある所へ来て、新聞を読みながら、遠い東京のありさまを想像した。私の想像は日本一の大きな都が、どんなに暗い中でどんなに動いているだろうかの画面に集められた。私はその黒いなりに動かなければしまつのつかなくなった都会の、不安でざわざわしているなかに、一点の燈火のごとくに先生の家を見た。私はその時この燈火が音のしない渦《うず》の中に、自然とまき込まれていることに気がつかなかった。しばらくすれば、その灯《ひ》もまたふっと消えてしまうべき運命を、目の前に控えているのだとはもとより気がつかなかった。

私は今度の事件について先生に手紙を書こうかと思って、筆を執りかけた。私はそれを十行ばかり書いてやめた。書いたところは寸々《すんずん》に引き裂いて屑籠《くずかご》へ投げ込んだ。(先生にあててそういうことを書いてもしかたがないとも思ったし、前例に徴してみると、とても返事をくれそうになかったから)。私は寂しかった。それで手紙を書くのであった。そうして返事が来ればいいと思うのであった。

六

八月のなかばごろになって、私はある朋友《ほうゆう》から手紙を受け取った。そのなかに地方の中学教員の口があるが行かないかと書いてあった。この朋友は経済の必要上、自分でそんな位地を捜し回る男であった。この口もはじめは自分の所へかかってきたのだが、もっとい い地方へ相談ができたので、余ったほうを私に譲る気で、わざわざ知らせてきてくれたのであった。私はすぐ返事を出して断わった。知り合いの中には、ずいぶん骨を折って、教師の職にありつきたがっているものがあるから、そのほうへ回してやったらよかろうと書いた。

私は返事を出したあとで、父と母にその話をした。二人とも私の断わったことに異存はないようであった。

「そんな所へ行かないでも、まだいい口があるだろう」

こう言ってくれる裏に、私は二人が私に対してもっている過分な希望を読んだ。迂闊《うかつ》な父や母は、不相当な地位と収入とを卒業したての私から期待していたらしかったのである。

「相当の口って、近ごろじゃそんなうまい口はなかなかあるものじゃありません。ことに兄《にい》さんと私とは専門も違うし、時代も違うんだから、二人を同じように考えられちゃ少し困ります」

「しかし卒業した以上は、少なくとも独立してやっていってくれなくっちゃこっちも困る。人からあなたのところの御二男は、大学を卒業なすって何をしておいでですかと聞かれた時に返事ができないようじゃ、おれも肩身が狭いから」

父は渋面《じゅうめん》をつくった。父の考えは古く住み慣れた郷里から外へ出ることを知らなかった。その郷里のだれかれから、大学を卒業すればいくらぐらい月給が取れるものだろうと聞かれたり、まあ百円ぐらい*なものだろうかと言われたりした父は、こういう人々に対して、外聞の悪くないように、卒業したての私を片づけたかったのである。広い都を根拠地として考えている私は、父や母から見ると、まるで足を空に向けて歩く奇体な人間に異ならなかった。私のほうでも、じっさいそういう人間のような気持ちをおりおり起こした。私はあからさまに自分の考えを打ち明けるには、あまりに距離の懸隔《けんかく》のはなはだしい父と母の前に黙然としていた。

「お前のよく先生先生というかたにでもお願いしたらいいじゃないか。こんな時こそ」

母はこうよりほかに先生を解釈することができなかった。その先生は私に国へ帰ったら父の生きているうちに早く財産を分けてもらえと勧める人であった。卒業したから、地位の周旋をしてやろうという人ではなかった。

「その先生は何をしているのかい」と父が聞いた。

「なんにもしていないんです」と私が答えた。

私はとくの昔から先生の何もしていないということを父にも母にも告げたつもりでいた。そうして父はたしかにそれを記憶しているはずであった。

「何もしていないというのは、またどういう訳かね。お前がそれほど尊敬するくらいな人なら何かやっていそうなものだがね」

父はこう言って、私を諷《ふう》した。父の考えでは、役に立つものは世の中へ出てみんな相当の地位を得て働いている。畢竟やくざだから遊んでいるのだと結論しているらしかった。

「おれのような人間だって、月給こそもらっちゃいないが、これでも遊んでばかりいるんじゃない」父はこうも言った。私はそれでもまだ黙っていた。

「お前の言うような偉いかたなら、きっと何か口を捜してくださるよ。頼んでごらんなのかい」と母が聞いた。

「いいえ」と私は答えた。

「じゃしかたがないじゃないか。なぜ頼まないんだい。手紙でもいいからお出しな」

「ええ」

私は生返事《なまへんじ》をして席を立った。

七

父は明らかに自分の病気を恐れていた。しかし医者の来るたびにうるさい質問をかけて相手を困らす質《たち》でもなかった。医者のほうでもまた遠慮してなんとも言わなかった。

父は死後の事を考えているらしかった。少なくとも自分がいなくなったあとのわが家を想像してみるらしかった。

「子供に学問をさせるのも、好《よ》し悪《あ》しだね。せっかく修業をさせると、その子供はけっして家《うち》へ帰って来ない。これじゃ手もなく親子を隔離するために学問させるようなものだ」

学問をした結果兄は今遠国にいた。教育を受けた因果《いんが》で、私はまた東京に住む覚悟を堅くした。こういう子を育てた父の愚痴《ぐち》はもとより不合理ではなかった。長年住み古した田舎家《いなかや》の中に、たった一人取り残されそうな母を描き出す父の想像はもとより寂《さみ》しいに違いなかった。

わが家は動かすことのできないものと父は信じ切っていた。その中に住む母もまた命のあるあいだは、動かすことのできないものと信じていた。自分が死んだあと、この孤独な母を、たった一人がらんどうのわが家に取り残すのもまたはなはだしい不安であった。それだのに、東京でいい地位を求めろと言って、私をしいたがる父の頭には矛盾《むじゅん》があった。私はその矛盾をおかしく思ったと同時に、そのおかげでまた東京へ出られるのを喜んだ。

私は父や母のてまえ、この地位をできるだけの努力で求めつつあるごとくに装わなくてはならなかった。私は先生に手紙を書いて、家の事情を詳しく述べた。もし自分の力でできることがあったら、なんでもするから周旋してくれと頼んだ。私は先生が私の依頼に取り合うまいと思いながら、この手紙を書いた。また取り合うつもりでも、世間の狭い先生としてはどうすることもできまいと思いながら、この手紙を書いた。しかし私は先生からこの手紙に対する返事がきっと来るだろうと思って書いた。

私はそれを封じて出すまえに母に向かって言った。

「先生に手紙を書きましたよ。あなたのおっしゃったとおり。ちょっと読んでごらんなさい」

母は私の想像したごとくそれを読まなかった。

「そうかい、それじゃ早くお出し。そんなことはひとが気をつけないでも、自分で早くやるものだよ」

母は私をまだ子供のように思っていた。私もじっさい子供のような感じがした。

「しかし手紙じゃ用は足りませんよ。どうせ、九月にでもなって、私が東京へ出てからでなくっちゃ」

「そりゃそうかもしれないけれども、またひょっとして、どんないい口がないとも限らないんだから、早く頼んでおくにこしたことはないよ」

「ええ。とにかく返事は来るにきまってますから、そうしたらまたお話ししましょう」

私はこんなことにかけて几帳面《きちょうめん》な先生を信じていた。私は先生の返事の来るのを心待ちに待った。けれども私の予期はついにはずれた。先生からは一週間たってもなんの音信《たより》もなかった。

「おおかたどこかへ避暑にでも行っているんでしょう」

私は母に向かって言い訳らしい言葉を使わなければならなかった。そうしてその言葉は母に対する言い訳ばかりでなく、自分の心に対する言い訳でもあった。私はしいて何かの事情を仮定して先生の態度を弁護しなければ不安になった。

私は時々父の病気を忘れた。いっそ早く東京へ出てしまおうかと思ったりした。その父自身も己の病気を忘れることがあった。未来を心配しながら、未来に対する所置はいっこう取らなかった。私はついに先生の忠告どおり財産分配のことを父に言い出す機会を得ずに過ぎた。

八

九月はじめになって、私はいよいよ東京へ出ようとした。私は父に向かって当分今までどおり学資を送ってくれるようにと頼んだ。

「ここにこうしていたって、あなたのおっしゃるとおりの地位が得られるものじゃないですから」

私は父の希望する地位を得《う》るために東京へ行くようなことを言った。

「むろん口の見つかるまででいいですから」とも言った。

私は心のうちで、その口はとうてい私の頭の上に落ちて来ないと思っていた。けれども事情にうとい父はまたあくまでもその反対を信じていた。

「そりゃわずかのあいだのことだろうから、どうにかつごうしてやろう。その代り長くはいけないよ。相当の地位を得次第独立しなくっちゃ。元来学校を出た以上、出たあくる日からひとの世話になんぞなるものじゃないんだから。今の若いものは、金を使う道だけ心得ていて、金を取るほうはまったく考えていないようだね」

父はこのほかにもまだいろいろの小言《こごと》を言った。そのなかには、「昔の親は子に食わせてもらったのに、今の親は子に食われるだけだ」などという言葉があった。それらを私はただ黙って聞いていた。

小言がひととおりすんだと思った時、私は静かに席を立とうとした。父はいつ行くかと私に尋ねた。私には早いだけがよかった。

「お母さんに日を見てもらいなさい」

「そうしましょう」

その時の私は父の前に存外おとなしかった。私はなるべく父の機嫌にさからわずに、田舎を出ようとした。父はまた私を引き留めた。

「お前が東京へ行くと家《うち》はまた寂《さみ》しくなる。なにしろおれとお母さんだけなんだからね。そのおれもからださえ達者ならいいが、この様子じゃいつ急にどんなことがないとも言えないよ」

私はできるだけ父を慰めて、自分の机を置いてある所へ帰った。私は取り散らした書物のあいだにすわって、心細そうな父の態度と言葉とを、幾たびかくり返しながめた。私はその時また蟬《せみ》の声を聞いた。その声はこのあいだじゅう聞いたのと違って、つくつく法師《ほうし》の声であった。私は夏郷里に帰って、煮えつくような蟬の声の中にじっとすわっていると、へんに悲しい心持ちになることがしばしばあった。私の哀愁はいつもこの虫のはげしい音《ね》とともに、心の底にしみ込むように感ぜられた。私はそんな時にはいつも動かずに、一人で一人を見つめていた。

私の哀愁はこの夏帰省した以後次第に情調を変えてきた。油蟬《あぶらぜみ》の声がつくつく法師の声に変るごとくに、私を取り巻く人の運命が、大きな輪廻《りんね》*のうちに、そろそろ動いているように思われた。私は寂しそうな父の態度と言葉をくり返しながら、手紙を出しても返事をよこさない先生の事をまた思い浮かべた。先生と父とは、まるで反対の印象を私に与える点において、比較のうえにも、連想のうえにも、いっしょに私の頭に上《のぼ》りやすかった。

私はほとんど父のすべても知り尽していた。もし父を離れるとすれば、情合《じょうあい》のうえに親子の心残りがあるだけであった。先生の多くはまだ私にわかっていなかった。話すと約束されたその人の過去もまだ聞く機会を得ずにいた。要するに先生は私にとって薄暗かった。私はぜひともそこを通り越して、明るいところまで行かなければ気がすまなかった。先生と関係の絶えるのは私にとって大いな苦痛であった。私は母に日を見てもらって、東京へ立つ日取りをきめた。

九

私がいよいよ立とうというまぎわになって、(たしか二日まえの夕方のことであったと思うが)、父はまた突然ひっくり返った。私はその時書物や衣類を詰めた行李《こうり》をからげていた。父は風呂《ふろ》にはいったところであった。父の背中を流しに行った母が大きな声を出して私を呼んだ。私は裸体《はだか》のまま母に後から抱かれている父を見た。それでも座敷へつれてもどった時、父はもう大丈夫だと言った。念のために枕《まくら》もとにすわって、濡手拭《ぬれてぬぐい》で父の頭を冷やしていた私は、九時ごろになってようやく形《かた》ばかりの夜食をすました。

翌日になると父は思ったより元気がよかった。留めるのも聞かずに歩いて便所へ行ったりした。

「もう大丈夫」

父は去年の暮倒れた時に私に向かって言ったと同じ言葉をまたくり返した。その時ははたして口で言ったとおりまあ大丈夫であった。私は今度もあるいはそうなるかもしれないと思った。しかし医者はただ用心が肝要だと注意するだけで、念を押してもはっきりしたことを話してくれなかった。私は不安のために、出立の日が来てもついに東京へ立つ気が起こらなかった。

「もう少し様子を見てからにしましょうか」と私は母に相談した。

「そうしておくれ」と母が頼んだ。

母は父が庭へ出たり背戸へおりたりする元気を見ているあいだだけは平気でいるくせに、こんなことが起こるとまた必要以上に心配したり気をもんだりした。

「お前はきょう東京へ行くはずじゃなかったか」と父が聞いた。

「ええ、少し延ばしました」と私が答えた。

「おれのためにかい」と父が聞き返した。

私はちょっと躊躇《ちゅうちょ》した。そうだと言えば、父の病気の重いのを裏書《うらがき》するようなものであった。私は父の神経を過敏にしたくなかった。しかし父は私の心をよく見抜いているらしかった。

「気の毒だね」と言って、庭の方を向いた。

私は自分の部屋《へや》にはいって、そこにほうり出された行李をながめた。行李はいつ持ち出してもさしつかえないように、堅くくくられたままであった。私はぼんやりその前に立って、また縄《なわ》を解こうかと考えた。

私はすわったまま腰を浮かした時のおちつかない気分で、また三、四日を過ごした。すると父がまた卒倒した。医者は絶対に安臥《あんが》を命じた。

「どうしたものだろうね」と母が父に聞こえないような小さな声で私に言った。母の顔はいかにも心細そうであった。私は兄と妹に電報を打つ用意をした。けれども寝ている父には、ほとんどなんの苦悶《くもん》もなかった。話をするところなどを見ると、風邪《かぜ》でも引いた時とまったく同じことであった。そのうえ食欲はふだんよりも進んだ。はたのものが、注意しても容易にいうことをきかなかった。

「どうせ死ぬんだから、うまいものでも食って死ななくっちゃ」

私にはうまいものという父の言葉が滑稽《こっけい》にも悲酸《ひさん》にも聞こえた。父はうまいものを口に入れられる都には住んでいなかったのである。夜に入ってかき餅《もち》などを焼いてもらってぼりぼりかんだ。

「どうしてこう渇《かわ》くのかね。やっぱり心《しん》に丈夫のところがあるのかもしれないよ」

母は失望していいところにかえって頼みを置いた。そのくせ病気の時にしか使わない渇くという昔風の言葉を、なんでも食べたがる意味に用いていた。

伯父《おじ》が見舞いに来たとき、父はいつまでも引き留めて帰さなかった。寂《さむ》しいからもっといてくれというのがおもな理由であったが、母や私が、食べたいだけ物を食べさせないという不平を訴えるのも、その目的の一つであったらしい。

10

父の病気は同じような状態で一週間以上つづいた。私はそのあいだに長い手紙を九州にいる兄あてで出した。妹へは母から出させた。私は腹の中で、おそらくこれが父の健康に関して二人へやる最後の音信《たより》だろうと思った。それで両方へいよいよという場合には電報を打つから出て来いという意味を書き込めた。

兄は忙がしい職にいた。妹は妊娠中であった。だから父の危険が目の前にせまらないうちに呼び寄せる自由はきかなかった。といって、せっかくつごうして来たには来たが、間に合わなかったと言われるのもつらかった。私は電報をかける時機について、人の知らない責任を感じた。

「そうはっきりした事になると私にもわかりません。しかし危険はいつ来るかわからないという事だけは承知していてください」

停車場《ステーション》のある町から迎えた医者は私にこう言った。私は母と相談して、その医者の周旋で、町の病院から看護婦を一人《ひとり》頼むことにした。父は枕もとへ来て挨拶《あいさつ》する白い服を着た女を見て変な顔をした。

父は死病にかかっていることをとうから自覚していた。それでいて、眼前にせまりつつある死そのものには気がつかなかった。

「いまになおったらもう一ぺん東京へ遊びに行ってみよう。人間はいつ死ぬかわからないからな。なんでもやりたい事は、生きてるうちにやっておくに限る」

母はしかたなしに「その時は私もいっしょにつれていっていただきましょう」などと調子を合わせていた。

時とするとまた非常に寂《さみ》しがった。

「おれが死んだら、どうかお母《かあ》さんを大事にしてやってくれ」

私はこの「おれが死んだら」という言葉に一種の記憶をもっていた。東京を立つ時、先生が奥さんに向かって何べんもそれをくり返したのは、私が卒業した日の晩のことであった。私は笑いを帯びた先生の顔と、縁起でもないと耳をふさいだ奥さんの様子とを思い出した。あの時の「おれが死んだら」は単純な仮定であった。今私が聞くのは、いつ起こるかわからない事実であった。私は先生に対する奥さんの態度を学ぶことができなかった。しかし口のさきではなんとか父を紛らさなければならなかった。

「そんな弱いことをおっしゃっちゃいけませんよ。いまになおったら東京へ遊びにいらっしゃるはずじゃありませんか。お母さんといっしょに。今度いらっしゃるときっとびっくりしますよ、変っているんで。電車の新しい線路だけでもたいへんふえていますからね。電車が通るようになればしぜん町並《まちなみ》も変るし、そのうえに市区改正もあるし、東京がじっとしている時は、まあ二六時中《にろくじちゅう》*一分もないといっていいくらいです」

私はしかたがないから言わないでいいことまでしゃべった。父はまた、満足らしくそれを聞いていた。

病人があるのでしぜん家の出入《でいり》も多くなった。近所にいる親類などは、二日に一人ぐらいの割で代る代る見舞いに来た。なかには比較的遠くにいて平生疎遠なものもあった。「どうかと思ったら、この様子じゃ大丈夫だ。話も自由だし、だいち顔がちっともやせていないじゃないか」などと言って帰るものがあった。私の帰った当時はひっそりしすぎるほど静かであった家庭が、こんな事でだんだんざわざわしはじめた。

そのなかに動かずにいる父の病気は、ただおもしろくない方へ移ってゆくばかりであった。私は母や伯父《おじ》と相談して、とうとう兄と妹に電報を打った。兄からはすぐ行くという返事が来た。妹の夫からも立つという報知《しらせ》があった。妹はこのまえ懐妊した時に流産したので、今度こそは癖にならないように大事を取らせるつもりだと、かねて言い越したその夫は、妹の代りに自分で出て来るかもしれなかった。

二

こうしておちつきのないあいだにも、私はまだ静かにすわる余裕をもっていた。たまには書物をあけて十ページもつづけざまに読む時間さえ出てきた。いったん堅くくくられた私の行李は、いつのまにか解かれてしまった。私は要《い》るに任せて、そのなかからいろいろなものを取り出した。私は東京を立つ時、心のうちできめた、この夏じゅうの日課を顧みた。私のやった事はこの日課の三が一にも足らなかった。私は今までもこういう不愉快を何度となく重ねてきた。しかしこの夏ほど思ったとおり仕事の運ばないためしも少なかった。これが人の世の常だろうと思いながらも私はいやな気持ちにおさえつけられた。

私はこの不快なうちにすわりながら、一方に父の病気を考えた。父の死んだあとの事を想像した。そうしてそれと同時に、先生の事を一方に思い浮かべた。私はこの不快な心持ちの両端に地位、教育、性格の全然異なった二人の面影《おもかげ》をながめた。

私が父の枕もとを離れて、ひとり取り乱した書物の中に腕組みをしているところへ母が顔を出した。

「少し昼寝でもおしよ。お前もさぞくたびれるだろう」

母は私の気分を了解していなかった。私も母からそれを予期するほどの子供でもなかった。私は簡単に礼を述べた。母はまだ部屋《へや》の入口に立っていた。

「お父さんは?」と私が聞いた。

「今よく寝ておいでだよ」と母が答えた。

母は突然はいって来て私のそばにすわった。

「先生からまだなんとも言って来ないかい」と聞いた。

母はその時の私の言葉を信じていた。その時の私は先生からきっと返事があると母に保証した。しかし父や母の希望するような返事が来るとは、その時の私もまるで期待しなかった。私は心得《こころえ》*があって母を欺いたと同じ結果に陥った。

「もう一ぺん手紙を出してごらんな」と母が言った。

役に立たない手紙を何通書こうと、それが母の慰安になるなら、手数をいとうような私ではなかった。けれどもこういう用件で先生にせまるのは私の苦痛であった。私は父にしかられたり、母の機嫌《きげん》を損じたりするよりも、先生から見下げられるのをはるかに恐れていた。あの依頼に対して今まで返事のもらえないのも、あるいはそうした訳からじゃないかしらという邪推もあった。

「手紙を書くのはわけはないですが、こういうことは郵便じゃとても埒《らち》はあきませんよ。どうしても自分で東京へ出て、じかに頼んで回らなくっちゃ」

「だってお父さんがあの様子じゃ、お前、いつ東京へ出られるかわからないじゃないか」

「だから出やしません。なおるともなおらないとも片づかないうちは、ちゃんとこうしているつもりです」

「そりゃわかりきった話だね。今にもむずかしいという大病人をほうちらかしておいて、だれがかってに東京へなんか行けるものかね」

私ははじめ心の中で、何も知らない母を哀れんだ。しかし母がなぜこんな問題を、このざわざわした際に持ち出したのか理解できなかった。私が父の病気をよそに、静かにすわったり書見したりする余裕のあるごとくに、母も目の前の病人を忘れて、ほかの事を考えるだけ、胸に空地《すきま》があるのかしらと疑《うたぐ》った。その時「じつはね」と母が言いだした。

「じつはお父さんの生きておいでのうちに、お前の口がきまったら、さぞ安心なさるだろうと思うんだがね。この様子じゃ、とても間に合わないかもしれないけれども、それにしても、まだああやって口もたしかなら気もたしかなんだから、ああしておいでのうちに喜ばしてあげるように親孝行をおしな」

哀れな私は親孝行のできない境遇にいた。私はついに一行の手紙も先生に出さなかった。

三

兄が帰って来た時、父は寝ながら新聞を読んでいた。父は平生から何をおいても新聞だけには目を通す習慣であったが、床《とこ》についてからは、退屈のためなおさらそれを読みたがった。母も私もしいては反対せずに、なるべく病人の思いどおりにさせておいた。

「そういう元気なら結構なものだ。よっぽど悪いかと思って来たら、たいへんいいようじゃありませんか」

兄はこんなことを言いながら父と話をした。そのにぎやかすぎる調子が私にはかえって不調和に聞こえた。それでも父の前をはずして私と差し向かいになった時は、むしろ沈んでいた。

「新聞なんか読ましちゃいけなかないか」

「私《わたし》もそう思うんだけれども、読まないと承知しないんだから、しようがない」

兄は私の弁解を黙って聞いていた。やがて、「よくわかるのかな」と言った。兄は父の理解力が病気のために、平生よりはよっぽど鈍っているように観察したらしい。

「そりゃたしかです。私《わたし》はさっき二十分ばかり枕もとにすわっていろいろ話してみたが、調子の狂ったところは少しもないです。あの様子じゃことによるとまだなかなか持つかもしれませんよ」

兄と前後して着いた妹の夫の意見は、我々よりもよほど楽観的であった。父は彼に向かって妹の事をあれこれと尋ねていた。「からだがからだだからむやみに汽車になんぞ乗って揺れないほうがいい。むりをして見舞いに来られたりすると、かえってこっちが心配だから」と言っていた。「なにいまになおったら赤ん坊の顔でも見に、久し振りにこっちから出かけるからさしつかえない」とも言っていた。

乃木《のぎ》大将の死んだ時も、父はいちばんさきに新聞でそれを知った。

「大変だ大変だ」と言った。

何事も知らない私たちはこの突然な言葉に驚かされた。

「あの時はいよいよ頭が変になったのかと思って、ひやりとした」とあとで兄が私に言った。「私もじつは驚きました」と妹の夫も同感らしい言葉つきであった。

そのころの新聞はじっさい田舎者《いなかもの》には日ごとに待ち受けられるような記事ばかりであった。私は父の枕もとにすわって丁寧にそれを読んだ。読む時間のない時は、そっと自分の部屋《へや》へ持って来て、残らず目を通した。私の目は長いあいだ、軍服を着た乃木大将と、それから官女みたような服装《なり》をしたその夫人の姿を忘れることができなかった。

悲痛な風が田舎の隅《すみ》まで吹いて来て、眠たそうな樹《き》や草を震わせている最中に、突然私は一通の電報を先生から受け取った。洋服を着た人を見ると犬がほえるような所では、一通の電報すら大事件であった。それを受け取った母は、はたして驚いたような様子をして、わざわざ私を人のいない所へ呼び出した。

「なんだい」と言って、私の封を開くのをそばに立って待っていた。

電報にはちょっと会いたいが来られるかという意味が簡単に書いてあった。私は首を傾けた。

「きっとお頼《たの》もうしておいた口の事だよ」と母が推断してくれた。

私もあるいはそうかもしれないと思った。しかしそれにしては少し変だとも考えた。とにかく兄や妹の夫まで呼び寄せた私が、父の病気をうちやって、東京へ行くわけにはいかなかった。私は母と相談して、行かれないという返電を打つことにした。できるだけ簡略な言葉で父の病気の危篤に陥りつつある旨もつけ加えたが、それでも気がすまなかったから、委細手紙として、細かい事情をその日のうちにしたためて郵便で出した。頼んだ位地の事とばかり信じ切った母は、「ほんとうに間《ま》の悪い時はしかたのないものだね」と言って残念そうな顔をした。

三

私の書いた手紙はかなり長いものであった。母も私も今度こそ先生からなんとか言って来るだろうと考えていた。すると手紙を出して二日目にまた電報が私あてで届いた。それには来ないでもよろしいという文句だけしかなかった。私はそれを母に見せた。

「おおかた手紙でなんとか言ってきてくださるつもりだろうよ」

母はどこまでも先生が私のために衣食の口を周旋してくれるものとばかり解釈しているらしかった。私もあるいはそうかとも考えたが、先生の平生からおしてみると、どうも変に思われた。「先生が口を捜してくれる」。これはありうべからざることのように私にはみえた。

「とにかく私の手紙はまだ向こうへ着いていないはずだから、この電報はそのまえに出したものに違いないですね」

私は母に向かってこんなわかりきったことを言った。母はまたもっともらしく思案しながら「そうだね」と答えた。私の手紙を読まないまえに、先生がこの電報を打ったということが、先生を解釈するうえにおいて、なんの役にも立たないのは知れているのに。

その日はちょうど主治医が町から院長を連れて来るはずになっていたので、母と私はそれぎりこの事件について話をする機会がなかった。二人の医者は立ち合いのうえ、病人に浣腸《かんちょう》などをして帰って行った。

父は医者から安臥《あんが》を命ぜられて以来、両便とも寝たままひとの手で始末してもらっていた。潔癖な父は、最初のあいだこそはなはだしくそれを忌みきらったが、からだがきかないので、やむをえずいやいや床の上で用を足した。それが病気のかげんで頭がだんだん鈍くなるのかなんだか、日を経《ふ》るにしたがって、無精《ぶしょう》な排泄《はいせつ》を意としないようになった。たまには蒲団《ふとん》や敷布をよごして、はたのものが眉《まゆ》を寄せるのに、当人はかえって平気でいたりした。もっとも尿の量は病人の性質として、きわめて少なくなった。医者はそれを苦にした。食欲も次第に衰えた。たまに何か欲しがっても、舌が欲しがるだけで、咽喉《のど》から下へはごくわずかしか通らなかった。好きな新聞も手に取る気力がなくなった。枕のそばにある老眼鏡は、いつまでも黒い鞘《さや》に納められたままであった。子供の時分から仲のよかった作《さく》さんという今では一里ばかり隔たった所に住んでいる人が見舞いに来た時、父は「ああ作さんか」と言って、どんよりした目を作さんの方に向けた。

「作さんよく来てくれた。作さんは丈夫でうらやましいね。おれはもうだめだ」

「そんなことはないよ。お前なんか子供は二人とも大学を卒業するし、少しぐらい病気になったって、申し分はないんだ。おれをごらんよ。かかあには死なれるしさ、子供はなしさ。ただこうして生きているだけのことだよ。達者だってなんの楽しみもないじゃないか」

浣腸をしたのは作さんが来てから二、三日あとのことであった。父は医者のおかげでたいへん楽になったといって喜んだ。少し自分の寿命に対する度胸ができたというふうに機嫌が直った。そばにいる母は、それに釣り込まれたのか、病人に気力をつけるためか、先生から電報のきたことを、あたかも私の位置が父の希望するとおり東京にあったように話した。そばにいる私はむずがゆい心持ちがしたが、母の言葉をさえぎるわけにもゆかないので、黙って聞いていた。病人はうれしそうな顔をした。

「そりゃ結構です」と妹の夫も言った。

「なんの口だかまだわからないのか」と兄が聞いた。

私はいまさらそれを否定する勇気を失った。自分にもなんとも訳のわからない曖昧《あいまい》な返事をして、わざと席を立った。

一四

父の病気は最後の一撃を待つまぎわまで進んで来て、そこでしばらく躊躇《ちゅうちょ》するようにみえた。家のものは運命の宣告が、きょう下るか、きょう下るかと思って、毎夜床にはいった。

父ははたのものをつらくするほどの苦痛をどこにも感じていなかった。その点になると看病はむしろ楽であった。用心のために、だれか一人ぐらいずつ代る代る起きてはいたが、あとのものは相当の時間にめいめいの寝床へ引き取ってさしつかえなかった。何かの拍子《ひょうし》で眠れなかった時、病人のうなるような声をかすかに聞いたと思い誤まった私は、一ぺん半夜《よなか》に床を抜け出して、念のため父の枕もとまで行ってみたことがあった。その夜は母が起きている番に当っていた。しかしその母は父の横に肱《ひじ》を曲げて枕としたなり寝入っていた。父も深い眠りのうちにそっと置かれた人のように静かにしていた。私は忍び足でまた自分の寝床へ帰った。

私は兄といっしょの蚊帳《かや》の中に寝た。妹の夫だけは、客扱いを受けているせいか、ひとり離れた座敷にはいって休んだ。

「関《せき》さんも気の毒だね。ああ幾日も引っ張られて帰れなくちゃあ」

関というのはその人の苗字《みょうじ》であった。

「しかしそんな忙がしいからだでもないんだから、ああして泊っていてくれるんでしょう。関さんよりも兄さんのほうが困るでしょう、こう長くなっちゃ」

「困ってもしかたがない。ほかのことと違うからな」

兄と床を並べて寝る私は、こんな寝物語りをした。兄の頭にも私の胸にも、父はどうせ助からないという考えがあった。どうせ助からないものならばという考えもあった。我々は子として親の死ぬのを待っているようなものであった。しかし子としての我々はそれを言葉のうえに表わすのをはばかった。そうしてお互いにお互いがどんなことを思っているかをよく理解し合っていた。

「お父さんは、まだなおる気でいるようだな」と兄が私に言った。

じっさい兄の言うとおりに見えるところもないではなかった。近所のものが見舞いにくると、父は必ず会うと言って承知しなかった。会えばきっと、私の卒業祝いに呼ぶことができなかったのを残念がった。その代り自分の病気がなおったらというようなことも時々つけ加えた。

「お前の卒業祝いはやめになって結構だ。おれの時には弱ったからね」と兄は私の記憶をつっついた。私はアルコールにあおられたその時の乱雑なありさまを思い出して苦笑した。飲むものや食うものを強《し》いて回る父の態度も、にがにがしく私の目に映った。

私たちはそれほど仲のいい兄弟ではなかった。小さいうちはよく喧嘩《けんか》をして、年の少ない私のほうがいつでも泣かされた。学校へはいってからの専門の相違も、まったく性格の相違から出ていた。大学にいる時分の私は、ことに先生に接触した私は、遠くから兄をながめて、常に動物的だと思っていた。私は長く兄に会わなかったので、またかけ隔たった遠くにいたので、時からいっても距離からいっても、兄はいつでも私には近くなかったのである。それでも久し振りにこう落ち合ってみると、兄弟の優しい心持ちがどこからか自然にわいて出た。場合が場合なのもその大きな原因になっていた。二人に共通な父、その父の死のうとしている枕もとで、兄と私は握手したのであった。

「お前これからどうする」と兄は聞いた。私はまた、まったく見当の違った質問を兄にかけた。

「いったい家《うち》の財産はどうなってるんだろう」

「おれは知らない。お父さんはまだなんとも言わないから。しかし財産っていったところで金としてはたかの知れたものだろう」

母はまた母で先生の返事の来るのを苦にしていた。

「まだ手紙はこないかい」と私を責めた。

一五

「先生先生というのはいったいだれのことだい」と兄が聞いた。

「こないだ話したじゃないか」と私は答えた。私は自分で質問しておきながら、すぐひとの説明を忘れてしまう兄に対して不快の念を起こした。

「聞いたことは聞いたけれども」

兄は畢竟《ひっきょう》聞いてもわからないと言うのであった。私からみればなにもむりに先生を兄に理解してもらう必要はなかった。けれども腹は立った。また例の兄らしいところが出てきたと思った。

先生先生と私が尊敬する以上、その人は必ず著名の士でなくてはならないように兄は考えていた。少なくとも大学の教授ぐらいだろうと推察していた。名もない人、何もしていない人、それがどこに価値をもっているだろう。兄の腹はこの点において、父とまったく同じものであった。けれども父が何もできないから遊んでいるのだと速断するのにひきかえて、兄は何かやれる能力があるのに、ぶらぶらしているのはつまらん人間にかぎるといったふうの口吻《こうふん》をもらした。

「イゴイストはいけないね。何もしないで生きていようというのは横着《おうちゃく》な料簡《りょうけん》だからね。人は自分のもっている才能をできるだけ働かせなくっちゃうそだ」

私は兄に向かって、自分の使っているイゴイストという言葉の意味がよくわかるかと聞き返してやりたかった。

「それでもその人のおかげで地位ができればまあ結構だ。お父さんも喜んでるようじゃないか」

兄はあとからこんなことを言った。先生から明瞭《めいりょう》な手紙の来ない以上、私はそう信ずることもできず、またそう口に出す勇気もなかった。それを母の早呑込《はやのみこ》みでみんなにそう吹聴《ふいちょう》してしまった今となってみると、私は急にそれを打ち消すわけにゆかなくなった。私は母に催促されるまでもなく、先生の手紙を待ち受けた。そうしてその手紙に、どうかみんなの考えているような衣食の口の事が書いてあればいいがと念じた。私は死にひんしている父のてまえ、その父にいくぶんでも安心させてやりたいと祈りつつある母のてまえ、働かなければ人間でないようにいう兄のてまえ、その他妹の夫だの伯父《おじ》だの叔母《おば》だののてまえ、私のちっとも頓着《とんじゃく》していないことに、神経を悩まされなければならなかった。

父が変な黄色いものを吐いた時、私はかつて先生と奥さんから聞かされた危険を思い出した。

「ああして長く寝ているんだから胃も悪くなるはずだね」と言った母の顔を見て、何も知らないその人の前に涙ぐんだ。

兄と私が茶の間で落ち合った時、兄は「聞いたか」と言った。それは医者が帰りぎわに兄に向かって言った事を聞いたかという意味であった。私には説明を待たないでもその意味がよくわかっていた。

「お前ここへ帰って来て、家《うち》の事を管理する気はないか」と兄が私を顧みた。私はなんとも答えなかった。

「お母さん一人じゃ、どうすることもできないだろう」と兄がまた言った。兄は私を土の臭《にお》いをかいで朽ちていっても惜しくないように見ていた。

「本を読むだけなら、田舎でも十分できるし、それに働く必要もなくなるし、ちょうどいいだろう」

「兄さんが帰って来るのが順ですね」と私が言った。

「おれにそんな事ができるものか」と兄は一口にしりぞけた。兄の腹の中には、世の中でこれから仕事をしようという気がみちみちていた。

「お前がいやなら、まあ伯父さんにでも世話を頼むんだが、それにしてもお母さんはどっちかで引き取らなくちゃなるまい」

「お母さんがここを動くか動かないかがすでに大きな疑問ですよ」

兄弟はまだ父の死なないまえから、父の死んだあとについて、こんなふうに語り合った。

一六

父は時々うわごとを言うようになった。

「乃木大将にすまない。じつに面目《めんぼく》次第がない。いえ私もすぐおあとから」

こんな言葉をひょいひょい出した。母は気味を悪がった。なるべくみんなを枕もとへ集めておきたがった。気のたしかな時はしきりに寂しがる病人にもそれが希望らしくみえた。ことに部屋《へや》の中を見回して母の影が見えないと、父は必ず「お光《みつ》は」と聞いた。聞かないでも、目がそれを物語っていた。私はよく立って母を呼びに行った。「何か御用ですか」と、母がしかけた用をそのままにしておいて病室へ来ると、父はただ母の顔を見つめるだけで何も言わないことがあった。そうかと思うと、まるでかけ離れた話をした。突然「お光お前にもいろいろ世話になったね」などと優しい言葉を出す時もあった。母はそういう言葉のまえにきっと涙ぐんだ。そうしたあとではまたきっと丈夫であった昔の父をその対照として思い出すらしかった。

「あんな哀れっぽいことをお言いだがね、あれでもとはずいぶんひどかったんだよ」

母は父のために箒《ほうき》で背中をどやされた時の事などを話した。今まで何べんもそれを聞かされた私と兄は、いつもとはまるで違った気分で、母の言葉を父の記念《かたみ》のように耳へ受け入れた。

父は自分の目の前に薄暗く映る死の影をながめながら、まだ遺言らしいものを口に出さなかった。

「今のうち何か聞いておく必要はないかな」と兄が私の顔を見た。

「そうだなあ」と私は答えた。私はこちらから進んでそんな事を持ち出すのも病人のために好《よ》し悪《あ》しだと考えていた。二人は決しかねてついに伯父《おじ》に相談をかけた。伯父も首を傾けた。

「言いたいことがあるのに、言わないで死ぬのも残念だろうし、といって、こっちから催促するのも悪いかもしれず」

話はとうとうぐずぐずになってしまった。そのうちに昏睡《こんすい》が来た。例のとおり何も知らない母は、それをただの眠りと思い違えて、かえって喜んだ。「まああして楽に寝られれば、はたにいるものも助かります」と言った。

父は時々目をあけて、だれはどうしたなどと突然聞いた。そのだれはついさっきまでそこにすわっていた人の名に限られていた。父の意識には暗い所と明るい所とできて、その明るい所だけが、闇《やみ》を縫う白い糸のように、ある距離を置いて連続するようにみえた。母が昏睡状態をふつうの眠りと取り違えたのもむりはなかった。

そのうち舌がだんだんもつれてきた。何か言いだしても尻《しり》が不明瞭におわるために、要領を得ないでしまうことが多くあった。そのくせ話しはじめる時は、危篤の病人とは思われないほど、強い声を出した。我々はもとよりふだん以上に調子を張り上げて、耳もとへ口を寄せるようにしなければならなかった。

「頭を冷やすといい心持ちですか」

「うん」

私は看護婦を相手に、父の水枕《みずまくら》を取りかえて、それから新しい氷を入れた氷嚢《ひょうのう》を頭の上へ載せた。がさがさに割られてとがり切った氷の破片が、嚢《ふくろ》の中でおちつくあいだ、私は父のはげあがった額のはずれでそれを柔らかにおさえていた。その時兄が廊下伝いにはいって来て、一通の郵便を無言のまま私の手に渡した。空いたほうの左手を出して、その郵便を受け取った私はすぐ不審を起こした。

それはふつうの手紙に比べるとよほど目方の重いものであった。並《なみ》の状袋にも入れてなかった。また並の状袋に入れられべき分量でもなかった。半紙で包んで、封じ目を丁寧に糊《のり》ではりつけてあった。私はそれを兄の手から受け取った時、すぐその書留であることに気がついた。裏を返して見ると、そこに先生の名がつつしんだ字で書いてあった。手の放せない私は、すぐ封を切るわけにいかないので、ちょっとそれを懐《ふところ》に差し込んだ。

一七

その日は病人の出来がことに悪いように見えた。私が厠《かわや》へ行こうとして席を立った時、廊下で行き合った兄は「どこへ行く」と番兵のような口調で誰何《すいか》した。

「どうも様子が少し変だから、なるべくそばにいるようにしなくちゃいけないよ」と注意した。

私もそう思っていた。懐中した手紙はそのままにしてまた病室へ帰った。父は目をあけて、そこに並んでいる人の名前を母に尋ねた。母があれはだれ、これはだれといちいち説明してやると、父はそのたびにうなずいた。うなずかない時は、母が声を張りあげて、何々さんです、わかりましたかと念を押した。

「どうもいろいろお世話になります」

父はこう言った。そしてまた昏睡状態に陥った。枕辺《まくらべ》を取り巻いている人は無言のまま、しばらく病人の様子を見つめていた。やがてそのうちの一人が立って次の間《へや》へ出た。するとまた一人立った。私も三人目にとうとう席をはずして、自分の部屋へ来た。私にはさっき懐へ入れた郵便物の中をあけて見ようという目的があった。それは病人の枕もとでも容易にできる所作《しょさ》には違いなかった。しかし書かれたものの分量があまりに多すぎるので、一息にそこで読み通すわけにはいかなかった。私は特別の時間をぬすんでそれにあてた。

私は繊維の強い包み紙を引きかくように裂き破った。中から出たものは、縦横《たてよこ》に引いた罫《けい》の中へ行儀よく書いた原稿様のものであった。そうして封じる便宜のために、四つ折りに畳まれてあった。私は癖のついた西洋紙を、逆に折り返して読みやすいように平たくした。

私の心はこの多量の紙とインキが、私に何事を語るのだろうかと思って驚いた。私は同時に病室のことが気にかかった。私がこのかきものを読みはじめて、読みおわらないまえに、父はきっとどうかなる、少なくとも、私は兄からか母からか、それでなければ伯父からか、呼ばれるにきまっているという予覚があった。私はおちついて先生の書いたものを読む気になれなかった。私はそわそわしながらただ最初の一ページを読んだ。そのページは下《しも》のようにつづられていた。

「あなたから過去を問いただされた時、答えることのできなかった勇気のない私は、今あなたの前に、それを明白に物語る自由を得たと信じます。しかしその自由はあなたの上京を待っているうちには、また失われてしまう世間的の自由にすぎないのであります。したがって、それを利用できる時に利用しなければ、私の過去をあなたの頭に間接の経験として教えてあげる機会を永久に逸するようになります。そうすると、あの時あれほど堅く約束した言葉がまるで嘘《うそ》になります。私はやむをえず、口で言うべきところを、筆で申し上げることにしました」

私はそこまで読んで、はじめてこの長いものがなんのために書かれたのか、その理由を明らかに知ることができた。私の衣食の口、そんなものについて先生が手紙をよこす気づかいはないと、私は初手から信じていた。しかし筆を執ることのきらいな先生が、どうしてあの事件をこう長く書いて、私に見せる気になったのだろう。先生はなぜ私の上京するまで待っていられないだろう。

「自由が来たから話す。しかしその自由はまた永久に失われなければならない」

私は心のうちでこうくり返しながら、その意味を知るに苦しんだ。私は突然不安に襲われた。私はつづいてあとを読もうとした。その時病室の方から、私を呼ぶ大きな兄の声が聞こえた。私はまた驚いて立ち上がった。廊下をかけ抜けるようにしてみんなのいる方へ行った。私はいよいよ父のうえに最後の瞬間が来たのだと覚悟した。

八

病室にはいつのまにか医者が来ていた。なるべく病人を楽にするという主意から、また浣腸《かんちょう》を試みるところであった。看護婦は昨夜の疲れを休めるために別室で寝ていた。慣れ

ない兄は立ってまごまごしていた。私の顔を見ると、「ちょっと手をお貸し」と言ったま
ま、自分は席に着いた。私は兄に代って、油紙《あぶらがみ》を父の尻の下にあてがったりした。

父の様子は少しくつろいできた。三十分ほど枕もとにすわっていた医者は、浣腸の結果を認めたうえ、また来ると言って、帰って行った。帰りぎわに、もしもの事があったら、いつでも呼んでくれるようにわざわざ断わっていた。

私は今にも変がありそうな病室を退いてまた先生の手紙を読もうとした。しかし私はすこしもゆっくりした気分になれなかった。机の前にすわるやいなや、また兄から大きな声で呼ばれそうでならなかった。そうして今度呼ばれれば、それが最後だという畏怖《いふ》が私の手をふるわした。私は先生の手紙をただ無意味にページだけはぐっていった。私の目は几《き》帳面《ちょうめん》に枠《わく》の中にはめられた字画を見た。けれどもそれを読む余裕はなかった。拾い読みにする余裕すらおぼつかなかった。私はいちばんしまいのページまで順々にあけてみて、またそれを元のとおりに畳んで机の上に置こうとした。その時ふと結末に近い一句が私の目にはいった。

「この手紙があなたの手に落ちるころには、私はもうこの世にはいないでしょう。とくに*死んでいるでしょう」

私ははっと思った。今までざわざわと動いていた私の胸が一度に凝結したように感じた。

私はまた逆にページをはぐり返した。そうして一枚に一句ぐらいずつの割でさかさに読ん

でいった。私はとっさのあいだに、私の知らなければならないことを知ろうとして、ちらちらする文字を、目で刺し通そうと試みた。その時私の知ろうとするのは、ただ先生の安否だけであった。先生の過去、かつて先生が私に話そうと約束した薄暗いその過去、そんなものは私にとって、まったく無用であった。私はさかさまにページをはぐりながら、私に必要な知識を容易に与えてくれないこの長い手紙をじれったそうに畳んだ。

私はまた父の様子を見に病室の戸口まで行った。病人の枕辺は存外静かであった。頼りなさそうに疲れた顔をしてそこにすわっている母を手招きして、「どうですか様子は」と聞いた。母は「今少し持ち合ってるようだよ」と答えた。私は父の目の前へ顔を出して、「どうです、浣腸して少しは心持ちがよくなりましたか」と尋ねた。父はうなずいた。父ははっきり「ありがとう」と言った。父の精神は存外朦朧《もうろう》としていなかった。

私はまた病室を退いて自分の部屋に帰った。そこで時計を見ながら、汽車の発着表を調べた。私は突然立って帯を締め直して、袂《たもと》の中へ先生の手紙を投げ込んだ。それから勝手口から表へ出た。私は夢中で医者の家へかけ込んだ。私は医者から父がもう二、三日もつだろうか、そこのところをはっきり聞こうとした。注射でもなんでもして、もたしてくれと頼もうとした。医者はあいにく留守《るす》であった。私にはじっとして彼の帰るのを待ち受ける時間がなかった。心のおちつきもなかった。私はすぐ俥《くるま》を停車場《ステーション》へ急がせた。

私は停車場の壁へ紙片《かみぎれ》をあてがって、その上から鉛筆で母と兄あてで手紙を書いた。手紙はごく簡単なものであったが、断わらないで走るよりまだましだろうと思って、それを急いで家《うち》へ届けるように車夫に頼んだ。そうして思い切ったいきおいで東京行の汽車に飛び乗ってしまった。私はごうごう鳴る三等車の中で、また袂から先生の手紙を出して、ようやくはじめからしまいまで目を通した。

下　先生と遺書

一

「……私はこの夏あなたから二、三度手紙を受け取りました。東京で相当の地位を得たいからよろしく頼むと書いてあったのは、たしか二度目に手に入ったものと記憶しています。私はそれを読んだ時なんとかしたいと思ったのです。少なくとも返事をあげなければすまんとは考えたのです。しかし自白すると、私はあなたの依頼に対して、まるで努力をしなかったのです。御承知のとおり、交際区域の狭いというよりも、世の中にたった一人《ひとり》で暮らしているといったほうが適切なくらいの私には、そういう努力をあえてする余地がまったくないのです。しかしそれは問題ではありません。実をいうと、私はこの自分をどうすればいいのかと思い煩っていたところなのです。このまま人間の中に取り残されたミイラのように存在していこうか、それとも……その時分の私は『それとも』という言葉を心のうちでくり返すたびにぞっとしました。かけ足で絶壁の端《はじ》まで来て、急に底の見えない谷をのぞき込んだ人のように。私は卑怯《ひきょう》でした。そうして多くの卑怯な人と同じ程度において煩悶《はんもん》したのです。遺憾《いかん》ながら、その時の私には、あなたというものがほとんど存在していなかったと言っても誇張ではありません。一歩進めていうと、あなたの地位、あなたの糊口《ここう》の資、そんなものは私にとってまるで無意味なのでした。どうでもかまわなかったのです。私はそれどころの騒ぎでなかったのです。私は状差しへあなたの手紙を差したなり、依然として腕組みをして考え込んでいました。家《うち》に相応の財産があるものが、何を苦しんで、卒業するかしないのに、地位地位といってもがき回るのか。私はむしろ苦々しい気分で、遠くにいるあなたにこんな一瞥《いちべつ》を与えただけでした。私は返事をあげなければすまないあなたに対して、言い訳のためにこんな事を打ち明けるのです。あなたをおこらすためにわざと無躾《ぶしつけ》な言葉をろうするのではありません。私の本意は、あとを御覧になればよくわかることと信じます。とにかく私はなんとか挨拶《あいさつ》すべきところを黙っていたのですから、私はこの怠慢の罪をあなたの前に謝したいと思います。

その後私はあなたに電報を打ちました。ありていに言えば、あの時私はちょっとあなたに会いたかったのです。それからあなたの希望どおり、私の過去をあなたのために物語りたかったのです。あなたは返電をかけて、いま東京へは出られないと断わってきましたが、私は失望して長らくあの電報をながめていました。あなたも電報だけでは気がすまなかったとみえて、またあとから長い手紙をよこしてくれたので、あなたの出京できない事情がよくわかりました。私はあなたを失礼な男だとも、なんとも思うわけがありません。あなたの大事なお父《とう》さんの病気をそっちのけにして、なんで、あなたが家《うち》を空けられるものですか。そのお父さんの生死《しょうし》を忘れているような私の態度こそ不都合です。――私はじっさいあの電報を打つ時に、あなたのお父さんの事を忘れていたのです。そのくせあなたが東京にいるころには、難症だから、よく注意しなくってはいけないと、あれほど忠告したのは私ですのに。私はこういう矛盾《むじゅん》な人間なのです。あるいは私の脳髄よりも、私の過去が私を圧迫する結果、こんな矛盾な人間に私を変化させるのかもしれません。私はこの点においても十分私の我《が》を認めています。あなたに許してもらわなくてはなりません。

あなたの手紙、――あなたから来た最後の手紙――を読んだ時、私は悪い事をしたと思いました。それでその意味の返事を出そうかと考えて、筆を執りかけましたが、一行も書かずにやめました。どうせ書くなら、この手紙を書いてあげたかったから、そうしてこの手紙を書くにはまだ時機が少し早すぎたから、やめにしたのです。私がただ来るに及ばないという簡単な電報を再び打ったのは、それがためです。

二

「私はそれからこの手紙を書きだしました。平生《へいぜい》筆を持ちつけない私には、自分の思うように、事件なり思想なりが運ばないのが重い苦痛でした。私はもう少しで、あなたに対する私のこの義務を放擲《ほうてき》するところでした。しかしいくらよそうと思って筆をおいても、なんにもなりませんでした。私は一時間たたないうちにまた書きたくなりました。あなたから見たら、これが義務の遂行《すいこう》を重んずる私の性格のように思われるかもしれません。私もそれは否《いな》みません。私はあなたの知っているとおり、ほとんど世間と交渉のない孤独な人間ですから、義務というほどの義務は、自分の左右前後を見回しても、どの方角にも根を張っておりません。故意か自然か、私はそれをできるだけ切り詰めた生活をしていたのです。けれども私は義務に冷淡だから、こうなったのではありません。むしろ鋭敏すぎて刺激に堪えるだけの精力がないから、御覧のように消極的な月日を送ることになったのです。だから、いったん約束した以上、それを果さないのは、たいへんいやな心持ちです。私はあなたに対してこのいやな心持ちを避けるためにでも、おいた筆をまた取り上げなければならないのです。

そのうえ私は書きたいのです。義務は別として私の過去を書きたいのです。私の過去は私だけの経験だから、私だけの所有といってもさしつかえないでしょう。それを人に与えないで死ぬのは、惜しいとも言われるでしょう。私にも多少そんな心持ちがあります。ただし受け入れることのできない人に与えるくらいなら、私はむしろ私の経験を私の生命《いのち》とともに葬ったほうがいいと思います。じっさいここにあなたという一人の男が存在していないならば、私の過去はついに私の過去で、間接にも他人の知識にはならないですんだでしょう。私は何千万といる日本人のうちで、ただあなただけに、私の過去を物語りたいのです。あなたはまじめだから。あなたはまじめに人生そのものから生きた教訓を得たいと言ったから。

私は暗い人世の影を遠慮なくあなたの頭の上に投げかけてあげます。しかし恐れてはいけません。暗いものをじっと見つめて、そのなかからあなたの参考になるものをおつかみなさい。私の暗いというのは、もとより倫理的に暗いのです。私は倫理的に生まれた男です。また倫理的に育てられた男です。その倫理上の考えは、今の若い人とだいぶ違ったところがあるかもしれません。しかしどう間違っても、私自身のものです。間に合わせに借りた損料着《そんりょうぎ》ではありません。だからこれから発達しようというあなたには、いくぶんか参考になるだろうと思うのです。

あなたは現代の思想問題について、よく私に議論を向けたことを記憶しているでしょう。私のそれに対する態度もよくわかっているでしょう。私はあなたの意見を軽蔑《けいべつ》までしなかったけれども、けっして尊敬を払いうる程度にはなれなかった。あなたの考えにはなんらの背景もなかったし、あなたは自分の過去をもつにはあまりに若すぎたからです。私は時々笑った。あなたは物足りなそうな顔をちょいちょい私に見せた。その極あなたは私の過去を絵巻物のように、あなたの前に展開してくれとせまった。私はその時心のうちで、はじめてあなたを尊敬した。あなたが無遠慮に私の腹の中から、ある生きたものをつらまえようという決心を見せたからです。私の心臓を立ち割って、暖かく流れる血潮をすろうとしたからです。その時私はまだ生きていた。死ぬのがいやであった。それで他日を約して、あなたの要求をしりぞけてしまった。私は今自分で自分の心臓を破って、その血をあなたの顔に浴びせかけようとしているのです。私の鼓動がとまった時、あなたの胸に新しい命が宿ることができるなら満足です。

三

「私が両親を亡《な》くしたのは、まだ私の二十歳《はたち》にならない時分でした。いつか妻《さい》があなたに話していたようにも記憶していますが、二人《ふたり》は同じ病気で死んだのです。しかも妻があなたに不審を起こさせたとおり、ほとんど同時といっていいくらいに、前後して死んだのです。実をいうと、父の病気は恐るべき腸チフスでした。それがそばにいて看護をした母に伝染したのです。

私は二人のあいだにできたたった一人の男の子でした。家《うち》には相当の財産があったので、むしろ鷹揚《おうよう》に育てられました。私は自分の過去を顧みて、あの時両親が死なずにいてくれたなら、少なくとも父か母かどっちか、片方でいいから生きていてくれたなら、私はあの鷹揚な気分を今まで持ち続けることができたろうにと思います。

私は二人のあとに茫然《ぼうぜん》として取り残されました。私には知識もなく、経験もなく、また分別もありませんでした。父の死ぬ時、母はそばにいることができませんでした。母の死ぬ時、母には父の死んだことさえまだ知らせてなかったのです。母はそれをさとっていたか、またははたのものの言うごとく、じっさい父は回復期に向かいつつあるものと信じていたか、それはわかりません。母はただ叔父《おじ》に万事を頼んでいました。そこに居合わせた私を指さすようにして、『この子をどうぞなにぶん』と言いました。私はその前から両親の許可を得て、東京へ出るはずになっていましたので、母はそれもついでに言うつもりらしかったのです。それで『東京へ』とだけつけ加えましたら、叔父がすぐあとを引き取って、『よろしいけっして心配しないがいい』と答えました。母は強い熱に堪えうる体質の女なんでしたろうか、叔父は『しっかりしたものだ』と言って、私に向かって母のことをほめていました。しかしこれがはたして母の遺言であったのかどうだか、今考えるとわからないのです。母はむろん父のかかった病気の恐るべき名前を知っていたのです。そうして、自分がそれに伝染していたことも承知していたのです。けれども自分はきっと、この病気で命を取られるとまで信じていたかどうか、そこになると疑う余地はまだいくらでもあるだろうと思われるのです。そのうえ熱の高い時に出る母の言葉は、いかにそれが筋道の通った明らかなものにせよ、いっこう記憶となって母の頭に影さえ残していないことがしばしばあったのです。だから……しかしそんな事は問題ではありません。ただこういうふうに物を解きほどいてみたり、またぐるぐる回してながめたりする癖は、もうその時分から、私にはちゃんと備わっていたのです。それはあなたにもはじめからお断わりしておかなければならないと思いますが、その実例としては当面の問題に大した関係のないこんな記述が、かえって役に立ちはしないかと考えます。あなたのほうでもまあそのつもりで読んでください。この性分が倫理的に個人の行為やら動作のうえに及んで、私は後来ますますひとの徳義心を疑うようになったのだろうと思うのです。それが私の煩悶や苦悩に向かって、積極的に大きな力を添えているのはたしかですから覚えていてください。

話の本筋をはずれると、わかりにくくなりますからまたあとへ引返しましょう。これでも私はこの長い手紙を書くのに、私と同じ地位に置かれた他の人と比べたら、あるいは多少おちついていやしないかと思っているのです。世の中が眠ると聞こえだすあの電車の響きももうとだえました。雨戸の外にはいつのまにか哀れな虫の声が、露の秋をまた忍びやかに思い出させるような調子でかすかに鳴いています。何も知らない妻は次の部屋《へや》で無邪気にすやすや寝入っています。私が筆を執ると、一字一画ができあがりつつペンの先で鳴っています。私はむしろおちついた気分で紙に向かっているのです。不慣れのためにペンが横へそれるかもしれませんが、頭が悩乱して筆がしどろに走るのではないように思います。

四

「とにかくたった一人取り残された私は、母の言いつけどおり、この叔父を頼るよりほかにみちはなかったのです。叔父はまたいっさいを引き受けてすべての世話をしてくれました。そうして私を私の希望する東京へ出られるように取り計らってくれました。

私は東京へ来て高等学校へはいりました。その時の高等学校の生徒は今よりもよほど殺伐で粗野でした。私の知ったものに、夜中《よる》職人と喧嘩《けんか》をして、相手の頭へ下駄《げた》で傷を負わせたのがありました。それが酒を飲んだあげくの事なので、夢中になぐり合いをしているあいだに、学校の制帽をとうとう向こうのものに取られてしまったのです。ところがその帽子の裏には当人の名前がちゃんと、菱形《ひしがた》の白いきれの上に書いてあったのです。それで事がめんどうになって、その男はもう少しで警察から学校へ照会されるところでした。しかし友だちがいろいろと骨を折って、ついに表沙汰《おもてざた》にせずにすむようにしてやりました。こんな乱暴な行為を、上品な今の空気の中に育ったあなたがたに聞かせたら、さだめてばかばかしい感じを起こすでしょう。私もじっさいばかばかしく思います。しかし彼らは今の学生にない一種質朴《しつぼく》な点をその代りにもっていたのです。そのころ私の月々叔父からもらっていた金は、あなたが今、お父さんから送ってもらう学資に比べるとはるかに少ないものでした。(むろん物価も違いましょうが)。それでいて私は少しの不足も感じませんでした。のみならず数ある同級生のうちで、経済の点にかけては、けっして人をうらやましがる哀れな境遇にいたわけではないのです。今から回顧すると、むしろ人にうらやましがられるほうだったのでしょう。というのは、私は月々きまった送金のほかに、書籍費、

（私はその時分から書物を買うことが好きでした）、および臨時の費用を、よく叔父から請求して、ずんずんそれを自分の思うように消費することができたのですから。

何も知らない私は、叔父を信じていたばかりでなく、常に感謝の心をもって、叔父をありがたいもののように尊敬していました。叔父は事業家でした。県会議員にもなりました。その関係からでもありましょう、政党にも縁故があったように記憶しています。父の実の弟ですけれども、そういう点で、性格からいうと父とはまるで違ったほうへ向いて発達したようにも見えます。父は先祖から譲られた遺産を大事に守ってゆく篤実一方の男でした。楽しみには、茶だの花だのをやりました。それから詩集などを読むことも好きでした。書画骨董《こっとう》といったふうのものにも、多くの趣味をもっている様子でした。家は田舎《いなか》にありましたけれども、二里ばかり隔たった市、――その市には叔父が住んでいたのです、――その市から時々道具屋が懸物《かけもの》だの、香炉《こうろ》だのを持って、わざわざ父に見せに来ました。父は一口にいうと、まあマン・オフ・ミーンズ*とでも評したらいいのでしょう。比較的上品な嗜好《しこう》をもった田舎紳士だったのです。だから気性からいうと、闊達《かったつ》な叔父とはよほどの懸隔がありました。それでいて二人はまた妙に仲がよかったのです。父はよく叔父を評して、自分よりもはるかに働きのある頼もしい人のように言っていました。自分のように、親から財産を譲られたものは、どうしても固有の材幹が鈍る、つまり世の中と闘《たたか》う必要がないからいけないのだとも言っていました。この言葉は母も聞きました。私も聞きました。父はむしろ私の心得《こころえ》になるつもりで、それを言ったらしく思われます。『お前もよく覚えているがいい』と父はその時わざわざ私の顔を見たのです。だから私はまだそれを忘れずにいます。このくらい私の父から信用されたり、ほめられたりしていた叔父を、私がどうして疑うことができるでしょう。私にはただでさえ誇りになるべき叔父でした。父や母が亡《な》くなって、万事その人の世話にならなければならない私には、もうたんなる誇りではなかったのです。私の存在に必要な人間になっていたのです。

五

「私が夏休みを利用してはじめて国へ帰った時、両親の死に断えた私の住居《すまい》には、新しい主人として、叔父夫婦が入り代って住んでいました。これは私が東京へ出るまえからの約束でした。たった一人取り残された私が家にいない以上、そうでもするよりほかにしかたがなかったのです。

叔父はそのころ市にあるいろいろな会社に関係していたようです。業務のつごうからいえば、今までの居宅に寝起きするほうが、二里も隔たった私の家に移るよりはるかに便利だと言って笑いました。これは私の父母が亡《な》くなったあと、どう邸《やしき》を始末して、私が東京へ出るかという相談の時、叔父の口からもれた言葉であります。私の家は古い歴史をもっているので、少しはその界隈《かいわい》で人に知られていました。あなたの郷里でも同じことだろうと思いますが、田舎では由緒《ゆいしょ》のある家を、相続人があるのにこわしたり売ったりするのは大事件です。今の私ならそのくらいの事はなんとも思いませんが、そのころはまだ子供でしたから、東京へは出たし、家《うち》はそのままにしておかなければならず、はなはだ所置に苦しんだのです。

叔父はしかたなしに私の空家《あきや》へはいることを承諾してくれました。しかし市のほうにある住居もそのままにしておいて、両方のあいだを往《い》ったり来たりする便宜を与えてもらわなければ困ると言いました。私にもとより異議のありようはずがありません。私はどんな条件でも東京へ出られればいいくらいに考えていたのです。

子供らしい私は、故郷《ふるさと》を離れても、まだ心の目で、なつかしげに故郷の家を望んでいました。もとよりそこにはまだ自分の帰るべき家があるという旅人の心で望んでいたのです。休みが来れば帰らなくてはならないという気分は、いくら東京を恋しがって出て来た私にも、力強くあったのです。私は熱心に勉強し、愉快に遊んだあと、休みには帰れると思うその故郷の家をよく夢に見ました。

私の留守《るす》のあいだ、叔父はどんなふうに両方のあいだを往来《ゆきき》していたか知りません。私の着いた時は、家族のものが、みんな一つ家の内に集まっていました。学校へ出る子供などは平生おそらく市のほうにいたのでしょうが、これも休暇のために田舎へ遊び半分といった格で引き取られていました。

みんな私の顔を見て喜びました。私はまた父や母のいた時より、かえってにぎやかで陽気になった家の様子を見てうれしがりました。叔父はもと私の部屋になっていた一間《ひとま》を占領している一番目の男の子を追い出して、私をそこへ入れました。座敷の数も少なくないのだから、私はほかの部屋でかまわないと辞退したのですけれども、叔父はお前の家《うち》だからと言って、聞きませんでした。

私はおりおり亡くなった父や母のことを思い出すほかに、なんの不愉快もなく、その一《ひと》夏《なつ》を叔父の家族とともに過ごして、また東京へ帰ったのです。ただ一つその夏の出来事として、私の心にむしろ薄暗い影を投げたのは、叔父夫婦が口をそろえて、まだ高等学校へはいったばかりの私に結婚を勧めることでした。それは前後でちょうど三、四回もくり返されたでしょう。私もはじめはただその突然なのに驚いただけでした。二度目にははっきり断わりました。三度目にはこっちからとうとうその理由を反問しなければならなくなりました。彼らの主意は簡単でした。早く嫁をもらってここの家へ帰って来て、亡くなった父のあとを相続しろというだけなのです。家は休暇《やすみ》になって帰りさえすれば、それでいいものと私は考えていました。父のあとを相続する、それには嫁が必要だからもらう、両方とも理窟《りくつ》としてはひととおり聞こえます。ことに田舎の事情を知っている私には、よくわかります。私も絶対にそれをきらってはいなかったのでしょう。しかし東京へ修業に出たばかりの私には、それが遠眼鏡《とおめがね》で物を見るように、はるか先の距離に望まれるだけでした。

私は叔父の希望に承諾を与えないで、ついにまた私の家を去りました。

六

「私は縁談の事をそれなり忘れてしまいました。私のぐるりを取り巻いている青年の顔を見ると、世帯染《しょたいじ》みたものは一人《ひとり》もいません。みんな自由です、そうしてことごとく単独らしく思われたのです。こういう気楽な人のうちにも、裏面にはいり込んだら、あるいは家庭の事情に余儀なくされて、すでに妻を迎えていたものがあったかもしれませんが、子供らしい私はそこに気がつきませんでした。それからそういう特別の境遇に置かれた人のほうでも、あたりに気がねをして、なるべくは書生に縁の遠いそんな内輪の話はしないように慎しんでいたのでしょう。あとから考えると、私自身がすでにその組だったのですが、私はそれさえわからずに、ただ子供らしく愉快に修学の道を歩いていきました。

学年の終りに、私はまた行李《こうり》をからげて、親の墓のある田舎《いなか》へ帰って来ました。そうして去年と同じように、父母《ちちはは》のいたわが家の中で、また叔父《おじ》夫婦とその子供の変らない顔を見ました。私は再びそこで故郷《ふるさと》のにおいをかぎました。そのにおいは私にとって依然としてなつかしいものでありました。一学年の単調を破る変化としてもありがたいものに違いなかったのです。

しかしこの自分を育てあげたと同じようなにおいのなかで、私はまた突然結婚問題を叔父から鼻の先へ突きつけられました。叔父の言うところは、去年の勧誘を再びくり返したのみです。理由も去年と同じでした。ただこのまえ勧められた時には、なんらの目的物がなかったのに、今度はちゃんと肝心《かんじん》の当人をつらまえていたので、私はなお困らせられたのです。その当人というのは叔父の娘すなわち私の従妹《いとこ》に当る女でした。その女をもらってくれれば、お互いのために便宜である。父の存生中そんな事を話していた、と叔父が言うのです。私もそうすれば便宜だとは思いました。父が叔父にそういうふうな話をしたというのもありうべき事と考えました。しかしそれは私が叔父に言われて、はじめて気がついたので、言われないまえから、さとっていた事柄《ことがら》ではないのです。だから私は驚きました。驚いたけれども、叔父の希望にむりのないところも、それがためによくわかりました。私は迂闊《うかつ》なのでしょうか。あるいはそうなのかもしれませんが、おそらく従妹に無頓着《むとんちゃく》であったのが、おもな原因になっているのでしょう。私は子供のうちから市にいる叔父の家へしじゅう遊びに行きました。ただ行くばかりでなく、よくそこに泊りました。そうしてこの従妹とはその時分から親しかったのです。あなたも御承知でしょう、兄妹《きょうだい》のあいだに恋の成立したためしのないのを。私はこの公認された事実をかってに布衍《ふえん》*しているかもしれないが、しじゅう接触して親しくなりすぎた男女《なんにょ》のあいだには、恋に必要な刺激の起こる清新な感じが失われてしまうように考えています。香《こう》をかぎうるのは、香をたきだした瞬間にかぎるごとく、酒を味わうのは、酒を飲みはじめた刹那《せつな》にあるごとく、恋の衝動にもこういうきわどい一点が、時間のうえに存在しているとしか思われないのです。一度平気でそこを通り抜けたら、慣れれば慣れるほど、親しみが増すだけで、恋の神経はだんだん麻痺《まひ》してくるだけです。私はどう考え直しても、この従妹を妻にする気にはなれませんでした。

叔父はもし私が主張するなら、私の卒業まで結婚を延ばしてもいいと言いました。けれども善は急げという諺《ことわざ》もあるから、できるなら今のうちに祝言《しゅうげん》の杯だけはすませておきたいとも言いました。当人に望みのない私にはどっちにしたって同じことです。私はまた断わりました。叔父はいやな顔をしました。従妹は泣きました。私に添われないから悲しいのではありません、結婚の申し込みを拒絶されたのが、女としてつらかったからです。私が従妹を愛していないごとく、従妹も私を愛していないことは、私によく知れていました。私はまた東京へ出ました。

七

「私が三度目に帰国したのは、それからまた一年たった夏のとっつきでした。私はいつでも学年試験のすむのを待ちかねて東京を逃げました。私には故郷《ふるさと》がそれほどなつかしかったからです。あなたにも覚えがあるでしょう、生まれた所は空気の色が違います、土地のにおいも格別です、父や母の記憶もこまやかに漂っています。一年のうちで、七、八の二月をそのなかにくるまれて、穴にはいった蛇《へび》のようにじっとしているのは、私にとって何よりも暖かいいい心持ちだったのです。

単純な私は従妹《いとこ》との結婚問題について、さほど頭を痛める必要がないと思っていました。いやなものは断わる、断わってさえしまえばあとには何も残らない、私はこう信じていたのです。だから叔父の希望どおりに意志を曲げなかったにもかかわらず、私はむしろ平気でした。過去一年のあいだいまだかつてそんな事に屈託した覚えもなく、相変らずの元気で国へ帰ったのです。

ところが帰ってみると叔父の態度が違っています。元のようにいい顔をして私を自分の懐《ふところ》に抱こうとしません。それでも鷹揚《おうよう》に育った私は、帰って四、五日のあいだは気がつかずにいました。ただ何かの機会にふと変に思いだしたのです。すると妙なのは、叔父ばかりではないのです。叔母《おば》も妙なのです。従妹も妙なのです。中学校を出て、これから東京の高等商業へはいるつもりだといって、手紙でその様子を聞き合わせたりした叔父の男の子まで妙なのです。

私の性分として考えずにはいられなくなりました。どうして私の心持ちがこう変ったのだろう。いやどうして向こうがこう変ったのだろう。私は突然死んだ父や母が、鈍い私の目を洗って、急に世の中がはっきり見えるようにしてくれたのではないかと疑いました。

私は父や母がこの世にいなくなったあとでも、いた時と同じように私を愛してくれるものと、どこか心の奥で信じていたのです。もっともそのころでも私はけっして理に暗い質《たち》ではありませんでした。しかし先祖から譲られた迷信のかたまりも、強い力で私の血の中に潜んでいたのです。今でも潜んでいるでしょう。

私はたった一人山へ行って、父母の墓の前にひざまずきました。なかば哀悼《あいとう》の意味、なかば感謝の心持ちでひざまずいたのです。そうして私の未来の幸福が、この冷たい石の下に横たわる彼らの手にまだ握られてでもいるような気分で、私の運命を守るべく彼らに祈りました。あなたは笑うかもしれない。私も笑われてもしかたがないと思います。しかし私はそうした人間だったのです。

私の世界は掌《たなごころ》をひるがえすように変りました。もっともこれは私にとってはじめての経験ではなかったのです。私が十六、七の時でしたろう、はじめて世の中に美しいものがあるという事実を発見した時には、一度にはっと驚きました。何べんも自分の目を疑って、何べんも自分の目をこすりました。そうして心の中であゝ美しいと叫びました。十六、七といえば、男でも女でも、俗にいう色気のつくころです。色気のついた私は世の中にある美しいものの代表者として、はじめて女を見ることができたのです。今までその存在に少しも気のつかなかった異性に対して、盲目《めくら》の目がたちまちあいたのです。それ以来私の天地はまったく新しいものとなりました。

私が叔父の態度に心づいたのも、まったくこれと同じなんでしょう。俄然《がぜん》として心づいたのです。なんの予感も準備もなく、不意に来たのです。不意に彼と彼の家族が、今まではまるで別物のように私の目に映ったのです。私は驚きました。そうしてこのままにしておいては、自分の行先がどうなるかわからないという気になりました。

八

「私は今まで叔父任せにしておいた家の財産について、詳しい知識を得なければ、死んだ父母《ちちはは》に対してすまないという気を起こしたのです。叔父は忙がしいからだだと自称するごとく、毎晩同じ所に寝泊りはしていませんでした。二日家《うち》へ帰ると三日は市のほうで暮らすといったふうに、両方のあいだを往来《ゆきき》して、その日その日をおちつきのない顔で過ごしていました。そうして忙がしいという言葉を口癖のように使いました。なんの疑いも起こらない時は、私も実際に忙がしいのだろうと思っていたのです。それから、忙がしがらなくては当世流でないのだろうと、皮肉にも解釈していたのです。けれども財産の事について、時間のかかる話をしようという目的ができた目で、この忙がしがる様子を見ると、それがたんに私を避ける口実としか受け取れなくなってきたのです。私は容易に叔父をつらまえる機会を得ませんでした。

私は叔父が市のほうに妾《めかけ》をもっているという噂《うわさ》を聞きました。私はその噂を昔中学の同級生であったある友だちから聞いたのです。妾を置くぐらいのことは、この叔父として少しも怪しむに足らないのですが、父の生きているうちに、そんな評判を耳に入れた覚えのない私は驚きました。友だちはそのほかにもいろいろ叔父についての噂を語って聞かせました。一時事業で失敗しかかっていたようにひとから思われていたのに、この二、三年来また急に盛り返して来たというのも、その一つでした。しかも私の疑惑を強く染めつけたものの一つでした。

私はとうとう叔父と談判を開きました。談判というのは少し不穏当かもしれませんが、話のなりゆきからいうと、そんな言葉で形容するよりほかにみちのないところへ、自然の調子が落ちて来たのです。叔父はどこまでも私を子供扱いにしようとします。私はまたはじめから猜疑《さいぎ》の目で叔父に対しています。穏やかに解決のつくはずはなかったのです。

遺憾ながら私は今その談判の顚末《てんまつ》を詳しくここに書くことのできないほど先を急いでいます。実をいうと、私はこれより以上に、もっと大事なものを控えているのです。私のペンは早くからそこへたどりつきたがっているのを、やっとのことでおさえつけているくらいです。あなたに会って静かに話す機会を永久に失った私は、筆を執る術《すべ》に慣れないばかりでなく、貴《たつと》い時間を惜しむという意味からして、書きたい事も省かなければなりません。

あなたはまだ覚えているでしょう。私がいつかあなたに、造りつけの悪人が世の中にいるものではないと言ったことを。多くの善人がいざという場合に突然悪人になるのだから油断してはいけないと言ったことを。あの時あなたは私に興奮していると注意してくれました。そうしてどんな場合に、善人が悪人に変化するのかと尋ねました。私がただ一口金と答えた時、あなたは不満な顔をしました。私はあなたの不満な顔をよく記憶しています。私は今あなたの前に打ち明けるが、私はあの時この叔父のことを考えていたのです。ふつうのものが金を見て急に悪人になる例として、世の中に信用するに足るものが存在しえない例として、憎悪《ぞうお》とともに私はこの叔父を考えていたのです。私の答は、思想界の奥へ突き進んで行こうとするあなたにとって物足りなかったかもしれません、陳腐だったかもしれません。けれども私にはあれが生きた答でした。現に私は興奮していたではありませんか。私は冷やかな頭で新しい事を口にするよりも、熱した舌で平凡な説を述べるほうが生きていると信じています。血の力で体が動くからです。言葉が空気に波動を伝えるばかりでなく、もっと強い物にもっと強く働きかけることができるからです。

九

「一口でいうと、叔父は私の財産をごまかしたのです。*事は私が東京へ出ている三年のあいだにたやすく行なわれたのです。すべてを叔父任せにして平気でいた私は、世間的にいえば本当のばかでした。世間的以上の見地から評すれば、あるいは純なる尊《たっと》い男とでもいうと思えましょうか。私はその時の己《おのれ》を顧みて、なぜもっと人が悪く生まれてこなかったかと思うと、正直すぎた自分がくやしくってたまりません。しかしまたどうかして、もう一度ああいう生まれたままの姿に立ち帰って生きてみたいという心持ちも起こるのです。記憶してください。あなたの知っている私は塵《ちり》によごれたあとの私です。きたなくなった年数の多いものを先輩と呼ぶならば、私はたしかにあなたより先輩でしょう。

もし私が叔父の希望どおり叔父の娘と結婚したならば、その結果は物質的に私にとって有利なものでしたろうか。これは考えるまでもないことと思います。叔父は策略で娘を私に押しつけようとしたのです。好意的に両家の便宜を計るというよりも、ずっと下卑《げび》た利害心にかられて、結婚問題を私に向けたのです。私は従妹《いとこ》を愛していないだけで、きらってはいなかったのですが、あとから考えてみると、それを断わったのが私には多少の愉快になると思います。ごまかされるのはどっちにしても同じでしょうけれども、載せられかたからいえば、従妹をもらわないほうが、向こうの思いどおりにならないという点からみて、少しは私の我《が》が通ったことになるのですから。しかしそれはほとんど問題とするに足りない些細《ささい》な事柄《ことがら》です。ことに関係のないあなたにいわせたら、さぞばかげた意地に見えるでしょう。

私と叔父のあいだに他の親戚《しんせき》のものがはいりました。その親戚のものも私はまるで信用していませんでした。信用しないばかりでなく、むしろ敵視していました。私は叔父が私を欺いたと覚《さと》るとともに、ほかのものも必ず自分を欺くに違いないと思いつめました。父があれだけほめ抜いていた叔父ですらこうだから、他のものはというのが私の論理《ロジック》でした。

それでも彼らは私のために、私の所有にかかるいっさいのものをまとめてくれました。それは金額に見積ると、私の予期よりはるかに少ないものでした。私としては黙ってそれを受け取るか、でなければ叔父を相手取って公沙汰《おおやけざた》にするか、二つの方法しかなかったのです。私は憤りました。また迷いました。訴訟にすると落着までに長い時間のかかることも恐れました。私は修業中のからだですから、学生として大切な時間を奪われるのは非常の苦痛だとも考えました。私は思案の結果、市におる中学の旧友に頼んで、私の受け取ったものを、すべて金の形に変えようとしました。旧友はよしたほうが得だといって忠告してくれましたが、私は聞きませんでした。私は長く故郷を離れる決心をその時に起こしたのです。叔父の顔を見まいと心のうちで誓ったのです。

私は国を立つまえに、また父と母の墓へ参りました。私はそれぎりその墓を見たことがありません。もう永久に見る機会も来ないでしょう。

私の旧友は私の言葉どおりに取り計らってくれました。もっともそれは私が東京へ着いてからよほどたったのちのことです。田舎《いなか》で畑地などを売ろうとしたって容易には売れませんし、いざとなると足もとを見て踏み倒される恐れがあるので、私の受け取った金額は、時価に比べるとよほど少ないものでした。自白すると、私の財産は自分が懐にして家を出た若干の公債と、あとからこの友人に送ってもらった金だけなのです。親の遺産としてはもとより非常に減っていたに相違ありません。しかも私が積極的に減らしたのではないから、なお心持ちが悪かったのです。けれども学生として生活するにはそれで十分以上でした。実をいうと私はそれから出る利子の半分も使えませんでした。この余裕ある私の学生生活が私を思いも寄らない境遇におとし入れたのです。

十

「金に不自由のない私は、騒々しい下宿を出て、新しく一戸を構えてみようかという気になったのです。しかしそれには世帯《しょたい》道具を買うめんどうもありますし、世話をしてくれる婆《ばあ》さんの必要も起こりますし、その婆さんがまた正直でなければ困るし、家《うち》を留守《るす》にしても大丈夫《だいじょうぶ》なものでなければ心配だし、といったわけで、ちょくらちょいと実行することはおぼつかなくみえたのです。ある日私はまあ家《うち》だけでも捜してみようかというそぞろ心から、散歩がてらに本郷台《ほんごうだい》*を西へおりて小石川《こいしかわ》の坂をまっすぐに伝通院《でんずういん》*の方へ上がりました。電車の通路になってから、あそこいらの様子がまるで違ってしまいましたが、そのころは左手が砲兵工廠《ほうへいこうしょう》*の土塀《どべい》で、右は原とも丘ともつかない空地《あきち》に草が一面にはえていたものです。私はその草の中に立って、何心なく向こうの崖《がけ》をながめました。今でも悪い景色《けしき》ではありませんが、そのころはまたずっとあの西側の趣が違っていました。見渡すかぎり緑が一面に深く茂っているだけでも、神経が休まります。私はふとここいらに適当な家《うち》はないだろうかと思いました。それですぐ草原を横切って、細い通りを北の方へ進んで行きました。いまだにいい町になりきれないで、がたぴししているあの辺の家並《やなみ》は、その時分のことですからずいぶんきたならしいものでした。私は路地を抜けたり、横丁を曲がったり、ぐるぐる歩き回りました。しまいに駄菓子屋《だがしや》のかみさんに、ここいらに小じんまりした貸家はないかと尋ねてみました。かみさんは『そうですね』と言って、しばらく首をかしげていましたが、『貸家はちょいと……』とまったく思い当らないふうでした。私は望みのないものとあきらめて帰りかけました。するとかみさんがまた『素人《しろうと》下宿じゃいけませんか』と聞くのです。私はちょっと気が変りました。静かな素人屋に一人で下宿しているのは、かえって家《うち》を持つめんどうがなくって結構だろうと考えだしたのです。それからその駄菓子屋の店に腰をかけて、かみさんに詳しい事を教えてもらいました。

それはある軍人の家族、というよりもむしろ遺族、の住んでいる家でした。主人はなんでも日清《にっしん》戦争の時かなにかに死んだのだとかみさんが言いました。一年ばかりまえまでは、市《いち》ヶ谷《や》の士官学校のそばとかに住んでいたのだが、厩《うまや》などがあって、邸《やしき》が広すぎるので、そこを売り払って、ここへ引っ越して来たけれども、無人で寂《さむ》しくって困るから相当の人があったら世話をしてくれと頼まれていたのだそうです。私はかみさんから、その家には未亡人と一人娘と下女よりほかにいないのだという事を確かめました。私は閑静でしごくよかろうと心のうちに思いました。けれどもそんな家族のうちに、私のようなものが、突然行ったところで、素性《すじよう》の知れない書生さんという名称のもとに、すぐ拒絶されはしまいかという懸念《けねん》もありました。私はよそうかとも考えました。しかし私は書生としてそんなに見苦しい服装《なり》はしていませんでした。それから大学の制帽をかぶっていました。あなたは笑うでしょう、大学の制帽がどうしたんだといって。けれどもそのころの大学生は今と違って、だいぶ世間に信用のあったものです。私はその場合この四角な帽子に一種の自信を見いだしたくらいです。そうして駄菓子屋のかみさんに教わったとおり、紹介も何もなしにその軍人の遺族の家《うち》をたずねました。

私は未亡人に会って来意を告げました。未亡人は私の身元やら学校やら専門やらについていろいろ質問しました。そうしてこれなら大丈夫だというところをどこかに握ったのでしょう、いつでも引っ越して来てさしつかえないという挨拶《あいさつ》を即座に与えてくれました。未亡人は正しい人でした。またはっきりした人でした。私は軍人の細君というものはみんなこんなものかと思って感服しました。感服もしたが、驚きもしました。この気性でどこが寂《さむ》しいのだろうと疑いもしました。

一一

「私はさっそくその家へ引き移りました。私は最初に来た時に未亡人と話をした座敷を借りたのです。そこは家《うち》じゅうでいちばんいい部屋《へや》でした。本郷辺に高等下宿といったふうの家がぽつぽつ建てられた時分のことですから、私は書生として占領しうる最も好い間《ま》の様子を心得ていました。私の新しく主人となった部屋は、それらよりもずっとりっぱでした。移った当座は、学生としての私には過ぎるくらいに思われたのです。

部屋の広さは八畳でした。床《とこ》の横に違い棚《だな》があって、縁と反対の側には一間の押入れがついていました。窓は一つもなかったのですが、その代り南向きの縁に明るい日がよくさしました。

私は移った日に、その部屋の床に生けられた花と、その横に立てかけられた琴《こと》を見ました。どっちも私の気に入りませんでした。私は詩や書や煎茶《せんちゃ》をたしなむ父のそばで育ったので、唐《から》めいた趣味*を子供のうちからもっていました。そのためでもありましょうか、こういう艶《なま》めかしい装飾をいつのまにか軽蔑《けいべつ》する癖がついていたのです。

私の父が存生中にあつめた道具類は、例の叔父《おじ》のためにめちゃめちゃにされてしまったのですが、それでも多少は残っていました。私は国を立つ時それを中学の旧友に預かってもらいました。それからそのうちでおもしろそうなものを四、五幅はだかにして行李の底へ入れて来ました。私は移るやいなや、それを取り出して床へかけて楽しむつもりでいたのです。ところが今いった琴と生花《いけばな》を見たので、急に勇気がなくなってしまいました。あとから聞いてはじめてこの花が私に対するごちそうに生けられたのだということを知った時、私は心のうちで苦笑しました。もっとも琴はまえからそこにあったのですから、これは置き所がないため、やむをえずそのままに立てかけてあったのでしょう。

こんな話をすると、しぜんその裏に若い女の影があなたの頭をかすめて通るでしょう。移った私にも、移らないはじめからそういう好奇心がすでに動いていたのです。こうした邪気が予備的に私の自然をそこなったためか、または私がまだ人慣れなかったためか、私ははじめてそこのお嬢さんに会った時、へどもどした挨拶をしました。その代りお嬢さんのほうでも赤い顔をしました。

私はそれまで未亡人の風采《ふうさい》や態度からおして、このお嬢さんのすべてを想像していたのです。しかしその想像はお嬢さんにとってあまり有利なものではありませんでした。軍人の細君だからああなのだろう、その細君の娘だからこうだろうといった順序で、私の推測はだんだん延びてゆきました。ところがその推測が、お嬢さんの顔を見た瞬間に、ことごとく打ち消されました。そうして私の頭の中へ今まで想像も及ばなかった異性のにおいが新しくはいってきました。私はそれから床の正面に生けてある花がいやでなくなりました。同じ床に立てかけてある琴もじゃまにならなくなりました。

その花はまた規則正しくしおれるころになると生けかえられるのです。琴もたびたび鍵《かぎ》の手《て》に折れ曲がった筋違《すじかい》の部屋に運び去られるのです。私は自分の居間で机の上に頬杖《ほおづえ》を突きながら、その琴の音《ね》を聞いていました。私にはその琴がじょうずなのかへたなのかよくわからないのです。けれどもあまり込み入った手をひかないところをみると、じょうずなのじゃなかろうと考えました。まあ生花の程度ぐらいなものだろうと思いました。花なら私にもよくわかるのですが、お嬢さんはけっしてうまいほうではなかったのです。

それでも臆面《おくめん》なくいろいろの花が私の床を飾ってくれました。もっとも生け方はいつ見ても同じことでした。それから花瓶《かびん》もついぞ変ったためしがありませんでした。しかし片方の音楽になると花よりももっと変でした。ぽつんぽつん糸を鳴らすだけで、いっこう肉声を聞かせないのです。歌わないのではありませんが、まるでないしょ話でもするように小さい声しか出さないのです。しかもしかられるとまったく出なくなるのです。

私は喜んでこのへたな生花をながめては、まずそうな琴の音に耳を傾けました。

三

「私の気分は国を立つ時すでに厭世的《えんせいてき》になっていました。ひとは頼りにならないものだという観念が、その時骨の中までしみ込んでしまったように思われたのです。私は私の敵視する叔父だの叔母だの、その他の親戚《しんせき》だのを、あたかも人類の代表者のごとく考えだしました。汽車に乗ってさえ隣りのものの様子を、それとなく注意しはじめました。たまに向こうから話しかけられでもすると、なおのこと警戒を加えたくなりました。私の心は沈鬱《ちんうつ》でした。鉛をのんだように重苦しくなることが時々ありました。それでいて私の神経は、今言ったごとくに鋭くとがってしまったのです。

私が東京へ来て下宿を出ようとしたのも、これが大きな原因になっているように思われます。金に不自由がなければこそ、一戸《こ》を構えてみる気にもなったのだといえばそれまでですが、元のとおりの私ならば、たとい懐中《ふところ》に余裕ができても、好んでそんなめんどうなまねはしなかったでしょう。

私は小石川へ引き移ってからも、当分この緊張した気分にくつろぎを与えることができませんでした。私は自分が恥ずかしいほど、きょときょと周囲を見回していました。不思議によく働くのは頭と目だけで、口のほうはそれと反対に、だんだん動かなくなってきました。私は家《うち》のものの様子を猫《ねこ》のようによく観察しながら、黙って机の前にすわっていたのです。時々は彼らに対して気の毒だと思うほど、私は油断のない注意を彼らの上に注いでいたのです。おれは物を盗まない巾着切《きんちゃくきり》みたようなものだ、私はこう考えて、自分がいやになることさえあったのです。

あなたはさだめて変に思うでしょう。その私がそこのお嬢さんをどうして好く余裕をもっているか。そのお嬢さんのへたな生花を、どうしてうれしがってながめる余裕があるのか。同じくへたなその人の琴をどうして喜んで聞く余裕があるか。そう質問された時、私はただ両方とも事実であったのだから、事実としてあなたに教えてあげるというよりほかにしかたがないのです。解釈は頭のあるあなたに任せるとして、私はただ一言つけ足しておきましょう。私は金に対して人類を疑《うたぐ》ったけれども、愛に対しては、まだ人類を疑わなかったのです。だからひとから見ると変なものでも、また自分で考えてみて、矛盾したものでも、私の胸の中では平気で両立していたのです。

私は未亡人のことを常に奥さんと言っていましたから、これから未亡人と呼ばずに奥さんと言います。奥さんは私を静かな人、おとなしい男と評しました。それから勉強家だともほめてくれました。けれども私の不安な目つきや、きょときょとした様子については、何事も口へ出しませんでした。気がつかなかったのか、遠慮していたのか、どっちだかよくわかりませんが、なにしろそこにはまるで注意をはらっていないらしく見えました。それのみならず、ある場合に私を鷹揚《おうよう》なかただと言って、さも尊敬したらしい口のきき方をしたことがあります。その時正直な私は少し顔を赤らめて、向こうの言葉を否定しました。すると奥さんは『あなたは自分で気がつかないから、そうおっしゃるんです』とまじめに説明してくれました。奥さんははじめ私のような書生を家《うち》へ置くつもりではなかったらしいのです。どこかの役所へ勤める人か何かに座敷を貸す料簡《りょうけん》で、近所のものに周旋を頼んでいたらしいのです。俸給が豊かでなくって、やむをえず素人屋《しろうとや》に下宿するくらいの人だからという考えが、それでまえから奥さんの頭のどこかにはいっていたのでしょう。奥さんは自分の胸に描いたその想像のお客と私とを比較して、こっちのほうを鷹揚だと言ってほめるのです。なるほどそんな切り詰めた生活をする人に比べたら、私は金銭にかけて、鷹揚だったかもしれません。しかしそれは気性の問題ではありませんから、私の内生活にとってほとんど関係のないのと一般でした。奥さんはまた女だけにそれを私の全体におし広げて、同じ言葉を応用しようとつとめるのです。

一三

「奥さんのこの態度がしぜん私の気分に影響してきました。しばらくするうちに、私の目はもとほどきょろつかなくなりました。自分の心が自分のすわっている所に、ちゃんとおちついているような気にもなれました。要するに奥さんはじめ家《うち》のものが、ひがんだ私の目や疑い深い私の様子に、てんから取り合わなかったのが、私に大きな幸福を与えたのでしょう。私の神経は相手から照り返して来る反射のないためにだんだん静まりました。

奥さんは心得《こころえ》のある人でしたから、わざと私をそんなふうに取り扱ってくれたものとも思われますし、また自分で公言するごとく、じっさい私を鷹揚だと観察していたのかもしれません。私のこせつき方は頭の中の現象で、それほど外へ出なかったようにも考えられますから、あるいは奥さんのほうでごまかされていたのかもわかりません。

私の心が静まるとともに、私はだんだん家族のものと接近してきました。奥さんともお嬢さんとも冗談を言うようになりました。茶を入れたからといって向こうの部屋へ呼ばれる日もありました。また私のほうで菓子を買ってきて、二人をこっちへ招いたりする晩もありました。私は急に交際の区域がふえたように感じました。それがために大切な勉強の時間をつぶされることも何度となくありました。不思議にも、その妨害が私にはいっこうじゃまにならなかったのです。奥さんはもとより閑人《ひまじん》でした。お嬢さんは学校へ行くうえに、花だの琴だのを習っているんだから、さだめて忙がしかろうと思うと、それがまた案外なもので、いくらでも時間に余裕をもっているようにみえました。それで三人は顔さえ見るといっしょに集まって、世間話をしながら遊んだのです。

私を呼びに来るのは、たいていお嬢さんでした。お嬢さんは縁側を直角に曲がって、私の部屋の前に立つこともありますし、茶の間を抜けて、次の部屋の襖《ふすま》の影から姿を見せることもありました。お嬢さんは、そこへ来てちょっと留まります。それからきっと私の名を呼んで、『御勉強?』と聞きます。私はたいていむずかしい書物を机の前にあけて、それを見つめていましたから、はたで見たらさぞ勉強家のように見えたのでしょう。しかし実際をいうと、それほど熱心に書物を研究してはいなかったのです。ページの上に目はつけていながら、お嬢さんの呼びに来るのを待っているくらいなものでした。待っていて来ないと、しかたがないから私のほうで立ち上がるのです。そうして向こうの部屋の前へ行って、こっちから『御勉強ですか』と聞くのです。

お嬢さんの部屋は茶の間と続いた六畳でした。奥さんはその茶の間にいることもあるし、またお嬢さんの部屋にいることもありました。つまりこの二つの部屋は仕切りがあっても、ないと同じことで、親子二人が行ったり来たりして、どっちつかずに占領していたのです。私が外から声をかけると、『おはいんなさい』と答えるのはきっと奥さんでした。お嬢さんはそこにいても、めったに返事をしたことがありませんでした。

時たまお嬢さん一人で、用があって私の部屋へはいったついでに、そこにすわって話し込むような場合もそのうちに出て来ました。そういう時には、私の心が妙に不安に冒されてくるのです。そうして若い女とただ差し向かいですわっているのが不安なのだとばかりは思えませんでした。私はなんだかそわそわしだすのです。自分で自分を裏切るような不自然な態度が私を苦しめるのです。しかし相手のほうはかえって平気でした。これが琴をさらうのに声さえろくに出せなかったあの女かしらと疑われるくらい、恥ずかしがらないのです。あまり長くなるので、茶の間から母に呼ばれても、『はい』と返事をするだけで、容易に腰を上げないことさえありました。それでいてお嬢さんはけっして子供ではなかったのです。私の目にはよくそれがわかっていました。よくわかるようにふるまってみせる痕跡《こんせき》さえ明らかでした。

一四

「私はお嬢さんの立ったあとで、ほっと一息《ひといき》するのです。それと同時に、物足りないようなまたすまないような気持ちになるのです。私は女らしかったのかもしれません。今の青年のあなたがたから見たら、なおそう見えるでしょう。しかしそのころの私たちはたいていそんなものだったのです。

奥さんはめったに外出したことがありませんでした。たまに家《うち》を留守《るす》にする時でも、お嬢さんと私を二人ぎり残して行くようなことはなかったのです。それがまた偶然なのか、故意なのか、私にはわからないのです。私の口からいうのは変ですが、奥さんの様子をよく観察していると、なんだか自分の娘と私とを接近させたがっているらしくも見えるのです。それでいて、ある場合には、私に対して暗に警戒するところもあるようなのですから、はじめてこんな場合に出会った私は、時々心持ちを悪くしました。

私は奥さんの態度をどっちかに片づけてもらいたかったのです。頭の働きからいえば、それが明らかな矛盾に違いなかったからです。しかし叔父に欺かれた記憶のまだ新しい私は、もう一歩踏み込んだ疑いをさしはさまずにはいられませんでした。私は奥さんのこの態度のどっちかが本当で、どっちかが偽りだろうと推定しました。そうして判断に迷いました。ただ判断に迷うばかりでなく、なんでそんな妙なことをするか、その意味が私にはのみ込めなかったのです。理由《わけ》を考え出そうとしても、考え出せない私は、罪を女という一字になすりつけて我慢したこともありました。畢竟《ひっきょう》女だからああなのだ、女というものはどうせ愚なものだ。私の考えは行き詰まればいつでもここへ落ちてきました。

それほど女をみくびっていた私が、またどうしてもお嬢さんをみくびることができなかったのです。私の理窟《りくつ》はその人の前にまったく用をなさないほど動きませんでした。私はその人に対して、ほとんど信仰に近い愛をもっていたのです。私が宗教だけに用いるこの言葉を、若い女に応用するのを見て、あなたは変に思うかもしれませんが、私は今でも堅く信じているのです。本当の愛は宗教心とそう違ったものでないということを堅く信じているのです。私はお嬢さんの顔を見るたびに、自分が美しくなるような心持ちがしました。お嬢さんのことを考えると、気高《けだか》い気分がすぐ自分に乗り移ってくるように思いました。もし愛という不可思議なものに両端《りょうはじ》があって、その高い端には神聖な感じが働いて、低い端には性欲が動いているとすれば、私の愛はたしかにその高い極点をつらまえたものです。私はもとより人間として肉を離れることのできないからだでした。けれどもお嬢さんを見る私の目や、お嬢さんを考える私の心は、まったく肉のにおいを帯びていませんでした。

私は母に対して反感をいだくとともに、子に対して恋愛の度を増していったのですから、三人の関係は、下宿したはじめよりはだんだん複雑になってきました。もっともその変化はほとんど内面的で外へは現われてこなかったのです。そのうち私はあるひょっとした機会から、今まで奥さんを誤解していたのではなかろうかという気になりました。奥さんの私に対する矛盾した態度が、どっちも偽りではないのだろうと考え直してきたのです。そのうえ、それが互い違いに奥さんの心を支配するのでなくって、いつでも両方が同時に奥さんの胸に存在しているのだと思うようになったのです。つまり奥さんができるだけお嬢さんを私に接近させようとしていながら、同時に私に警戒を加えているのは矛盾のようだけれども、その警戒を加える時に、片方の態度を忘れるのでもひるがえすのでもなんでもなく、やはり依然として二人を接近させたがっていたのだと観察したのです。ただ自分が正当と認める程度以上に、二人が密着するのを忌むのだと解釈したのです。お嬢さんに対して、肉の方面から近づく念のきざさなかった私は、その時いらぬ心配だと思いました。しかし奥さんを悪く思う気はそれからなくなりました。

一五

「私は奥さんの態度をいろいろ総合してみて、私がここの家《うち》で十分信用されていることを確かめました。しかもその信用は初対面の時からあったのだという証拠さえ発見しました。ひとを疑ぐりはじめた私の胸には、この発見が少し奇異なくらいに響いたのです。私は男に比べると女のほうがそれだけ直覚に富んでいるのだろうと思いました。同時に、女が男のために、だまされるのもここにあるのではなかろうかと思いました。奥さんをそう観察する私が、お嬢さんに対して同じような直覚を強く働かせていたのだから、今考えるとおかしいのです。私はひとを信じないと心に誓いながら、絶対にお嬢さんを信じていたのですから。それでいて、私を信じている奥さんを奇異に思ったのですから。

私は郷里の事についてあまり多くを語らなかったのです。ことに今度の事件についてはなんにも言わなかったのです。私はそれを念頭に浮かべてさえすでに一種の不愉快を感じました。私はなるべく奥さんのほうの話だけを聞こうとつとめました。ところがそれでは向こうが承知しません。何かにつけて、私の国もとの事情を知りたがるのです。私はとうとう何もかも話してしまいました。私は二度と国へは帰らない。帰ってもなんにもない、あるのはただ父と母の墓ばかりだと告げた時、奥さんはたいへん感動したらしい様子を見せました。お嬢さんは泣きました。私は話していいことをしたと思いました。私はうれしかったのです。

私のすべてを聞いた奥さんは、はたして自分の直覚が的中したといわないばかりの顔をしだしました。それからは私を自分の親戚《みより》に当る若いものか何かを取り扱うように待遇するのです。私は腹も立ちませんでした。むしろ愉快に感じたくらいです。ところがそのうちに私の猜疑心《さいぎしん》がまた起こってきました。

私が奥さんを疑ぐりはじめたのは、ごく些細《ささい》な事からでした。しかしその些細な事を重ねてゆくうちに、疑惑はだんだんと根を張ってきます。私はどういう拍子かふと奥さんが、叔父と同じような意味で、お嬢さんを私に接近させようとつとめるのではないかと考えだしたのです。すると今まで親切に見えた人が、急に狡猾《こうかつ》な策略家として私の目に映じてきたのです。私は苦々しい唇《くちびる》をかみました。

奥さんは最初から、無人で寂《さむ》しいから、客を置いて世話をするのだと公言していました。私もそれを嘘《うそ》とは思いませんでした。懇意《こんい》になっていろいろ打ち明け話を聞いたあとでも、そこに間違いはなかったように思われます。しかし一般の経済状態は大して豊かだというほどではありませんでした。利害問題から考えてみて、私と特殊の関係をつけるのは、先方にとってけっして損ではなかったのです。

私はまた警戒を加えました。けれども娘に対してまえ言ったくらいの強い愛をもっている私が、その母に対していくら警戒を加えたってなんになるでしょう。私は一人で自分を嘲笑《ちょうしょう》しました。ばかだなといって、自分をののしったこともあります。しかしそれだけの矛盾ならいくらばかでも私は大した苦痛も感ぜずにすんだのです。私の煩悶《はんもん》は、奥さんと同じようにお嬢さんも策略家ではなかろうかという疑問に会ってはじめて起こるのです。二人が私の背後で打ち合わせをしたうえ、万事をやっているのだろうと思うと、私は急に苦しくってたまらなくなるのです。不愉快なのではありません、絶体絶命のような行き詰まった心持ちになるのです。それでいて私は、一方にお嬢さんを堅く信じて疑わなかったのです。だから私は信念と迷いの途中に立って、少しも動くことができなくなってしまいました。

私にはどっちも想像であり、またどっちも真実であったのです。

一六

「私は相変らず学校へ出席していました。しかし教壇に立つ人の講義が、遠くの方で聞こえるような心持ちがしました。勉強もそのとおりでした。目の中へはいる活字は心の底まで しみ渡らないうちに煙《けむ》のごとく消えてゆくのです。私はそのうえ無口になりました。それを二、三の友だちが誤解して、冥想《めいそう》にふけってでもいるかのように、他の友だちに伝えました。私はこの誤解を解こうとはしませんでした。つごうのいい仮面を人が貸してくれたのを、かえってしあわせとして喜びました。それでも時々は気がすまなかったのでしょう、発作的《ほっさてき》にはしゃぎ回って彼らを驚かしたこともあります。

私の宿は人出入《ひとでいり》の少ない家《うち》でした。親類も多くはないようでした。お嬢さんの学校友だちが時たま遊びに来ることはありましたが、きわめて小さな声で、いるのだかいないのだかわからないような話をして帰ってしまうのが常でした。それが私に対する遠慮からだとは、いかな私にも気がつきませんでした。私の所へたずねて来るものは、大した乱暴者でもありませんでしたけれども、家《うち》の人に気がねをするほどな男は一人もなかったのですから。そんなところになると、下宿人の私は主人《あるじ》のようなもので、肝心《かんじん》のお嬢さんがかえって食客《いそうろう》の位地にいたと同じことです。

しかしこれはただ思い出したついでに書いただけで、じつはどうでもかまわない点です。

ただそこにどうでもよくない事が一つあったのです。茶の間か、さもなければお嬢さんの部屋で、突然男の声が聞こえるのです。その声がまた私の客と違って、すこぶる低いのです。だから何を話しているのかまるでわからないのです。そうしてわからなければわからないほど、私の神経に一種の興奮を与えるのです。私はすわっていて変にいらいらしだします。私はあれは親類なのだろうか、それともただの知り合いなのだろうかとまず考えてみるのです。それから若い男だろうか年輩の人だろうかと思案してみるのです。すわっていてそんなことの知れようはずがありません。そうかといって、立って行って障子をあけてみるわけにはなおいきません。私の神経は震えるというよりも、大きな波動を打って私を苦しめます。私は客の帰ったあとで、きっと忘れずにその人の名を聞きました。お嬢さんや奥さんの返事は、またきわめて簡単でした。私は物足りない顔を二人に見せながら、物足りるまで追窮する勇気をもっていなかったのです。権利はむろんもっていなかったのでしょう。私は自分の品格を重んじなければならないという教育からきた自尊心と、現にその自尊心を裏切りしている物欲しそうな顔つきとを同時に彼らの前に示すのです。彼らは笑いました。それが嘲笑《ちょうしょう》の意味でなくって、好意からきたものか、また好意らしく見せるつもりなのか、私は即座に解釈の余地を見いだしえないほどおちつきを失ってしまうのです。そうして事がすんだあとで、いつまでも、ばかにされたのだ、ばかにされたんじゃなかろうかと、何べんも心のうちでくり返すのです。

私は自由なからだでした。たとい学校を中途でやめようが、またどこへ行ってどう暮らそうが、あるいはどこの何者と結婚しようが、だれとも相談する必要のない位地に立っていました。私は思い切って奥さんにお嬢さんをもらい受ける話をしてみようかという決心をしたことがそれまでに何度となくありました。けれどもそのたびごとに私は躊躇《ちゅうちょ》して、口へはとうとう出さずにしまったのです。断わられるのが恐ろしいからではありません。もし断わられたら、私の運命がどう変化するかわかりませんけれども、その代り今までとは方角の違った場所に立って、新しい世の中を見渡す便宜も生じてくるのですから、そのくらいの勇気は出せば出せたのです。しかし私はおびき寄せられるのがいやでした。ひとの手に乗るのは何よりも業腹《ごうはら》でした。叔父にだまされた私は、これからさきどんな事があっても、人にはだまされまいと決心したのです。

一七

「私が書物ばかり買うのを見て、奥さんは少し着物をこしらえろと言いました。私はじっさい田舎《いなか》で織った木綿物《もめんもの》しかもっていなかったのです。そのころの学生は絹《いと》のはいった着物を肌《はだ》につけませんでした。私の友だちに横浜の商人《あきんど》か何かで、家はなかなかはでに暮らしているものがありましたが、そこへある時羽二重《はぶたえ》の胴着《どうぎ》が配達で届いたことがあります。するとみんながそれを見て笑いました。その男は恥ずかしがっていろいろ弁解しましたが、せっかくの胴着を行李の底へほうり込んで利用しないのです。それをまた大勢が寄ってたかって、わざと着せました。すると運悪くその胴着に虱《しらみ》がたかりました。友だちはちょうどさいわいとでも思ったのでしょう、評判の胴着をぐるぐると丸めて、散歩に出たついでに、根津《ねづ》の大きな泥溝《どぶ》の中へ捨ててしまいました。その時いっしょに歩いていた私は、橋の上に立って笑いながら友だちの所作《しょさ》をながめていましたが、私の胸のどこにももったいないという気は少しも起こりませんでした。

そのころから見ると私もだいぶ大人《おとな》になっていました。けれどもまだ自分でよそゆきの着物をこしらえるというほどの分別は出なかったのです。私は卒業して髯《ひげ》をはやす時代が来なければ、服装の心配などはするに及ばないものだという変な考えをもっていたのです。それで奥さんに書物はいるが着物はいらないと言いました。奥さんは私の買う書物の分量を知っていました。買った本をみんな読むのかと聞くのです。私の買うもののうちには字引もありますが、当然目を通すべきはずでありながら、ページさえ切ってないのも多少あったのですから、私は返事に窮しました。私はどうせいらないものを買うなら、書物でも衣服でも同じだということに気がつきました。そのうえ私はいろいろ世話になるという口実のもとに、お嬢さんの気に入るような帯か反物《たんもの》を買ってやりたかったのです。それで万事を奥さんに依頼しました。

奥さんは自分一人で行くとは言いません。私にもいっしょに来いと命令するのです。お嬢さんも行かなくてはいけないと言うのです。今と違った空気の中に育てられた私どもは、学生の身分として、あまり若い女などといっしょに歩き回る習慣をもっていなかったものです。そのころの私は今よりもまだ習慣の奴隷でしたから、多少躊躇しましたが、思い切って出かけました。

お嬢さんはたいそう着飾っていました。地体が色の白いくせに、白粉《おしろい》を豊富に塗ったものだからなお目立ちます。往来の人がじろじろ見て行くのです。そうしてお嬢さんを見たものはきっとその視線をひるがえして、私の顔を見るのだから、変なものでした。

三人は日本橋《にほんばし》へ行って買いたいものを買いました。買うあいだにもいろいろ気が変るので、思ったより暇がかかりました。奥さんはわざわざ私の名を呼んでどうだろうと相談をするのです。時々反物をお嬢さんの肩から胸へたてにあてておいて、私に二、三歩遠のいて見てくれろというのです。私はそのたびごとに、それはだめだとか、それはよく似合うとか、とにかく一人前の口を聞きました。

こんなことで時間がかかって帰りは夕飯《ゆうめし》の時刻になりました。奥さんは私に対するお礼に何かごちそうすると言って、木原店《きはらだな》＊という寄席のある狭い横丁へ私を連れ込みました。横丁も狭いが、飯を食わせる家《うち》も狭いものでした。この辺の地理をいっこう心得ない私は、奥さんの知識に驚いたくらいです。

我々は夜に入って家へ帰りました。そのあくる日は日曜でしたから、私は終日部屋のうちに閉じこもっていました。月曜になって、学校へ出ると、私は朝っぱらそうそう級友の一人からからかわれました。いつ妻《さい》を迎えたのかと言ってわざとらしく聞かれるのです。それから私の細君は非常に美人だといってほめるのです。私は三人連れで日本橋へ出かけたところを、その男にどこかで見られたものと見えます。

六

「私は家《うち》へ帰って奥さんとお嬢さんにその話をしました。奥さんは笑いました。しかしさだめて迷惑だろうと言って私の顔を見ました。私はその時腹の中で、男はこんなふうにして、女から気を引いてみられるのかと思いました。奥さんの目は十分私にそう思わせるだけの意味をもっていたのです。私はその時自分の考えているとおりを直截《ちょくせつ》に打ち明けてしまえばよかったかもしれません。しかし私にはもう狐疑《こぎ》というさっぱりしないかたまりがこびりついていました。私は打ち明けようとして、ひょいと留まりました。そうして話の角度を故意に少しそらしました。

私は肝心の自分というものを問題の中から引き抜いてしまいました。そうしてお嬢さんの結婚について、奥さんの意中を探ったのです。奥さんは二、三そういう話のないでもないようなことを、明らかに私に告げました。しかしまだ学校へ出ているくらいで年が若いから、こちらではさほど急がないのだと説明しました。奥さんは口へは出さないけれども、お嬢さんの容色にだいぶ重きを置いているらしくみえました。きめようと思えばいつでもきめられるんだからというようなことさえ口外しました。それからお嬢さんよりほかに子供がないのも、容易に手離したがらない原因になっていました。嫁にやるか、婿を取るか、それにさえ迷っているのではなかろうかと思われるところもありました。

話しているうちに、私はいろいろの知識を奥さんから得たような気がしました。しかしそれがために、私は機会を逸したと同様の結果に陥ってしまいました。私は自分について、ついに一言も口を開くことができませんでした。私はいいかげんなところで話を切り上げて、自分の部屋へ帰ろうとしました。

さっきまでそばにいて、あんまりだわとかなんとか言って笑ったお嬢さんは、いつのまにか向こうの隅《すみ》に行って、背中をこっちへ向けていました。私は立とうとして振り返った時、その後姿《うしろすがた》を見たのです。後姿だけで人間の心が読めるはずはありません。お嬢さんがこの問題についてどう考えているか、私には見当がつきませんでした。お嬢さんは戸棚《とだな》を前にしてすわっていました。その戸棚の一尺ばかりあいているすきまから、お嬢さんは何か引き出して膝《ひざ》の上へ置いてながめているらしかったのです。私の目はそのすきまの端《はじ》に、おととい買った反物を見つけ出しました。私の着物もお嬢さんのも同じ戸棚の隅に重ねてあったのです。

私がなんとも言わずに席を立ちかけると、奥さんは急に改まった調子になって、私にどう思うかと聞くのです。その聞き方は何をどう思うのかと反問しなければわからないほど不意でした。それがお嬢さんを早く片づけたほうが得策だろうかという意味だとはっきりした時、私はなるべくゆっくらなほうがいいだろうと答えました。奥さんは自分もそう思うと言いました。

奥さんとお嬢さんと私の関係がこうなっているところへ、もう一人男が入り込まなければならないことになりました。その男がこの家庭の一員となった結果は、私の運命に非常な変化をきたしています。もしその男が私の生活の行路を横切らなかったならば、おそらくこういう長いものをあなたに書き残す必要も起こらなかったでしょう。私はてもなく、魔の通る前に立って、その瞬間の影に一生を薄暗くされて気がつかずにいたのと同じことです。自白すると、私は自分でその男を家《うち》へ引っ張って来たのです。むろん奥さんの許諾も必要ですから、私は最初何もかも隠さず打ち明けて、奥さんに頼んだのです。ところが奥さんはよせと言いました。私には連れて来なければすまない事情が十分あるのに、よせという奥さんのほうには、筋の立った理窟はまるでなかったのです。だから私は私のいいと思うところをしいて断行してしまいました。

一九

「私はその友だちの名をここにKと呼んでおきます。私はこのKと子供の時からの仲好しでした。子供の時からといえば断わらないでもわかっているでしょう。二人には同郷の縁故があったのです。Kは真宗《しんしゅう》の坊さんの子でした。もっとも長男ではありません、次男でした。それである医者のところへ養子にやられたのです。私の生まれた地方はたいへん本《ほん》願寺《がんじ》派《は》の勢力の強い所でしたから、真宗の坊さんはほかのものに比べると、物質的に割がよかったようです。一例をあげると、もし坊さんに女の子があって、その女の子が年ごろになったとすると、檀家《だんか》のものが相談して、どこか適当な所へ嫁にやってくれます。むろん費用は坊さんの懐から出るのではありません。そんなわけで真宗寺《しんしゅうでら》はたいてい裕福でした。

　Kの生まれた家も相応に暮らしていたのです。しかし次男を東京へ修業に出すほどの余力があったかどうか知りません。また修業に出られる便宜があるので、養子の相談がまとまったものかどうか、そこも私にはわかりません。とにかくKは医者の家《うち》へ養子に行ったのです。それは私たちがまだ中学にいる時の事でした。私は教場で先生が名簿を呼ぶ時に、Kの姓が急に変っていたので驚いたのを今でも記憶しています。

　Kの養子先もかなり財産家でした。Kはそこから学資をもらって東京へ出て来たのです。出て来たのは私といっしょでなかったけれども、東京へ着いてからは、すぐ同じ下宿にはいりました。その時分は一つ部屋によく二人も三人も机を並べて寝起きしたものです。Kと私も二人で同じ間にいました。山で生捕《いけど》られた動物が、檻《おり》の中で抱き合いながら、外をにらめるようなものでしたろう。二人は東京と東京の人をおそれました。それでいて六畳の間の中では、天下を睥睨《へいげい》するようなことを言っていたのです。しかし我々はまじめでした。我々はじっさい偉くなるつもりでいたのです。ことにKは強かったのです。寺に生まれた彼は、常に精進《しょうじん》という言葉を使いました。そうして彼の行為動作はことごとくこの精進の一語で形容されるように、私には見えたのです。私は心のうちで常にKを畏敬していました。

Kは中学にいたころから、宗教とか哲学とかいうむずかしい問題で、私を困らせました。これは彼の父の感化なのか、または自分の生まれた家、すなわち寺という一種特別な建物に属する空気の影響なのか、わかりません。ともかくも彼はふつうの坊さんよりははるかに坊さんらしい性格をもっていたように見受けられます。元来Kの養家では彼を医者にするつもりで東京へ出したのです。しかるに頑固《がんこ》な彼は医者にはならない決心をもって、東京へ出て来たのです。私は彼に向かって、それでは養父母を欺くと同じことではないかとなじりました。大胆な彼はそうだと答えるのです。道のためなら、そのくらいのことをしてもかまわないと言うのです。その時彼の用いた道という言葉は、おそらく彼にもよくわかっていなかったでしょう。私はむろんわかったとは言えません。しかし年の若い私たちには、この漠然《ばくぜん》とした言葉が尊《たっと》く響いたのです。よしわからないにしても気高い心持ちに支配されて、そちらの方へ動いてゆこうとする意気ぐみに卑しいところの見えるはずはありません。私はKの説に賛成しました。私の同意がKにとってどのくらい有力であったか、それは私も知りません。いちずな彼は、たとい私がいくら反対しようとも、やはり自分の思いどおりを貫いたに違いなかろうとは察せられます。しかし万一の場合、賛成の声援を与えた私に、多少の責任ができてくるぐらいのことは、子供ながら私はよく承知していたつもりです。よしその時にそれだけの覚悟がないにしても、成人した目で、過去を振り返る必要が起こった場合には、私に割り当てられただけの責任は、私のほうで帯びるのが至当になるくらいな語気で私は賛成したのです。

二〇

「Kと私は同じ科へ入学しました。Kはすました顔をして、養家から送ってくれる金で、自分の好きな道を歩きだしたのです。知れはしないという安心と、知れたってかまうものかという度胸とが、二つながらKの心にあったものとみるよりほかしかたがありません。Kは私よりも平気でした。

最初の夏休みにKは国へ帰りませんでした。駒込《こまごめ》のある寺の一間を借りて勉強するのだと言っていました。私が帰って来たのは九月上旬でしたが、彼ははたして大観音《おおかんのん》*のそばのきたない寺の中に閉じこもっていました。彼の座敷は本堂のすぐそばの狭い部屋《へや》でしたが、彼はそこで自分の思うとおりに勉強ができたのを喜んでいるらしく見えました。私はその時彼の生活のだんだん坊さんらしくなってゆくのを認めたように思います。彼は手首に数珠《じゅず》をかけていました。私がそれはなんのためだと尋ねたら、彼は親指で一つ二つと勘定するまねをして見せました。彼はこうして日に何べんも数珠の輪を勘定するらしかったのです。ただしその意味は私にはわかりません。円い輪になっているものを一粒《ひとつぶ》ずつ数えてゆけば、どこまで数えていっても終局はありません。Kはどんなところでどんな心持ちがして、つまぐる手を留めたでしょう。つまらないことですが、私はよくそれを思うのです。

私はまた彼の部屋に聖書を見ました。私はそれまでにお経の名をたびたび彼の口から聞いた覚えがありますが、キリスト教については、問われたことも答えられたためしもなかったのですから、ちょっと驚きました。私はその理由《わけ》をたずねずにはいられませんでした。Kは理由はないと言いました。これほど人のありがたがる書物なら読んでみるのがあたりまえだろうとも言いました。そのうえ彼は機会があったら、コーランも読んでみるつもりだと言いました。彼はモハメッドと剣という言葉に大いなる興味をもっているようでした。

二年目の夏に彼は国から催促を受けてようやく帰りました。帰っても専門の事はなんにも言わなかったものとみえます。家《うち》でもまたそこに気がつかなかったのです。あなたは学校教育を受けた人だから、こういう消息をよく解しているでしょうが、世間は学生の生活だの、学校の規則だのに関して、驚くべく無知なものです。我々になんでもない事がいっこう外部へは通じていません。我々はまた比較的内部の空気ばかり吸っているので、校内の事は細大ともに世の中に知れ渡っているはずだと思いすぎる癖があります。Kはその点にかけて、私より世間を知っていたのでしょう。すました顔でまたもどって来ました。国を立つ時は私もいっしょでしたから、汽車へ乗るやいなやすぐ、どうだったとKに問いました。Kはどうでもなかったと答えたのです。

三度目の夏はちょうど私が永久に父母の墳墓の地を去ろうと決心した年です。私はその時Kに帰国を勧めましたが、Kは応じませんでした。そう毎年《まいとし》家へ帰って何をするのだと言うのです。彼はまた踏みとどまって勉強するつもりらしかったのです。私はしかたなしに一人《ひとり》で東京を立つことにしました。私の郷里で暮らしたその二か月間が、私の運命にとって、いかに波瀾《はらん》に富んだものかは、まえに書いたとおりですからくり返しません。私は不平と憂鬱《ゆううつ》と孤独の寂しさとを一つ胸にいだいて、九月に入ってまたKに会いました。すると彼の運命もまた私と同様に変調を示していました。彼は私の知らないうちに、養家先へ手紙を出して、こっちから自分の偽りを白状してしまったのです。彼は最初からその覚悟でいたのだそうです。いまさらしかたがないから、お前の好きなものをやるよりほかに道はあるまいと、向こうに言わせるつもりもあったのでしょうか。とにかく大学へはいってまでも養父母を欺き通す気はなかったらしいのです。また欺こうとしても、そう長く続くものではないと見抜いたのかもしれません。

二

「Kの手紙を見た養父はたいへんおこりました。親をだますような不埒《ふらち》なものに学資を送ることはできないというきびしい返事をすぐよこしたのです。Kはそれを私に見せました。Kはまたそれと前後して実家から受け取った書簡も見せました。これにもまえに劣らないほどきびしい詰責《きつせき》の言葉がありました。養家先へ対してすまないという義理が加わっているからでもありましょうが、こっちでもいっさいかまわないと書いてありました。Kがこの事件のために復籍してしまうか、それとも他に妥協の道を講じて、依然養家にとどまるか、そこはこれから起こる問題として、さしあたりどうかしなければならないのは、月々に必要な学資でした。

私はその点についてKに何か考えがあるのかと尋ねました。Kは夜学校の教師でもするつもりだと答えました。その時分は今に比べると、存外世の中がくつろいでいましたから、内職の口はあなたが考えるほど払底《ふつてい》でもなかったのです。私はKがそれで十分やってゆけるだろうと考えました。しかし私には私の責任があります。Kが養家の希望にそむいて、自分の行きたい道を行こうとした時、賛成したものは私です。私はそうかといって手をこまぬいでいるわけにいきません。私はその場で物質的の補助をすぐ申し出しました。するとKは一も二もなくそれをはねつけました。彼の性格からいって、自活のほうが友だちの保護のもとに立つよりはるかに快よく思われたのでしょう。彼は大学へはいった以上、自分一人ぐらいどうかできなければ男でないようなことを言いました。私は私の責任をまっとうするために、Kの感情を傷つけるに忍びませんでした。それで彼の思うとおりにさせて、私は手を引きました。

　Kは自分の望むような口をほどなく捜し出しました。しかし時間を惜しむ彼にとって、この仕事がどのくらいつらかったかは想像するまでもないことです。彼は今までどおり勉強の手をちっともゆるめずに、新しい荷をしょって猛進したのです。私は彼の健康を気づかいました。しかし剛気な彼は笑うだけで、少しも私の注意にとりあいませんでした。

　同時に彼と養家との関係は、だんだんこんがらがってきました。時間に余裕のなくなった彼は、まえのように私と話す機会を奪われたので、私はついにその顛末《てんまつ》を詳しく聞かずにしまいましたが、解決のますます困難になってゆくことだけは承知していました。人が仲にはいって調停を試みたことも知っていました。その人は手紙でKに帰国をうながしたのですが、Kはとうていだめだと言って、応じませんでした。この強情なところが、――Kは学年中で帰れないのだからしかたがないと言いましたけれども、向こうから見れば強情でしょう、そこが事態をますます険悪にしたようにもみえました。彼は養家の感情を害するとともに、実家の怒りも買うようになりました。私が心配して双方を融和するために手紙を書いた時は、もうなんの効果《ききめ》もありませんでした。私の手紙は一言《ひとこと》の返事さえ受けずに葬られてしまったのです。私も腹が立ちました。今までもゆきがかり上、Kに同情していた私は、それ以後は理否を度外に置いてもKの味方をする気になりました。

最後にKはとうとう復籍に決しました。養家から出してもらった学資は、実家で弁償することになったのです。その代り実家のほうでもかまわないから、これからはかってにしろというのです。昔の言葉でいえば、まあ勘当《かんどう》なのでしょう。あるいはそれほど強いものでなかったかもしれませんが、当人はそう解釈していました。Kは母のない男でした。彼の性格の一面は、たしかに継母に育てられた結果ともみることができるようです。もし彼の実の母が生きていたら、あるいは彼と実家との関係に、こうまで隔たりができずにすんだかもしれないと私は思うのです。彼の父はいうまでもなく僧侶《そうりょ》でした。けれども義理堅い点において、むしろ武士《さむらい》に似たところがありはしないかと疑われます。

二三

「Kの事件が一段落ついたあとで、私は彼の姉の夫から長い封書を受け取りました。Kの養子に行ったさきは、この人の親類に当るのですから、彼を周旋した時にも、彼を復籍させた時にも、この人の意見が重きをなしていたのだと、Kは私に話して聞かせました。

手紙にはその後Kがどうしているか知らせてくれと書いてありました。姉が心配しているから、なるべく早く返事をもらいたいという依頼もつけ加えてありました。Kは寺を嗣《つ》いだ兄よりも、他家へ縁づいたこの姉を好いていました。彼らはみんな一つ腹から生まれた姉弟《きょうだい》ですけれども、この姉とKのあいだにはだいぶ年歯《とし》の差があったのです。それでKの子供の時分には、継母《ままはは》よりもこの姉のほうが、かえって本当の母らしく見えたのでしょう。

私はKに手紙を見せました。Kはなんとも言いませんでしたけれども、自分のところへこの姉から同じような意味の書状が二、三度来たということを打ち明けました。Kはそのたびに心配するに及ばないと答えてやったのだそうです。運悪くこの姉は生活に余裕のない家にかたづいたために、いくらKに同情があっても、物質的に弟をどうしてやるわけにもゆかなかったのです。

私はKと同じような返事を彼の義兄あてで出しました。そのうちに、万一の場合には私がどうでもするから、安心するようにという意味を強い言葉で書き現わしました。これはもとより私の一存でした。Kの行先を心配するこの姉に安心を与えようという好意はむろん含まれていましたが、私を軽蔑《けいべつ》したとよりほかに取りようのない彼の実家や養家に対する意地もあったのです。

Kの復籍したのは一年生の時でした。それから二年生の中ごろになるまで、約一年半のあいだ、彼は独力で己《おのれ》をささえていったのです。ところがこの過度の労力が次第に彼の健康と精神のうえに、影響してきたように見えだしました。それにはむろん養家を出る出ないのうるさい問題も手伝っていたでしょう。彼はだんだん感傷的《センチメンタル》になってきたのです。時によると、自分だけが世の中の不幸を一人でしょって立っているようなことを言います。そうしてそれを打ち消せばすぐ激するのです。それから自分の未来に横たわる光明が、次第に彼の目を遠のいてゆくようにも思って、いらいらするのです。学問をやりはじめた時には、だれしも偉大な抱負をもって、新しい旅にのぼるのが常ですが、一年とたち二年と過ぎ、もう卒業も間近かになると、急に自分の足の運びののろいのに気がついて、過半はそこで失望するのがあたりまえになっていますから、Kの場合も同じなのですが、彼のあせり方はまたふつうに比べるとはるかにはなはだしかったのです。私はついに彼の気分をおちつけるのが専一だと考えました。

私は彼に向かって、よけいな仕事をするのはよせと言いました。そうして当分からだを楽にして、遊ぶほうが大きな将来のために得策だと忠告しました。強情なKのことですから、容易に私のいうことなどは聞くまいと、かねて予期していたのですが、じっさい言い出してみると、思ったよりも説き落すのに骨が折れたので弱りました。Kはただ学問が自分の目的ではないと主張するのです。意志の力を養って強い人になるのが自分の考えだと言うのです。それにはなるべく窮屈な境遇にいなくてはならないと結論するのです。ふつうの人から見れば、まるで酔興《すいきょう》です。そのうえ窮屈な境遇にいる彼の意志は、ちっとも強くなっていないのです。彼はむしろ神経衰弱にかかっているくらいなのです。私はしかたがないから、彼に向かってしごく同感であるような様子を見せました。自分もそういう点に向かって、人生を進むつもりだったとついには明言しました。（もっともこれは私にとってまんざら空虚な言葉でもなかったのです。Kの説を聞いていると、だんだんそういうところに釣り込まれてくるくらい、彼には力があったのですから）。最後に私はKといっしょに住んで、いっしょに向上の道をたどってゆきたいと発議《ほつぎ》しました。私は彼の強情を折り曲げるために、彼の前にひざまずくことをあえてしたのです。そうしてやっとのことで彼を私の家に連れて来ました。

二三

「私の座敷には控えの間《ま》というような四畳が付属していました。玄関を上がって私のいる所へ通ろうとするには、ぜひこの四畳を横切らなければならないのだから、実用の点からみると、しごく不便な部屋でした。私はここへKを入れたのです。もっとも最初は同じ八畳に二つ机を並べて、次の間を共有にしておく考えだったのですが、Kは狭苦しくっても一人でいるほうがいいと言って、自分でそっちのほうを選んだのです。

まえにも話したとおり、奥さんは私のこの所置に対してはじめは不賛成だったのです。下宿屋ならば、一人より二人が便利だし、二人より三人が得になるけれども、商売でないのだから、なるべくならよしたほうがいいというのです。私がけっして世話のやける人でないからかまうまいというと、世話はやけないでも、気心の知れない人はいやだと答えるのです。それでは今厄介《やっかい》になっている私だって同じことではないかとなじると、私の気心は初めからよくわかっていると弁解してやまないのです。私は苦笑しました。すると奥さんはまた理窟の方向をかえます。そんな人を連れて来るのは、私のために悪いからよせと言い直します。なぜ私のために悪いかと聞くと、今度は向こうで苦笑するのです。

実をいうと私だってしいてKといっしょにいる必要はなかったのです。けれども月々の費用を金の形で彼の前に並べて見せると、彼はきっとそれを受け取る時に躊躇《ちゅうちょ》するだろうと思ったのです。彼はそれほど独立心の強い男でした。だから私は彼を私の家《うち》へ置いて、二人前の食料を彼の知らないまにそっと奥さんの手に渡そうとしたのです。しかし私はKの経済問題について、一言《いちごん》も奥さんに打ち明ける気はありませんでした。

私はただKの健康についてうんぬんしました。一人で置くと人間がますます偏窟《へんくつ》になるばかりだからと言いました。それにつけ足して、Kが養家とおりあいの悪かったことや、実家と離れてしまったことや、いろいろ話して聞かせました。私はおぼれかかった人を抱いて、自分の熱を向こうに移してやる覚悟で、Kを引き取るのだと告げました。そのつもりであたたかいめんどうを見てやってくれと、奥さんにもお嬢さんにも頼みました。私はここまで来てようよう奥さんを説き伏せたのです。しかし私からなんにも聞かないKは、この顛末をまるで知らずにいました。私もかえってそれを満足に思って、のっそり引き移って来たKを、知らん顔で迎えました。

奥さんとお嬢さんは、親切に彼の荷物を片づける世話や何かをしてくれました。すべてそれを私に対する好意からきたのだと解釈した私は、心のうちで喜びました。――Kが相変らずむっちりした様子をしているにもかかわらず。

私がKに向かって新しい住居《すまい》の心持ちはどうだと聞いた時に、彼はただ一言《いちげん》悪くないと言っただけでした。私からいわせれば悪くないどころではないのです。彼の今までいた所は北向きのしめっぽいにおいのするきたない部屋でした。食物《くいもの》も部屋相応に粗末でした。私の家へ引き移った彼は、幽谷《ゆうこく》から喬木《きょうぼく》に移った趣*があったくらいです。それをさほどに思う気色を見せないのは、一つは彼の強情からきているのですが、一つは彼の主張からも出ているのです。仏教の教義で養われた彼は、衣食住についてとかくの贅沢《ぜいたく》をいうのをあたかも不道徳のように考えていました。なまじい昔の高僧だとか聖徒《セーント》だとかの伝を読んだ彼には、ややともすると精神と肉体とを切り離したがる癖がありました。肉を鞭撻《べんたつ》すれば霊の光輝が増すように感ずる場合さえあったのかもしれません。

私はなるべく彼にさからわない方針を取りました。私は氷を日向《ひなた》に出して溶かすくふうをしたのです。今に溶けて温かい水になれば、自分で自分に気がつく時機が来るに違いないと思ったのです。

二四

「私は奥さんからそういうふうに取り扱われた結果、だんだん快活になってきたのです。それを自覚していたから、同じものを今度はKのうえに応用しようと試みたのです。Kと私とが性格のうえにおいて、だいぶ相違のあることは、長くつきあってきた私によくわかっていましたけれども、私の神経がこの家庭にはいってから多少角《かど》が取れたごとく、Kの心もここに置けばいつかしずまることがあるだろうと考えたのです。

Kは私より強い決心を有している男でした。勉強も私の倍ぐらいはしたでしょう。そのうえ持って生まれた頭の質《たち》が私よりもずっとよかったのです。あとでは専門が違いましたからなんとも言えませんが、同じ級にいるあいだは、中学でも高等学校でも、Kのほうが常に上席を占めていました。私には平生から何をしてもKに及ばないという自覚があったくらいです。けれども私がしいてKを私の家《うち》へ引っ張って来た時には、私のほうがよく事理をわきまえていると信じていました。私に言わせると、彼は我慢と忍耐の区別を了解していないように思われたのです。これは特にあなたのためにつけ足しておきたいのですから聞いてください。肉体なり精神なりすべて我々の能力は、外部の刺激で、発達もするし、破壊されもするでしょうが、どっちにしても刺激をだんだんに強くする必要のあるのはむろんですから、よく考えないと、非常に険悪な方向へむいて進んで行きながら、自分はもちろんはたのものも気がつかずにいる恐れが生じてきます。医者の説明を聞くと、人間の胃袋ほど横着なものはないそうです。粥《かゆ》ばかり食っていると、それ以上の堅いものをこなす力がいつのまにかなくなってしまうのだそうです。だからなんでも食う稽古《けいこ》をしておけと医者はいうのです。けれどもこれはただ慣れるという意味ではなかろうと思います。次第に刺激を増すにしたがって、次第に営養機能の抵抗力が強くなるという意味でなくてはなりますまい。もし反対に胃の力のほうがじりじり弱っていったなら結果はどうなるだろうと想像してみればすぐわかることです。Kは私より偉大な男でしたけれども、まったくここに気がついていなかったのです。ただ困難に慣れてしまえば、しまいにその困難はなんでもなくなるものだときめていたらしいのです。艱苦《かんく》をくり返せば、くり返すというだけの功徳《くどく》で、その艱苦が気にかからなくなる時機にめぐりあえるものと信じ切っていたらしいのです。

私はKを説くときに、ぜひそこを明らかにしてやりたかったのです。しかし言えばきっと反抗されるにきまっていました。また昔の人の例などを、ひきあいに持ってくるに違いないと思いました。そうなれば私だって、その人たちとKと違っている点を明白に述べなければならなくなります。それをうけがってくれるようなKならいいのですけれども、彼の性質として、議論がそこまで行くと容易にあとへは返りません。なお先へ出ます。そうして、口で先へ出たとおりを、行為で実現しにかかります。彼はこうなると恐るべき男でした。偉大でした。自分で自分を破壊しつつ進みます。結果からみれば、彼はただ自己の成功を打ち砕く意味において、偉大なのにすぎないのですけれども、それでもけっして平凡ではありませんでした。彼の気性をよく知った私はついになんとも言うことができなかったのです。そのうえ私からみると、彼はまえにも述べたとおり、多少神経衰弱にかかっていたように思われたのです。よし私が彼を説き伏せたところで、彼は必ず激するに違いないのです。私は彼と喧嘩《けんか》をすることは恐れてはいませんでしたけれども、私が孤独の感にたえなかった自分の境遇を顧みると、親友の彼を、同じ孤独の境遇に置くのは、私にとって忍びないことでした。一歩進んで、より孤独な境遇に突き落すのはなおいやでした。それで私は彼が家《うち》へ引き移ってからも、当分のあいだは批評がましい批評を彼のうえに加えずにいました。ただ穏やかに周囲の彼に及ぼす結果を見ることにしたのです。

二五

「私はかげへ回って、奥さんとお嬢さんに、なるべくKと話をするように頼みました。私は彼のこれまで通って来た無言生活が彼にたたっているのだろうと信じたからです。使わない鉄が腐るように、彼の心には錆《さび》が出ていたとしか、私には思われなかったのです。

奥さんは取りつき把《は》*のない人だと言って笑っていました。お嬢さんはまたわざわざその例をあげて私に説明して聞かせるのです。火鉢《ひばち》に火があるかと尋ねると、Kはないと答えるそうです。では持ってきようと言うと、いらないと断わるそうです。寒くはないかと聞くと、寒いけれどもいらないんだと言ったぎり応対をしないのだそうです。私はただ苦笑しているわけにもゆきません。気の毒だから、なんとか言ってその場をとりつくろっておかなければすまなくなります。もっともそれは春の事ですから、しいて火にあたる必要もなかったのですが、これでは取りつき把がないと言われるのもむりはないと思いました。

それで私はなるべく、自分が中心になって、女二人とKとの連絡をはかるようにつとめました。Kと私が話しているところへ家の人を呼ぶとか、または家《うち》の人と私が一つ部屋に落ち合ったところへ、Kを引っ張り出すとか、どっちでもその場合に応じた方法をとって、彼らを接近させようとしたのです。もちろんKはそれをあまり好みませんでした。ある時はふいと立って部屋の外へ出ました。またある時はいくら呼んでもなかなか出て来ませんでした。Kはあんな無駄話《むだばなし》をしてどこがおもしろいと言うのです。私はただ笑っていました。しかし心のうちでは、Kがそのために私を軽蔑していることがよくわかりました。

私はある意味からみてじっさい彼の軽蔑に価していたかもしれません。彼の目のつけ所は私よりはるかに高いところにあったとも言われるでしょう。私もそれをいなみはしません。しかし目だけ高くって、ほかが釣り合わないのは手もなく不具《かたわ》です。私は何をおいても、このさい彼を人間らしくするのが専一だと考えたのです。いくら彼の頭が偉い人の影像《イメジ》でうずまっていても、彼自身が偉くなってゆかない以上は、なんの役にも立たないということを発見したのです。私は彼を人間らしくする第一の手段として、まず異性のそばに彼をすわらせる方法を講じたのです。そうしてそこから出る空気に彼をさらしたうえ、さびつきかかった彼の血液を新しくしようと試みたのです。

この試みは次第に成功しました。はじめのうち融合しにくいように見えたものが、だんだん一つにまとまってきだしました。彼は自分以外に世界のあることを少しずつ悟ってゆくようでした。彼はある日私に向かって、女はそう軽蔑すべきものでないというようなことを言いました。Kははじめ女からも、私同様の知識と学問を要求していたらしいのです。そうしてそれが見つからないと、すぐ軽蔑の念を生じたものと思われます。今までの彼は、性によって立場を変えることを知らずに、同じ視線ですべての男女《なんにょ》を一様に観察していたのです。私は彼に、もし我ら二人だけが男同志で永久に話を交換しているならば、二人はただ直線的に先へ延びて行くにすぎないだろうと言いました。彼はもっともだと答えました。私はその時お嬢さんのことで、多少夢中になっているところでしたから、しぜんそんな言葉も使うようになったのでしょう。しかし裏面の消息は彼には一口も打ち明けませんでした。

今まで書物で城壁をきずいてその中にたてこもっていたようなKの心が、だんだん打ち解けてくるのを見ているのは、私にとって何よりも愉快でした。私は最初からそうした目的で事をやりだしたのですから、自分の成功に伴なう喜悦を感ぜずにはいられなかったのです。私は本人に言わない代りに、奥さんとお嬢さんに自分の思ったとおりを話しました。二人も満足の様子でした。

二六

「Kと私は同じ科におりながら、専攻の学問が違っていましたから、しぜん出る時や帰る時に遅速がありました。私のほうが早ければ、ただ彼の空室を通り抜けるだけですが、おそいと簡単な挨拶《あいさつ》をして自分の部屋《へや》へはいるのを例にしていました。Kはいつもの目を書物からはなして、襖《ふすま》をあける私をちょっと見ます。そうしてきっと今帰ったのかと言います。私は何も答えないでうなずくこともありますし、あるいはただ『うん』と答えて行き過ぎる場合もありました。

ある日私は神田《かんだ》に用があって、帰りがいつもよりずっとおくれました。私は急ぎ足に門前まで来て、格子《こうし》をがらりとあけました。それと同時に、私はお嬢さんの声を聞いたのです。声はたしかにKの部屋から出たと思いました。玄関からまっすぐに行けば、茶の間、お嬢さんの部屋と二つ続いていて、それを左に折れると、Kの部屋、私の部屋、という間取りなのですから、どこでだれの声がしたぐらいは、久しく厄介《やっかい》になっている私にはよくわかるのです。私はすぐ格子をしめました。するとお嬢さんの声もすぐやみました。私が靴《くつ》を脱いでいるうち、――私はその時分からハイカラで手数のかかる編上《あみあげ》をはいていたのですが、私がごごんでその靴紐《くつひも》を解いているうち、Kの部屋ではだれの声もしませんでした。私は変に思いました。ことによると、私の勘違いかもしれないと考えたのです。しかし私がいつものとおりKの部屋を抜けようとして、襖をあけると、そこに二人はちゃんとすわっていました。Kは例のとおり今帰ったかと言いました。お嬢さんも『お帰り』とすわったままで挨拶しました。私には気のせいかその簡単な挨拶が少しかたいように聞こえました。どこかで自然を踏みはずしているような調子として、私の鼓膜に響いたのです。私にはお嬢さんに、奥さんはと尋ねました。私の質問にはなんの意味もありませんでした。家のうちが平常よりなんだかひっそりしていたから聞いてみただけのことです。

奥さんは、はたして留守《るす》でした。下女も奥さんといっしょに出たのでした。だから家《うち》に残っているのは、Kとお嬢さんだけだったのです。私はちょっと首を傾けました。今まで長いあいだ世話になっていたけれども、奥さんがお嬢さんと私だけを置き去りにして、家をあけたためしはまだなかったのですから。私は何か急用でもできたのかとお嬢さんに聞き返しました。お嬢さんはただ笑っているのです。私はこんな時に笑う女がきらいでした。若い女に共通な点だといえばそれまでかもしれませんが、お嬢さんもくだらないことによく笑いたがる女でした。しかしお嬢さんは私の顔色を見て、すぐふだんの表情に返りました。急用ではないが、ちょっと用があって出たのだとまじめに答えました。下宿人の私にはそれ以上問い詰める権利はありません。私は沈黙しました。

私が着物を改めて席に着くか着かないうちに、奥さんも下女も帰って来ました。やがて晩食《ばんめし》の食卓でみんなが顔を合わせる時刻が来ました。下宿した当座は万事客扱いだったので、食事のたびに下女が膳《ぜん》を運んで来てくれたのですが、それがいつのまにかくずれて、飯時《めしどき》には向こうへ呼ばれて行く習慣になっていたのです。Kが新しく引き移った時も、私が主張して彼を私と同じように取り扱わせることにきめました。その代り私は薄い板で造った足の畳み込める華奢《きやしや》な食卓を奥さんに寄付しました。今ではどこの家《うち》でも使っているようですが、そのころそんな卓の周囲に並んで飯を食う家族はほとんどなかったのです。私はわざわざ御茶《おちや》の水《みず》の家具屋へ行って、私のくふうどおりにそれを造り上げさせたのです。

私はその卓上で奥さんからその日いつもの時刻に魚屋が来なかったので、私たちに食わせるものを買いに町へ行かなければならなかったのだという説明を聞かされました。なるほど客を置いている以上、それももっともなことだと私が考えた時、お嬢さんは私の顔を見てまた笑いだしました。しかし今度は奥さんにしかられてすぐやめました。

二七

「一週間ばかりして私はまたKとお嬢さんがいっしょに話している部屋を通り抜けました。その時お嬢さんは私の顔を見るやいなや笑いだしました。私はすぐ何がおかしいのかと聞けばよかったのでしょう。それをつい黙って自分の居間まで来てしまったのです。だからKもいつものように、今帰ったかと声をかけることができなくなりました。お嬢さんはすぐ障子をあけて茶の間へはいったようでした。

夕飯《ゆうめし》の時、お嬢さんは私を変な人だと言いました。私はその時もなぜ変なのか聞かずにしまいました。ただ奥さんがにらめるような目をお嬢さんに向けるのに気がついただけでした。

私は食後Kを散歩に連れ出しました。二人は伝通院《でんずういん》の裏手から植物園の通りをぐるりと回ってまた富坂《とみざか》の下へ出ました。散歩としては短かいほうではありませんでしたが、そのあいだに話した事はきわめて少なかったのです。性質からいうと、Kは私よりも無口な男でした。私も多弁なほうではなかったのです。しかし私は歩きながら、できるだけ話を彼にしかけてみました。私の問題はおもに二人の下宿している家族についてでした。私は奥さんやお嬢さんを彼がどう見ているか知りたかったのです。ところが彼は海のものとも山のものとも見分けのつかないような返事ばかりするのです。しかもその返事は要領を得ないくせに、きわめて簡単でした。彼は二人の女に関してよりも、専攻の学科のほうに多くの注意を払っているように見えました。もっともそれは二学年目の試験が目の前にせまっているころでしたから、ふつうの人間の立場から見て、彼のほうが学生らしい学生だったのでしょう。そのうえ彼はシュエデンボルグ*がどうだとかこうだとか言って、無学な私を驚かせました。

我々が首尾よく試験をすましました時、二人とももうあと一年だと言って奥さんは喜んでくれました。そういう奥さんの唯一の誇りとも見られるお嬢さんの卒業も、まもなく来る順になっていたのです。Kは私に向かって、女というものはなんにも知らないで学校を出るのだと言いました。Kはお嬢さんが学問以外に稽古《けいこ》している縫針《ぬいはり》だの琴だの生花《いけばな》だのを、まるで眼中に置いていないようでした。私は彼の迂闊《うかつ》を笑ってやりました。そうして女の価値はそんなところにあるものでないという昔の議論をまた彼の前でくり返しました。彼はべつだん反駁《はんばく》もしませんでした。その代りなるほどという様子も見せませんでした。私にはそこが愉快でした。彼のふんと言ったような調子が、依然として女を軽蔑しているように見えたからです。女の代表者として私の知っているお嬢さんを、物の数とも思っていないらしかったからです。今から回顧すると、私のKに対する嫉妬《しっと》は、その時にもう十分きざしていたのです。

私は夏休みにどこかへ行こうかとKに相談しました。Kは行きたくないような口ぶりを見せました。むろん彼は自分の自由意志でどこへも行けるからだではありませんが、私が誘いさえすれば、またどこへ行ってもさしつかえないからだだったのです。私はなぜ行きたくないのかと彼に尋ねてみました。彼は理由もなんにもないと言うのです。家《うち》で書物を読んだほうが自分のかってだと言うのです。私が避暑地へ行って涼しい所で勉強したほうが、からだのためだと主張すると、それなら私一人行ったらよかろうと言うのです。しかし私はK一人をここに残して行く気にはなれないのです。私はただでさえKと家のものがだんだん親しくなってゆくのを見ているのが、あまりいい心持ちではなかったのです。私が最初希望したとおりになるのが、なんで私の心持ちを悪くするのかと言われればそれまでです。私はばかに違いないのです。はてしのつかない二人の議論を見るに見かねて奥さんが仲へ入りました。二人はとうとういっしょに房州《ぼうしゅう》へ行くことになりました。

六

「Kはあまり旅へ出ない男でした。私にも房州ははじめてでした。二人はなんにも知らないで、船がいちばん先へ着いた所から上陸したのです。たしか保田《ほた》とかいいました。今ではどんなに変っているか知りませんが、そのころはひどい漁村でした。第一どこもかしこもなまぐさいのです。それから海へはいると、波に押し倒されて、すぐ手だの足だのをすりむくのです。拳《こぶし》のような大きな石が打ち寄せる波にもまれて、始終ごろごろしているのです。

私はすぐいやになりました。しかしKはいいとも悪いとも言いません。少なくとも顔つきだけは平気なものでした。そのくせ彼は海へ入るたんびどこかにけがをしないことはなかったのです。私はとうとう彼を説き伏せて、そこから富浦《とみうら》に行きました。富浦からまた那古《なこ》に移りました。すべてこの沿岸はその時分からおもに学生の集まる所でしたから、どこでも我々にはちょうどてごろの海水浴場だったのです。Ｋと私はよく海岸の岩の上にすわって、遠い海の色や、近い水の底をながめました。岩の上から見おろす水は、また特別にきれいなものでした。赤い色だの藍《あい》の色だの、ふつう市場にのぼらないような色をした小魚《こうお》が、透き通る波の中をあちらこちらと泳いでいるのがあざやかに指さされました。

私はそこにすわって、よく書物をひろげました。Ｋは何もせずに黙っているほうが多かったのです。私にはそれが考えにふけっているのか、景色《けしき》にみとれているのか、もしくは好きな想像を描いているのか、まったくわからなかったのです。私は時々目を上げて、Ｋに何をしているのだと聞きました。Ｋは何もしていないと一口答えるだけでした。私は自分のそばにこうじっとしてすわっているものが、Ｋでなくって、お嬢さんだったらさぞ愉快だろうと思うことがよくありました。それだけならまだいいのですが、時にはＫのほうでも私と同じような希望をいだいて岩の上にすわっているのではないかしらと忽然《こつぜん》疑いだすのです。するとおちついてそこに書物をひろげているのが急にいやになります。私は不意に立ち上がります。そうして遠慮のない大きな声を出してどなります。まとまった詩だの歌だのをおもしろそうに吟ずるようなてぬるいことはできないのです。ただ野蛮人のごとくにわめくのです。ある時私は突然彼の襟首《えりくび》をうしろからぐいとつかみました。こうして海の中へ突き落したらどうすると言ってＫに聞きました。Ｋは動きませんでした。後向きのまま、ちょうどいい、やってくれと答えました。私はすぐ首筋をおさえた手を放しました。

Kの神経衰弱はこの時もうだいぶよくなっていたらしいのです。それと反比例に、私のほうはだんだん過敏になってきていたのです。私は自分よりおちついているKを見て、うらやましがりました。また憎らしがりました。彼はどうしても私に取り合う気色《けしき》を見せなかったからです。私にはそれが一種の自信のごとく映りました。しかしその自信を彼に認めたところで、私はけっして満足できなかったのです。私の疑いはもう一歩前へ出て、その性質を明《あき》らめたがりました。彼は学問なり事業なりについて、これから自分の進んで行くべき前途の光明を再び取り返した心持ちになったのだろうか。たんにそれだけならば、Kと私との利害になんの衝突の起こるわけはないのです。私はかえって世話のしがいがあったのをうれしく思うくらいなものです。けれども彼の安心がもしお嬢さんに対してであるとすれば、私はけっして彼を許すことができなくなるのです。不思議にも彼は私のお嬢さんを愛している素振《そぶ》りにまったく気がついていないように見えました。むろん私もそれがKの目につくようにわざとらしくはふるまいませんでしたけれども。Kは元来そういう点にかけると鈍い人なのです。私には最初からKなら大丈夫《だいじょうぶ》という安心があったので、彼をわざわざ家へ連れて来たのです。

二九

「私は思い切って自分の心をKに打ち明けようとしました。もっともこれはその時に始まったわけでもなかったのです。旅に出ないまえから、私にはそうした腹ができていたのですけれども、打ち明ける機会をつらまえることも、その機会を作り出すことも、私のてぎわではうまくゆかなかったのです。今から思うと、そのころ私の周囲にいた人間はみんな妙でした。女に関して立ち入った話などをするものは一人もありませんでした。なかには話す種《たね》をもたないのもだいぶいたでしょうが、たといもっていても黙っているのがふつうのようでした。比較的自由な空気を呼吸している今のあなたがたから見たら、さだめし変に思われるでしょう。それが道学の余習*なのか、または一種のはにかみなのか、判断はあなたの理解に任せておきます。

Kと私はなんでも話し合える仲でした。たまには愛とか恋とかいう問題も、口にのぼらないではありませんでしたが、いつでも抽象的な理論に落ちてしまうだけでした。それもめったには話題にならなかったのです。たいていは書物の話と学問の話と、未来の事業と、抱負と、修養の話ぐらいで持ち切っていたのです。いくら親しくってもこう堅くなったひには、突然調子をくずせるものではありません。二人はただ堅いなりに親しくなるだけです。私はお嬢さんの事をKに打ち明けようと思い立ってから、何べんはがゆい不快に悩まされたかしれません。私はKの頭のどこか一か所を突き破って、そこから柔らかい空気を吹き込んでやりたい気がしました。

あなたがたから見て笑止千万な事もその時の私にはじっさい大困難だったのです。私は旅先でも家《うち》にいた時と同じように卑怯《ひきょう》でした。私はしじゅう機会を捕える気でKを観察していながら、変に高踏的な彼の態度をどうすることもできなかったのです。私に言わせると、彼の心臓の周囲は黒い漆《うるし》で厚く塗り固められたのも同然でした。私の注ぎかけようとする血潮は、一滴もその心臓の中へははいらないで、ことごとくはじき返されてしまうのです。

ある時はあまりにKの様子が強くて高いので、私はかえって安心したこともあります。そうして自分の疑いを腹の中で後悔するとともに、同じ腹の中で、Kにわびました。わびながら自分が非常に下等な人間のように見えて、急にいやな心持ちになるのです。しかし、しばらくすると、以前の疑いがまた逆もどりをして、強く打ち返してきます。すべてが疑いから割り出されるのですから、すべてが私に不利益でした。容貌《ようぼう》もKのほうが女に好かれるように見えました。性質も私のようにこせこせしていないところが、異性には気に入るだろうと思われました。どこか間が抜けていて、それでどこかにしっかりした男らしいところのある点も、私よりは優勢に見えました。学力になれば専門こそ違いますが、私はむろんKの敵でないと自覚していました。――すべて向こうのいいところだけがこう一度に目先へ散らつきだすと、ちょっと安心した私はすぐ元の不安に立ち返るのです。
Kはおちつかない私の様子を見て、いやならひとまず東京へ帰ってもいいと言ったのですが、そう言われると、私は急に帰りたくなくなりました。じつはKを東京へ帰したくなかったのかもしれません。二人は房州の鼻を回って向こう側へ出ました。我々は暑い日に射られながら、苦しむ思いをして、上総《かずさ》のそこ一里*にだまされながら、うんうん歩きました。私にはそうして歩いている意味がまるでわからなかったくらいです。私は冗談半分Kにそう言いました。するとKは足があるから歩くのだと答えました。そうして暑くなると、海にはいっていこうと言って、どこでもかまわず潮へつかりました。そのあとをまた強い日で照りつけられるのですから、からだがだるくてぐたぐたになりました。

三

「こんなふうにして歩いていると、暑さと疲労とでしぜんからだの調子が狂ってくるものです。もっとも病気とは違います。急にひとのからだの中へ、自分の霊魂が宿替えをしたような気分になるのです。私は平生のとおりKと口をききながら、どこかで平生の心持ちと離れるようになりました。彼に対する親しみも憎しみも、旅中かぎりという特別な性質を帯びるふうになったのです。つまり二人は暑さのため、潮のため、また歩行のため、在来と異なった新しい関係にはいることができたのでしょう。その時の我々はあたかも道づれになった行商のようなものでした。いくら話をしてもいつもと違って、頭を使う込み入った問題には触れませんでした。

我々はこの調子でとうとう銚子《ちょうし》まで行ったのですが、道中たった一つの例外があったのを今に忘れることができないのです。まだ房州を離れないまえ、二人は小湊《こみなと》という所で、鯛《たい》の浦《うら》を見物しました。もう年数もよほどたっていますし、それに私にはそれほど興味のないことですから、判然とは覚えていませんが、なんでもそこは日蓮《にちれん》の生まれた村だとかいう話でした。日蓮の生まれた日に、鯛が二尾《び》磯《いそ》に打ち上げられていたとかいう言い伝えになっているのです。それ以来村の漁師が鯛をとることを遠慮して今に至ったのだから、浦には鯛がたくさんいるのです。我々は小舟を雇って、その鯛をわざわざ見に出かけたのです。

その時私はただいちずに波を見ていました。そうしてその波の中に動く少し紫がかった鯛の色を、おもしろい現象の一つとしてあかずながめました。しかしKは私ほどそれに興味をもちえなかったものとみえます。彼は鯛よりもかえって日蓮のほうを頭の中で想像していたらしいのです。ちょうどそこに誕生寺《たんじょうじ》という寺がありました。日蓮の生まれた村だから誕生寺とでも名をつけたものでしょう、りっぱな伽藍《がらん》でした。Kはその寺に行って住持に会ってみると言いだしました。実をいうと、我々はずいぶん変な服装《なり》をしていたのです。ことにKは風のために帽子を海に吹き飛ばされた結果、菅笠《すげがさ》を買ってかぶっていました。着物はもとより双方とも垢《あか》じみたうえに汗で臭くなっていました。私は坊さんなどに会うのはよそうと言いました。Kは強情だから聞きません。いやなら私だけ外に待っていろというのです。私はしかたがないからいっしょに玄関にかかりましたが、心のうちではきっと断わられるに違いないと思っていました。ところが坊さんというものは案外丁寧なもので、広いりっぱな座敷へ私たちを通して、すぐ会ってくれました。その時分の私はKとだいぶ考えが違っていましたから、坊さんとKの談話にそれほど耳を傾ける気も起りませんでしたが、Kはしきりに日蓮の事を聞いていたようです。日蓮は草日蓮《そうにちれん》といわれるくらいで、草書がたいへんじょうずであったと坊さんが言った時、字のまずいKは、なんだくだらないという顔をしたのを私はまだ覚えています。Kはそんな事よりも、もっと深い意味の日蓮が知りたかったのでしょう。坊さんがその点でKを満足させたかどうかは疑問ですが、彼は寺の境内《けいだい》を出ると、しきりに私に向かって日蓮の事をうんぬんしだしました。私は暑くてくたびれて、それどころではありませんでしたから、ただ口の先でいいかげんな挨拶《あいさつ》をしていました。それもめんどうになってしまいにはまったく黙ってしまったのです。

たしかそのあくる晩のことだと思いますが、二人は宿へ着いて飯を食って、もう寝ようという少しまえになってから、急にむずかしい問題を論じ合いだしました。Kはきのう自分のほうから話しかけた日蓮の事について、私が取り合わなかったのを、快よく思っていなかったのです。精神的に向上心がないものはばかだと言って、なんだか私をさも軽薄ものにやり込めるのです。ところが私の胸にはお嬢さんの事がわだかまっていますから、彼の侮蔑《ぶべつ》に近い言葉をただ笑って受け取るわけにいきません。私は私で弁解を始めたのです。

三

「その時私はしきりに人間らしいという言葉を使いました。Kはこの人間らしいという言葉のうちに、私が自分の弱点のすべてを隠していると言うのです。なるほどあとから考えれば、Kの言うとおりでした。しかし人間らしくない意味をKに納得《なつとく》させるためにその言葉を使いだした私には、出立点がすでに反抗的でしたから、それを反省するような余裕はありません。私はなおのこと自説を主張しました。するとKが彼のどこをつらまえて人間らしくないというのかと私に聞くのです。私は彼に告げました。――君は人間らしいのだ。あるいは人間らしすぎるかもしれないのだ。けれども口の先だけでは人間らしくないようなことを言うのだ。また人間らしくないようにふるまおうとするのだ。

私がこう言った時、彼はただ自分の修養が足りないから、ひとにはそう見えるかもしれないと答えただけで、いっこう私を反駁《はんばく》しようとしませんでした。私ははりあいが抜けたというよりも、かえって気の毒になりました。私はすぐ議論をそこで切り上げました。彼の調子もだんだん沈んできました。もし私が彼の知っているとおり昔の人を知るならば、そんな攻撃はしないだろうと言って悵然《ちょうぜん》としていました。Ｋの口にした昔の人とは、むろん英雄でもなければ豪傑でもないのです。霊のために肉をしいたげたり、道のためにからだをむちうったりしたいわゆる難行苦行の人をさすのです。Ｋは私に、彼がどのくらいそのために苦しんでいるかわからないのが、いかにも残念だと明言しました。

Ｋと私とはそれぎり寝てしまいました。そうしてそのあくる日からまたふつうの行商の態度に返って、うんうん汗を流しながら歩きだしたのです。しかし私はみちみちその晩の事をひょいひょいと思い出しました。私にはこのうえもないいい機会が与えられたのに、知らないふりをしてなぜそれをやり過ごしたのだろうという悔恨の念が燃えたのです。私は人間らしいという抽象的な言葉を用いる代りに、もっと直截《ちょくせつ》で簡単な話をＫに打ち明けてしまえばよかったと思い出したのです。実をいうと、私がそんな言葉を創造したのも、お嬢さんに対する私の感情が土台になっていたのですから、事実を蒸留してこしらえた理論などをＫの耳に吹き込むよりも、原《もと》の形そのままを彼の目の前に露出したほうが、私にはたしかに利益だったでしょう。私にそれができなかったのは、学問の交際が基調を構成している二人の親しみに、おのずから一種の惰性があったため、思い切ってそれを突き破るだけの勇気が私に欠けていたのだということをここに自白します。気取りすぎたといっても、虚栄心がたたったといっても同じでしょうが、私のいう気取るとか虚栄とかいう意味は、ふつうのとは少し違います。それがあなたに通じさえすれば、私は満足なのです。

我々はまっ黒になって東京へ帰りました。帰った時は私の気分がまた変っていました。人間らしいとか、人間らしくないとかいう小理窟《こりくつ》はほとんど頭の中に残っていませんでした。Kにも宗教家らしい様子がまったく見えなくなりました。おそらく彼の心のどこにも霊がどうの肉がどうのという問題は、その時宿っていなかったでしょう。二人は異人種のような顔をして、忙がしそうに見える東京をぐるぐるながめました。それから両国へ来て、暑いのに軍鶏《しゃも》*を食いました。Kはそのいきおいで小石川まで歩いて帰ろうと言うのです。体力からいえばKよりも私のほうが強いのですから、私はすぐ応じました。

家《うち》へ着いた時、奥さんは二人の姿を見て驚きました。二人はただ色が黒くなったばかりでなく、むやみに歩いていたうちにたいへんやせてしまったのです。奥さんはそれでも丈夫そうになったと言ってほめてくれるのです。お嬢さんは奥さんの矛盾がおかしいと言ってまた笑いだしました。旅行前時々腹の立った私も、その時だけは愉快な心持ちがしました。場合が場合なのと、久し振りに聞いたせいでしょう。

三

「それのみならず私はお嬢さんの態度の少しまえと変っているのに気がつきました。久し振りで旅から帰った私たちが平生のとおりおちつくまでには、万事について女の手が必要だったのですが、その世話をしてくれる奥さんはとにかく、お嬢さんがすべて私のほうを先にして、Kをあとまわしにするように見えたのです。それを露骨にやられては、私も迷惑したかもしれません。場合によってはかえって不快の念さえ起こしかねなかったろうと思うのですが、お嬢さんの所作《しょさ》はその点ではなはだ要領を得ていたから、私はうれしかったのです。つまりお嬢さんは私だけにわかるように、もちまえの親切を余分に私のほうへ割りあててくれたのです。だからKはべつにいやな顔もせずに平気でいました。私は心のうちでひそかに彼に対する凱歌《がいか》を奏しました。

やがて夏も過ぎて九月の中ごろから我々はまた学校の課業に出席しなければならないことになりました。Kと私とは各自《てんでん》の時間のつごうで、出入《でいり》の刻限にまた遅速ができてきました。私がKよりおくれて帰る時は一週に三度ほどありましたが、いつ帰ってもお嬢さんの影をKの部屋に認めることはないようになりました。Kは例の目を私の方に向けて、『今帰ったのか』を規則のごとくくり返しました。私の会釈《えしゃく》もほとんど器械のごとく簡単でかつ無意味でした。

たしか十月の中ごろと思います。私は寝坊をした結果、日本服のまま急いで学校へ出たことがあります。穿物《はきもの》も編上《あみあげ》などを結んでいる時間が惜しいので、草履を突っかけたなり飛び出したのです。その日は時間割りからいうと、Kよりも私のほうが先へ帰るはずになっていました。私はもどって来ると、そのつもりで玄関の格子《こうし》をがらりとあけたのです。

するといないと思っていたKの声がひょいと聞こえました。同時にお嬢さんの笑い声が私の耳に響きました。私はいつものように手数のかかる靴《くつ》をはいていないから、すぐ玄関に上がって仕切りの襖《ふすま》をあけました。私は例のとおり机の前にすわっているKを見ました。しかしお嬢さんはもうそこにはいなかったのです。私はあたかもKの部屋からのがれ出るように去るその後姿《うしろすがた》をちらりと認めただけでした。私はKにどうして早く帰ったのかと問いました。Kは心持ちが悪いから休んだのだと答えました。私が自分の部屋にはいってそのまますわっていると、まもなくお嬢さんが茶を持って来てくれました。その時お嬢さんははじめてお帰りといって私に挨拶をしました。私は笑いながらさっきはなぜ逃げたんですと聞けるようなさばけた男ではありません。それでいて腹の中ではなんだかその事が気にかかるような人間だったのです。お嬢さんはすぐ座を立って縁側伝いに向こうへ行ってしまいました。しかしKの部屋の前に立ち留まって、二言《ふたこと》三言《みこと》内と外とで話をしていました。それはさっきの続きらしかったのですが、前を聞かない私にはまるでわかりませんでした。

そのうちお嬢さんの態度がだんだん平気になってきました。Kと私がいっしょに家《うち》にいる時でも、よくKの部屋の縁側へ来て彼の名を呼びました。そうしてそこへはいって、ゆっくりしていました。むろん郵便を持って来ることもあるし、洗濯物《せんたくもの》を置いてゆくこともあるのですから、そのくらいの交通は同じ家にいる二人の関係上、当然と見なければならないのでしょうが、ぜひお嬢さんを専有したいという強烈な一念に動かされている私には、どうしてもそれが当然以上に見えたのです。ある時はお嬢さんがわざわざ私の部屋へ来るのを回避して、Kのほうばかりへ行くように思われることさえあったくらいです。それならなぜKに家を出てもらわないのかとあなたは聞くでしょう。しかしそうすれば私はKをむりに引っ張って来た主意が立たなくなるだけです。私にはそれができないのです。

三

「十一月の寒い雨の降る日の事でした。私は外套《がいとう》をぬらして例のとおり蒟蒻閻魔《こんにゃくえんま》を抜けて細い坂道を上がって家《うち》へ帰りました。Kの部屋はがらんどうでしたけれども、火鉢《ひばち》にはつぎたての火が暖かそうに燃えていました。私も冷たい手を早く赤い炭の上にかざそうと思って、急いで自分の部屋の仕切りをあけました。すると私の火鉢には冷たい灰が白く残っているだけで、火種《ひだね》さえ尽きているのです。私は急に不愉快になりました。

その時私の足音を聞いて出て来たのは、奥さんでした。奥さんは黙って部屋のまん中に立っている私を見て、気の毒そうに外套を脱がせてくれたり、日本服を着せてくれたりしました。それから私が寒いというのを聞いて、すぐ次の間からKの火鉢を持って来てくれました。私がKはもう帰ったのかと聞きましたら、奥さんは帰ってまた出たと答えました。その日もKは私よりおくれて帰る時間割りだったのですから、私はどうしたわけかと思いました。奥さんはおおかた用事でもできたのだろうと言っていました。

私はしばらくそこにすわったまま書見をしました。家の中がしんと静まって、だれの話し声も聞こえないうちに、初冬の寒さとわびしさとが、私のからだに食い込むような感じがしました。私はすぐ書物を伏せて立ち上がりました。私はふとにぎやかな所へ行きたくなったのです。雨はやっとあがったようですが、空はまだ冷たい鉛のように重く見えたので、私は用心のため、蛇《じゃ》の目を肩にかついで、砲兵工廠の裏手の土塀《どべい》について東へ坂をおりました。その時分はまだ道路の改正ができないころなので、坂の勾配《こうばい》が今よりもずっと急でした。道幅も狭くて、ああまっすぐではなかったのです。そのうえ、あの谷をおりると、南が高い建物でふさがっているのと、放水《みずはき》がよくないのとで、往来はどろどろでした。ことに細い石橋を渡って柳《やなぎ》町の通りへ出るあいだがひどかったのです。足駄《あしだ》でも長靴《ながぐつ》でもむやみに歩くわけにはゆきません。だれでも道のまん中にしぜんと細長く泥がかき分けられた所を、後生大事にたどって行かなければならないのです。その幅はわずか一、二尺しかないのですから、てもなく往来に敷いてある帯の上を踏んで向こうへ越すのと同じことです。行く人はみんな一列になってそろそろ通り抜けます。私はこの細帯の上で、はたりとKに出会いました。足のほうにばかり気を取られていた私は、彼と向き合うまで、彼の存在にまるで気がつかずにいたのです。私は不意に自分の前がふさがったので偶然目を上げた時、はじめてそこに立っているKを認めたのです。私はKにどこへ行ったのかと聞きました。Kはちょっとそこまでと言ったぎりでした。彼の答はいつものとおりふんという調子でした。Kと私は細い帯の上でからだを替《かわ》せました。すると、Kのすぐ後に一人の若い女が立っているのが見えました。近眼の私には、今までそれがよくわからなかったのですが、Kをやり越したあとで、その女の顔を見ると、それが家《うち》のお嬢さんだったので、私は少なからず驚きました。お嬢さんはこころもち薄赤い顔をして、私に挨拶をしました。その時分の束髪は今と違って庇《ひさし》が出ていないのです。そうして頭のまん中に蛇《へび》のようにぐるぐる巻きつけてあったものです。私はぼんやりお嬢さんの頭を見ていましたが、次の瞬間に、どっちか道を譲らなければならないのだということに気がつきました。私は思い切ってどろどろの中へ片足踏ん込みました。そうして比較的通りやすいところをあけて、お嬢さんを渡してやりました。

それから柳町の通りへ出た私はどこへ行っていいか自分にもわからなくなりました。どこへ行ってもおもしろくないような心持ちがするのです。私は飛泥《はね》の上がるのもかまわずに、糠《ぬか》る海《み*》の中をやけにどしどし歩きました。それからすぐ家へ帰って来ました。

亖

「私はKに向かってお嬢さんといっしょに出たのかと聞きました。Kはそうではないと答えました。真砂町《まさごちょう》で偶然出会ったから連れ立って帰って来たのだと説明しました。私はそれ以上に立ち入った質問を控えなければなりませんでした。しかし食事の時、またお嬢さんに向かって、同じ問をかけたくなりました。するとお嬢さんは私のきらいな例の笑い方をするのです。そうしてどこへ行ったかあててみろとしまいに言うのです。そのころの私はまだ癇癪持《かんしゃくも》ちでしたから、そうふまじめに若い女から取り扱われると腹が立ちました。ところがそこに気のつくのは、同じ食卓についているもののうちで奥さん一人だったのです。Kはむしろ平気でした。お嬢さんの態度になると、知ってわざとやるのか、知らないで無邪気にやるのか、そこの区別がちょっと判然しない点がありました。若い女としてお嬢さんは思慮に富んだほうでしたけれども、その若い女に共通な私のきらいなところも、あると思えば思えなくもなかったのです。そうしてそのきらいなところは、Kが家《うち》へ来てから、はじめて私の目につきだしたのです。私はそれをKに対する私の嫉妬《しっと》に帰していいものか、または私に対するお嬢さんの技巧とみなしてしかるべきものか、ちょっと分別に迷いました。私は今でもけっしてその時の私の嫉妬心を打ち消す気はありません。私はたびたびくり返したとおり、愛の裏面にこの感情の働きを明らかに意識していたのですから。しかもはたのものから見ると、ほとんど取るに足りない瑣事《さじ》に、この感情がきっと首を持ち上げたがるのでしたから。これは余事ですが、こういう嫉妬は愛の半面じゃないでしょうか。私は結婚してから、この感情がだんだん薄らいでゆくのを自覚しました。その代り愛情のほうもけっして元のように猛烈ではないのです。

私はそれまで躊躇《ちゅうちょ》していた自分の心を、ひと思いに相手の胸へたたきつけようかと考えだしました。私の相手というのはお嬢さんではありません、奥さんのことです。奥さんにお嬢さんをくれろと明白な談判を開こうかと考えたのです。しかしそう決心しながら、一日一日と私は断行の日を延ばしていったのです。そういうと私はいかにも優柔の男のように見えます、また見えてもかまいませんが、じっさい私の進みかねたのは、意志の力に不足があったためではありません。Kの来ないうちは、ひとの手に乗るのがいやだという我慢が私をおさえつけて、一歩も動けないようにしていました。Kの来たのちは、もしかするとお嬢さんがKのほうに意があるのではなかろうかという疑念が絶えず私を制するようになったのです。はたしてお嬢さんが私よりもKに心を傾けているならば、この恋は口へ言い出す価値のないものと私は決心していたのです。恥をかかせられるのがつらいなどというのとは少しわけが違います。こっちでいくら思っても、向こうが内心ほかの人に愛の眼《まなこ》を注いでいるならば、私はそんな女といっしょになるのはいやなのです。世の中では否《いや》応《おう》なしに自分の好いた女を嫁にもらってうれしがっている人もありますが、それは私たちよりよっぽど世間ずれのした男か、さもなければ愛の心理がよくのみ込めない鈍物のすることと、当時の私は考えていたのです。一度もらってしまえばどうかこうかおちつくものだぐらいの哲理では、承知することができないくらい私は熱していました。つまり私はきわめて高尚《こうしょう》な愛の理論家だったのです。同時にもっとも迂遠《うえん》な愛の実際家だったのです。

肝心《かんじん》のお嬢さんに、直接この私というものを打ち明ける機会も、長くいっしょにいるうちに時々出て来たのですが、私はわざとそれを避けました。日本の習慣として、そういうことは許されていないのだという自覚が、そのころの私には強くありました。しかしけっしてそればかりが私を束縛したとはいえません。日本人、ことに日本の若い女は、そんな場合に、相手に気がねなく自分の思ったとおりを遠慮せずに口にするだけの勇気に乏しいものと私は見込んでいたのです。

亖

「こんなわけで私はどちらの方面へ向かっても進むことができずに立ちすくんでいました。からだの悪い時に昼寝などをすると、目だけさめて周囲のものがはっきり見えるのに、どうしても手足の動かせない場合がありましょう。私は時としてああいう苦しみを人知れず感じたのです。

そのうち年が暮れて春になりました。ある日奥さんがKに歌留多《かるた》をやるからだれか友だちを連れて来ないかと言ったことがあります。するとKはすぐ友だちなぞは一人もないと答えたので、奥さんは驚いてしまいました。なるほどKに友だちというほどの友だちは一人もなかったのです。往来で会った時挨拶をするくらいのものは多少ありましたが、それらだってけっして歌留多などを取る柄《がら》ではなかったのです。奥さんはそれじゃ私の知ったものでも呼んで来たらどうかと言い直しましたが、私もあいにくそんな陽気な遊びをする心持ちになれないので、いいかげんな生返事《なまへんじ》をしたなり、うちやっておきました。ところが晩になってKと私はとうとうお嬢さんに引っ張り出されてしまいました。客もだれも来ないのに、内々《うちうち》の小人数《こにんず》だけで取ろうという歌留多ですからすこぶる静かなものでした。そのうえこういう遊技をやりつけないKは、まるで懐手《ふところで》をしている人と同様でした。私はKにいったい百人一首の歌を知っているのかと尋ねました。Kはよく知らないと答えました。私の言葉を聞いたお嬢さんは、おおかたKを軽蔑《けいべつ》するとでも取ったのでしょう。それから目に立つようにKの加勢をしだしました。しまいには二人がほとんど組になって私に当るというありさまになってきました。私は相手次第では喧嘩《けんか》をはじめたかもしれなかったのです。さいわいにKの態度は少しも最初と変りませんでした。彼のどこにも得意らしい様子を認めなかった私は、無事にその場を切り上げることができました。

それから二、三日たったのちのことでしたろう、奥さんとお嬢さんは朝から市ケ谷《いちがや》にいる親類のところへ行くと言って家《うち》を出ました。Kも私もまだ学校の始まらないころでしたから、留守居《るすい》同様あとに残っていました。私は書物を読むのも散歩に出るのもいやだったので、ただ漠然《ばくぜん》と火鉢の縁に肱《ひじ》を載せてじっと顋《あご》をささえたなり考えていました。隣りの部屋にいるKもいっこう音を立てませんでした。双方ともいるのだかいないのだかわからないくらい静かでした。もっともこういうことは、二人の間柄《あいだがら》としてべつに珍らしくもなんともなかったのですから、私はべつだんそれを気にも留めませんでした。

十時ごろになって、Kは不意に仕切りの襖をあけて私と顔を見合わせました。彼は敷居の上に立ったまま、私に何を考えていると聞きました。私はもとより何も考えていなかったのです。もし考えていたとすれば、いつものとおりお嬢さんが問題だったかもしれません。そのお嬢さんにはむろん奥さんもくっついていますが、近ごろではK自身が切り離すべからざる人のように、私の頭の中をぐるぐるめぐって、この問題を複雑にしているのです。Kと顔を見合わせた私は、今までおぼろげに彼を一種のじゃまもののごとく意識していながら、明らかにそうと答えるわけにいかなかったのです。私は依然として彼の顔を見て黙っていました。するとKのほうからつかつかと私の座敷へはいって来て、私のあたっている火鉢の前にすわりました。私はすぐ両肱を火鉢の縁から取りのけて、こころもちそれをKのほうへ押しやるようにしました。

Kはいつもに似合わない話を始めました。奥さんとお嬢さんは市ヶ谷のどこへ行ったのだろうと言うのです。私はおおかた叔母《おば》さんの所だろうと答えました。Kはその叔母さんはなんだとまた聞きます。私はやはり軍人の細君だと教えてやりました。すると女の年始はたいてい十五日過ぎだのに、なぜそんなに早く出かけたのだろうと質問するのです。私はなぜだか知らないと挨拶するよりほかにしかたがありませんでした。

三六

「Kはなかなか奥さんとお嬢さんの話をやめませんでした。しまいには私も答えられないような立ち入った事まで聞くのです。私はめんどうよりも不思議の感に打たれました。以前私のほうから二人を問題にして話しかけた時の彼を思い出すと、私はどうしても彼の調子の変っているところに気がつかずにはいられないのです。私はとうとうなぜきょうにかぎってそんな事ばかり言うのかと彼に尋ねました。その時彼は突然黙りました。しかし私は彼の結んだ口もとの肉がふるえるように動いているのを注視しました。彼は元来無口な男でした。平生から何か言おうとすると、言うまえによく口のあたりをもぐもぐさせる癖がありました。彼の唇《くちびる》がわざと彼の意志に反抗するようにたやすくあかないところに、彼の言葉の重みもこもっていたのでしょう。いったん声が口を破って出るとなると、その声にはふつうの人よりも倍の強い力がありました。

彼の口もとをちょっとながめた時、私はまた何か出て来るなとすぐ感づいたのですが、それがはたしてなんの準備なのか、私の予覚はまるでなかったのです。だから驚いたのです。彼の重々しい口から、彼のお嬢さんに対するせつない恋を打ち明けられた時の私を想像してみてください。私は彼の魔法棒のために一度に化石されたようなものです。口をもぐもぐさせる働きさえ、私にはなくなってしまったのです。

その時の私は怖ろしさのかたまりといいましょうか、または苦しさのかたまりといいましょうか、なにしろ一つのかたまりでした。石か鉄のように頭から足の先までが急に堅くなったのです。呼吸をする弾力性さえ失われたくらいに堅くなったのです。幸いなことにその状態は長く続きませんでした。私は一瞬間ののちに、また人間らしい気分を取りもどしました。そうして、すぐしまったと思いました。先《せん》を越されたなと思いました。

しかしその先をどうしようという分別はまるで起こりません。おそらく起こるだけの余裕がなかったのでしょう。私は腋《わき》の下から出る気味の悪い汗がシャツにしみとおるのをじっと我慢して動かずにいました。Kはそのあいだいつものとおり重い口を切っては、ぽつりぽつりと自分の心を打ち明けてゆきます。私は苦しくってたまりませんでした。おそらくその苦しさは、大きな広告のように、私の顔の上にはっきりした字ではりつけられてあったろうと私は思うのです。いくらKでもそこに気のつかないはずはないのですが、彼はまた彼で、自分の事にいっさいを集中しているから、私の表情などに注意する暇がなかったのでしょう。彼の自白は最初から最後まで同じ調子で貫いていました。重くてのろい代りに、とても容易なことでは動かせないという感じを私に与えたのです。私の心は半分その自白を聞いていながら、半分どうしようどうしようという念に絶えずかき乱されていましたから、細かい点になるとほとんど耳へはいらないと同様でしたが、それでも彼の口に出す言葉の調子だけは強く胸に響きました。そのために私はまえいった苦痛ばかりでなく、ときには一種の恐ろしさを感ずるようになったのです。つまり相手は自分より強いのだという恐怖の念がきざしはじめたのです。

Kの話がひととおりすんだ時、私はなんとも言うことができませんでした。こっちも彼の前に同じ意味の自白をしたものだろうか、それとも打ち明けずにいるほうが得策だろうか、私はそんな利害を考えて黙っていたのではありません。ただ何事も言えなかったのです。また言う気にもならなかったのです。

午食《ひるめし》の時、Kと私は向かい合わせに席を占めました。下女に給仕をしてもらって、私はいつにないまずい飯をすませました。二人は食事中もほとんど口をききませんでした。奥さんとお嬢さんはいつ帰るのだかわかりませんでした。

三七

「二人はめいめいの部屋に引き取ったぎり顔を合わせませんでした。Kの静かなことは朝と同じでした。私もじっと考え込んでいました。

私は当然自分の心をKに打ち明けるべきはずだと思いました。しかしそれにはもう時機がおくれてしまったという気も起こりました。なぜさっきKの言葉をさえぎって、こっちから逆襲しなかったのか、そのところが非常なてぬかりのようにみえてきました。せめてKのあとに続いて、自分は自分の思うとおりをその場で話してしまったら、まだよかったろうにとも考えました。Kの自白に一段落がついた今となって、こっちからまた同じ事を切り出すのは、どう思案しても変でした。私はこの不自然に打ち勝つ方法を知らなかったのです。私の頭は悔恨にゆられてぐらぐらしました。

私はKが再び仕切りの襖《ふすま》をあけて向こうから突進してきてくれればいいと思いました。私に言わせれば、さっきはまるで不意撃ちに会ったも同じでした。私にはKに応ずる準備も何もなかったのです。私は午前に失ったものを、今度は取りもどそうという下心《したごころ》を持っていました。それで時々目を上げて襖をながめました。しかしその襖はいつまでたってもあきません。そうしてKは永久に静かなのです。

そのうち私の頭はだんだんこの静かさにかき乱されるようになってきました。Kは今襖の向こうで何を考えているだろうと思うと、それが気になってたまらないのです。ふだんもこんなふうにお互いが仕切り一枚をあいだに置いて黙り合っている場合はしじゅうあったのですが、私はKが静かであればあるほど、彼の存在を忘れるのがふつうの状態だったのですから、その時の私はよほど調子が狂っていたものとみなければなりません。それでいて私はこっちから進んで襖をあけることができなかったのです。いったん言いそびれた私は、また向こうから働きかけられる時機を待つよりほかにしかたがなかったのです。

しまいに私はじっとしておられなくなりました。むりにじっとしていれば、Kの部屋へ飛び込みたくなるのです。私はしかたなしに立って縁側へ出ました。そこから茶の間へ来て、なんという目的もなく、鉄瓶《てつびん》の湯を湯呑《ゆのみ》についで一杯飲みました。それから玄関へ出ました。私はわざとKの部屋を回避するようにして、こんなふうに自分を往来のまん中に見いだしたのです。私にはむろんどこへ行くというあてもありません。ただじっとしていられないだけでした。それで方角もなにもかまわずに、正月の町を、むやみに歩き回ったのです。私の頭はいくら歩いてもKの事でいっぱいになっていました。私もKを振るい落す気で歩き回るわけではなかったのです。むしろ自分から進んで彼の姿を咀嚼《そしやく》しながらうろついていたのです。

私には第一に彼が解しがたい男のようにみえました。どうしてあんな事を突然私に打ち明けたのか、またどうして打ち明けなければいられないほどに、彼の恋がつのってきたのか、そうして平生の彼はどこに吹き飛ばされてしまったのか、すべて私には解しにくい問題でした。私は彼の強い事を知っていました。また彼のまじめな事を知っていました。私はこれから私の取るべき態度を決する前に、彼について聞かなければならない多くをもっていると信じました。同時にこれからさき彼を相手にするのが変に気味が悪かったのです。私は夢中に町の中を歩きながら、自分の部屋にじっとすわっている彼の容貌《ようぼう》をしじゅう目の前に描き出しました。しかもいくら私が歩いても彼を動かすことはとうていできないのだという声がどこかで聞こえるのです。つまり私には彼が一種の魔物のように思えたからでしょう。私は永久彼にたたられたのではなかろうかという気さえしました。私が疲れて家《うち》へ帰った時、彼の部屋は依然として人気《ひとけ》のないように静かでした。

三八

「私が家へはいるとまもなく俥《くるま》の音が聞こえました。今のようにゴム輪*のない時分でしたから、がらがらいういやな響《ひびき》がかなりの距離でも耳に立つのです。俥はやがて門前で留まりました。

私が夕飯《ゆうめし》に呼び出されたのは、それから三十分ばかりたったあとのことでしたが、まだ奥さんとお嬢さんの晴着《はれぎ》がぬぎ捨てられたまま、次の部屋を乱雑にいろどっていました。二人はおそくなると私たちにすまないというので、飯の支度に間に合うように、急いで帰って来たのだそうです。しかし奥さんの親切はKと私とにとってほとんど無効も同じことでした。私は食卓にすわりながら、言葉を惜しがる人のように、素気《そっけ》ない挨拶《あいさつ》ばかりしていました。Kは私よりもなお寡言《かげん》でした。たまに親子連《づれ》で外出した女二人の気分が、また平生よりはすぐれて晴やかだったので、我々の態度はなおのこと目につきます。奥さんは私にどうかしたのかと聞きました。私は少し心持ちが悪いと答えました。じっさい私は心持ちが悪かったのです。すると今度はお嬢さんがKに同じ問をかけました。Kは私のように心持ちが悪いとは答えません。ただ口がききたくないからだと言いました。お嬢さんはなぜ口がききたくないのかと追窮しました。私はその時ふと重たい瞼《まぶた》を上げてKの顔を見ました。私にはＫがなんと答えるだろうかという好奇心があったのです。Ｋの唇《くちびる》は例のように少しふるえていました。それが知らない人から見ると、まるで返事に迷っているとしか思われないのです。お嬢さんは笑いながらまた何かむずかしい事を考えているのだろうと言いました。Ｋの顔はこころもち薄赤くなりました。

その晩私はいつもより早く床へはいりました。私が食事の時気分が悪いと言ったのを気にして、奥さんは十時ごろ蕎麦湯《そばゆ》を持って来てくれました。しかし私の部屋はもうまっ暗でした。奥さんはおやおやと言って、仕切りの襖を細目にあけました。ランプの光がＫの机から斜《なな》めにぼんやりと私の部屋に差し込みました。Ｋはまだ起きていたものとみえます。奥さんは枕《まくら》もとにすわって、おおかた風邪《かぜ》を引いたのだろうからからだをあっためるがいいと言って、湯呑を顔のそばへ突きつけるのです。私はやむをえず、どろどろした蕎麦湯を奥さんの見ている前で飲みました。

私はおそくなるまで暗い中で考えていました。むろん一つ問題をぐるぐる回転させるだけで、ほかになんの効力もなかったのです。私は突然Ｋが今隣りの部屋で何をしているのだろうと思いだしました。私はなかば無意識においと声をかけました。すると向こうでもおいと返事をしました。Ｋもまだ起きていたのです。私はまだ寝ないのかと襖越しに聞きました。もう寝るという簡単な挨拶がありました。何をしているのだと私は重ねて問いました。今度はＫの答がありません。その代り五、六分たったと思うころに、押入れをがらりとあけて、床を延べる音が手に取るように聞こえました。私はもう何時かとまた尋ねました。Kは一時二十分だと答えました。やがてランプをふっと吹き消す音がして、家じゅうがまっ暗なうちに、しんと静まりました。

しかし私の目はその暗い中でいよいよさえてくるばかりです。私はまたなかば無意識な状態で、おいとKに声をかけました。Kも以前と同じような調子で、おいと答えました。私はけさ彼から聞いた事について、もっと詳しい話をしたいが、彼のつごうはどうだと、とうとうこっちから切り出しました。私はむろん襖越しにそんな談話を交換する気はなかったのですが、Kの返答だけは即座に得られることと考えたのです。ところがKはさっきから二度おいと呼ばれて、二度おいと答えたような素直《すなお》な調子で、今度は応じません。そうだなあと低い声でしぶっています。私はまたはっと思わせられました。

三九

「Kの生返事《なまへんじ》は翌日になっても、その翌日になっても、彼の態度によく現われていました。彼は自分から進んで例の問題に触れようとする気色をけっして見せませんでした。もっとも機会もなかったのです。奥さんとお嬢さんがそろって一日家《うち》をあけでもしなければ、二人はゆっくりおちついて、そういう事を話し合うわけにもいかないのですから。私はそれをよく心得ていました。心得ていながら、変にいらいらしだすのです。その結果はじめは向こうから来るのを待つつもりで、暗に用意をしていた私が、おりがあったらこっちで口を切ろうと決心するようになったのです。

同時に私は黙って家《うち》のものの様子を観察してみました。しかし奥さんの態度にもお嬢さんの素振《そぶ》りにも、べつに平生と変った点はありませんでした。Kの自白以前と自白以後とで、彼らの挙動にこれという差異が生じないならば、彼の自白はたんに私だけに限られた自白で、肝心の本人にも、またその監督者たる奥さんにも、まだ通じていないのはたしかでした。そう考えた時私は少し安心しました。それでむりに機会をこしらえて、わざとらしく話を持ち出すよりは、自然の与えてくれるものを取り逃がさないようにするほうがよかろうと思って、例の問題にはしばらく手をつけずにそっとしておくことにしました。

こういってしまえばたいへん簡単に聞こえますが、そうした心の経過には、潮の満干《みちひ》と同じように、いろいろの高低《たかびく》があったのです。私はKの動かない様子を見て、それにさまざまの意味をつけ加えました。奥さんとお嬢さんの言語動作を観察して、二人の心がはたしてそこに現われているとおりなのだろうかと疑ってもみました。そうして人間の胸の中に装置された複雑な器械が、時計の針のように、明瞭《めいりよう》に偽りなく、盤上の数字をさしうるものだろうかと考えました。要するに私は同じ事をこうも取り、ああも取りしたあげく、ようやくここにおちついたものと思ってください。さらにむずかしくいえば、おちつくなどという言葉は、この際けっして使われた義理でなかったのかもしれません。

そのうち学校がまた始まりました。私たちは時間の同じ日には連れ立って家を出ます。つごうがよければ帰る時にもやはりいっしょに帰りました。外部から見たKと私は、なんにも前と違ったところがないように親しくなったのです。けれども腹の中では、各自《てんでん》に各自のことをかってに考えていたに違いありません。ある日私は突然往来でKに肉薄しました。私が第一に聞いたのは、このあいだの自白が私だけに限られているか、または奥さんやお嬢さんにも通じているかの点にあったのです。私のこれから取るべき態度は、この問に対する彼の答しだいできめなければならないと、私は思ったのです。すると彼はほかの人にはまだだれにも打ち明けていないと明言しました。私は事情が自分の推察どおりだったので、内心うれしがりました。私はKの私より横着《おうちゃく》なのをよく知っていました。彼の度胸にもかなわないという自覚があったのです。けれども一方ではまた妙に彼を信じていました。学資の事で養家を三年も欺いていた彼ですけれども、彼の信用は私に対して少しもそこなわれていなかったのです。私はそれがためにかえって彼を信じだしたくらいです。だからいくら疑い深い私でも、明白な彼の答を腹の中で否定する気は起こりようがなかったのです。

私はまた彼に向かって、彼の恋をどう取り扱うつもりかと尋ねました。それがたんなる自白にすぎないのか、またはその自白についで、実際的の効果をも収める気なのかと問うたのです。しかるに彼はそこになると、なんにも答えません。黙って下を向いて歩きだします。私は彼に隠し立をしてくれるな、すべて思ったとおりを話してくれと頼みました。彼は何も私に隠す必要はないとはっきり断言しました。しかし私の知ろうとする点には、一言の返事も与えないのです。私も往来だからわざわざ立ち留まって底まで突き留めるわけにいきません。ついそれなりにしてしまいました。

四

「ある日私は久し振りに学校の図書館にはいりました。私は広い机の片隅《かたすみ》で窓からさす光線を半身に受けながら、新着の外国雑誌を、あちらこちらとひっくり返して見ていました。私は担任教師から専攻の学科に関して、次の週までにある事項を調べてこいと命ぜられたのです。しかし私に必要な事柄《ことがら》がなかなか見つからないので、私は二度も三度も雑誌を借り替えなければなりませんでした。最後に私はやっと自分に必要な論文を捜し出して、一心にそれを読みだしました。すると突然幅の広い机の向こう側から小さな声で私の名を呼ぶものがあります。私はふと目を上げてそこに立っているKを見ました。Kはその上半身を机の上に折り曲げるようにして、彼の顔を私に近づけました。御承知のとおり図書館ではほかの人のじゃまになるような大きな声で話をするわけにゆかないのですから、Kのこの所作《しょさ》はだれでもやるふつうの事なのですが、私はその時に限って、一種変な心持ちがしました。

Kは低い声で勉強かと聞きました。私はちょっと調べものがあるのだと答えました。それでもKはまだその顔を私から放しません。同じ低い調子でいっしょに散歩をしないかというのです。私は少し待っていればしてもいいと答えました。彼は待っていると言ったまま、すぐ私の前の空席に腰をおろしました。すると私は気が散って急に雑誌が読めなくなりました。なんだかKの胸に一物《いちもつ》があって、談判でもしに来られたように思われてしかたがないのです。私はやむをえず読みかけた雑誌を伏せて、立ち上がろうとしました。Kはおちつきはらってもうすんだのかと聞きます。私はどうでもいいのだと答えて、雑誌を返すとともに、Kと図書館を出ました。

二人《ふたり》はべつに行く所もなかったので、竜岡町《たつおかちよう》から池《いけ》の端《はた》へ出て、上野の公園の中へはいりました。その時彼は例の事件について、突然向こうから口をきりました。前後の様子を総合して考えると、Kはそのために私をわざわざ散歩に引っ張り出したらしいのです。けれども彼の態度はまだ実際的の方面へ向かってちっとも進んでいませんでした。彼は私に向かって、ただ漠然《ばくぜん》と、どう思うと言うのです。どう思うというのは、そうした恋愛の淵《ふち》に陥った彼を、どんな目で私がながめるかという質問なのです。一言《いちごん》でいうと、彼は現在の自分について、私の批判を求めたいようなのです。そこに私は彼の平生《へいぜい》と異なる点を確かに認めることができたと思いました。たびたびくり返すようですが、彼の天性はひとのおもわくをはばかるほど弱くできあがってはいなかったのです。こうと信じたら一人でどんどん進んで行くだけの度胸もあり勇気もある男なのです。養家事件でその特色を強く胸のうちに彫りつけられた私が、これは様子が違うと明らかに意識したのは当然の結果なのです。

私がKに向かって、このさいなんで私の批評が必要なのかと尋ねた時、彼はいつもにも似ない悄然《しょうぜん》とした口調《くちょう》で、自分の弱い人間であるのがじっさい恥ずかしいと言いました。そうして迷っているから自分で自分がわからなくなってしまったので、私に公正な批評を求めるよりほかにしかたがないと言いました。私はすかさず迷うという意味を聞きただしました。彼は進んでいいか退いていいか、それに迷うのだと説明しました。私はすぐ一歩先へ出ました。そうして退こうと思えば退けるのかと彼に聞きました。すると彼の言葉がそこで不意に行き詰まりました。彼はただ苦しいと言っただけでした。じっさい彼の表情には苦しそうなところがありありと見えていました。もし相手がお嬢さんでなかったならば、私はどんなに彼につごうのいい返事を、その渇《かわ》き切った顔の上に慈雨のごとく注いでやったかわかりません。私はそのくらいの美しい同情をもって生まれて来た人間と自分ながら信じています。しかしその時の私は違っていました。

四一

「私はちょうど他流試合でもする人のようにKを注意して見ていたのです。私は、私の目、私の心、私のからだ、すべて私という名のつくものを五分《ぶ》のすきまもないように用意して、Kに向かったのです。罪のないKは穴だらけというよりむしろ明け放しと評するのが適当なくらいに無用心でした。私は彼自身の手から、彼の保管している要塞《ようさい》の地図を受け取って、彼の目の前でゆっくりそれをながめることができたも同じでした。

Kが理想と現実のあいだに彷徨《ほうこう》してふらふらしているのを発見した私は、ただ一打ちで彼を倒すことができるだろうという点にばかり目をつけました。そうしてすぐ彼の虚につけ込んだのです。私は彼に向かって急に厳粛な改まった態度を示しだしました。むろん策略からですが、その態度に相応するくらいな緊張した気分もあったのですから、自分に滑稽《こっけい》だの羞恥《しゅうち》だのを感ずる余裕はありませんでした。私はまず『精神的に向上心のないものはばかだ』と言い放ちました。これは二人で房州を旅行しているさい、Kが私に向かって使った言葉です。私は彼の使ったとおりを、彼と同じような口調で、再び彼に投げ返したのです。しかしけっして復讐《ふくしゅう》ではありません。私は復讐以上に残酷な意味をもっていたということを自白します。私はその一言《いちげん》でKの前に横たわる恋の行手をふさごうとしたのです。

Kは真宗寺《しんしゅうでら》に生まれた男でした。しかし彼の傾向は中学時代からけっして生家の宗旨に近いものではなかったのです。教義上の区別をよく知らない私が、こんな事をいう資格に乏しいのは承知していますが、私はただ男女《なんにょ》に関係した点*についてのみ、そう認めていたのです。Kは昔から精進《しょうじん》という言葉が好きでした。私はその言葉の中に、禁欲という意味もこもっているのだろうと解釈していました。しかしあとで実際を聞いてみると、それよりもまだ厳重な意味が含まれているので、私は驚きました。道のためにはすべてを犠牲にすべきものだというのが彼の第一信条なのですから、摂欲や禁欲はむろん、たとい欲を離れた恋そのものでも道の妨害《さまたげ》になるのです。Kが自活生活をしている時分に、私はよく彼から彼の主張を聞かされたのでした。そのころからお嬢さんを思っていた私は、いきおいどうしても彼に反対しなければならなかったのです。私が反対すると、彼はいつでも気の毒そうな顔をしました。そこには同情よりも侮蔑《ぶべつ》のほうがよけいに現われていました。

こういう過去を二人のあいだに通り抜けて来ているのですから、精神的に向上心のないものはばかだという言葉は、Kにとって痛いに違いなかったのです。しかしまえにも言ったとおり、私はこの一言で、彼がせっかく積み上げた過去をけ散らしたつもりではありません。かえってそれを今までどおり積み重ねてゆかせようとしたのです。それが道に達しようが、天に届こうが、私はかまいません。私はただKが急に生活の方向を転換して、私の利害と衝突するのを恐れたのです。要するに私の言葉はたんなる利己心の発現でした。

『精神的に向上心のないものは、ばかだ』

私は二度同じ言葉をくり返しました。そうして、その言葉がKのうえにどう影響するかを見つめていました。

『ばかだ』とやがて、Kが答えました。『ぼくはばかだ』

Kはぴたりとそこへ立ち留まったまま動きません。彼は地面の上を見つめています。私は思わずぎょっとしました。私にはKがその刹那《せつな》に居直り強盗のごとく感ぜられたのです。しかしそれにしては彼の声がいかにも力に乏しいということに気がつきました。私は彼の目づかいを参考にしたかったのですが、彼は最後まで私の顔を見ないのです。そうして、そろそろとまた歩きだしました。

四二

「私はKと並んで足を運ばせながら、彼の口を出る次の言葉を腹の中で暗に待ち受けました。あるいは待ち伏せといったほうがまだ適当かもしれません。その時の私はたといKをだまし打ちにしてもかまわないくらいに思っていたのです。しかし私にも教育相当の良心はありますから、もしだれか私のそばへ来て、お前は卑怯《ひきよう》だと一言《ひとこと》ささやいてくれるものがあったなら、私はその瞬間に、はっと我に立ち帰ったかもしれません。もしKがその人であったなら、私はおそらく彼の前に赤面したでしょう。ただKは私をたしなめるにはあまりに正直でした。あまりに単純でした。あまりに人格が善良だったのです。目のくらんだ私は、そこに敬意を払うことを忘れて、かえってそこにつけ込んだのです。そこを利用して彼を打ち倒そうとしたのです。

Kはしばらくして、私の名を呼んで私の方を見ました。今度は私のほうでしぜんと足を留めました。するとKも留まりました。私はその時やっとKの目を真向きに見ることができたのです。Kは私より背《せい》の高い男でしたから、私はいきおい彼の顔を見上げるようにしなければなりません。私はそうした態度で、狼《おおかみ》のごとき心を罪のない羊に向けたのです。

『もうその話はやめよう』と彼が言いました。彼の目にも彼の言葉にも変に悲痛なところがありました。私はちょっと挨拶《あいさつ》ができなかったのです。するとKは、『やめてくれ』と今度は頼むように言い直しました。私はその時彼に向かって残酷な答を与えたのです。狼がすきを見て羊の咽喉笛《のどぶえ》へ食らいつくように。

『やめてくれって、ぼくが言いだしたことじゃない、もともと君のほうから持ち出した話じゃないか。しかし君がやめたければ、やめてもいいが、ただ口の先でやめたってしかたがあるまい。君の心でそれをやめるだけの覚悟がなければ。いったい君は君の平生の主張をどうするつもりなのか』

私がこう言った時、背の高い彼はしぜんと私の前に萎縮《いしゆく》して小さくなるような感じがしました。彼はいつも話すとおりすこぶる強情な男でしたけれども、一方ではまた人一倍の正直者でしたから、自分の矛盾《むじゆん》などをひどく非難される場合には、けっして平気でいられない質《たち》だったのです。私は彼の様子を見てようやく安心しました。すると彼は卒然『覚悟？』と聞きました。そうして私がまだなんとも答えないさきに『覚悟、――覚悟ならないこともない』とつけ加えました。彼の調子は独言《ひとりごと》のようでした。また夢の中の言葉のようでした。

二人はそれぎり話を切り上げて、小石川の宿の方に足を向けました。わりあいに風のない暖かな日でしたけれども、なにしろ冬のことですから、公園の中は寂しいものでした。ことに霜に打たれて青味を失った杉の木立《こだち》の茶褐色《ちゃかっしょく》が、薄黒い空の中に、梢《こずえ》を並べてそびえているのを振り返って見た時は、寒さが背中へかじりついたような心持ちがしました。我々は夕暮の本郷台《ほんごうだい》を急ぎ足でどしどし通り抜けて、また向こうの岡へ上《のぼ》るべく小石川の谷へおりたのです。私はそのころになって、ようやく外套《がいとう》の下にからだの温味《あたたかみ》を感じだしたくらいです。

急いだためでもありましょうが、我々は帰り道にはほとんど口を聞きませんでした。家《うち》へ帰って食卓に向かった時、奥さんはどうしておそくなったのかと尋ねました。私はKに誘われて上野へ行ったと答えました。奥さんはこの寒いのにと言って驚いた様子を見せました。お嬢さんは上野に何があったのかと聞きたがります。私は何もないが、ただ散歩したのだという返事だけしておきました。平生から無口なKは、いつもよりなお黙っていました。奥さんが話しかけても、お嬢さんが笑っても、ろくな挨拶はしませんでした。それから飯を飲み込むようにかき込んで、私がまだ席を立たないうちに、自分の部屋へ引き取りました。

四三

「そのころは覚醒《かくせい》とか新しい生活とかいう文字のまだない時分でした。しかしKが古い自分をさらりと投げ出して、一意に新しい方角へ走りださなかったのは、現代人の考えが彼に欠けていたからではないのです。彼には投げ出すことのできないほど尊《たっと》い過去があったからです。彼はそのために今日まで生きてきたといってもいいくらいなのです。だからKが一直線に愛の目的物に向かって猛進しないといって、けっしてその愛のなまぬるい事を証拠立てるわけにはゆきません。いくら熾烈《しれつ》な感情が燃えていても、彼はむやみに動けないのです。前後を忘れるほどの衝動が起こる機会を彼に与えない以上、Kはどうしてもちょっと踏み留《とど》まって自分の過去を振り返らなければならなかったのです。そうすると過去がさし示す道を今までどおり歩かなければならなくなるのです。そのうえ彼には現代人のもたない強情と我慢がありました。私はこの双方の点においてよく彼の心を見抜いていたつもりなのです。

上野から帰った晩は、私にとって比較的安静な夜でした。私はKが部屋へ引き上げたあとを追いかけて、彼の机のそばにすわり込みました。そうしてとりとめもない世間話をわざと彼にしむけました。彼は迷惑そうでした。私の目には勝利の色が多少輝いていたでしょう、私の声にはたしかに得意の響きがあったのです。私はしばらくKと一つ火鉢《ひばち》に手をかざしたあと、自分の部屋に帰りました。ほかの事にかけては何をしても彼に及ばなかった私も、その時だけは恐るるに足りないという自覚を彼に対してもっていたのです。

私はほどなく穏やかな眠りに落ちました。しかし突然私の名を呼ぶ声で目をさましました。見ると、あいだの襖《ふすま》が二尺ばかりあいて、そこにKの黒い影が立っています。そうして彼の部屋には宵のとおりまだ灯火《あかり》がついているのです。急に世界の変った私は、少しのあいだ口をきくこともできずに、ぼうっとして、その光景をながめていました。

その時Kはもう寝たのかと聞きました。Kはいつでもおそくまで起きている男でした。私は黒い影法師のようなKに向かって、何か用かと聞き返しました。Kは大した用でもない、ただもう寝たか、まだ起きているかと思って、便所へ行ったついでに聞いてみただけだと答えました。Kはランプの灯《ひ》を背中に受けているので、彼の顔色や目つきは、まったく私にはわかりませんでした。けれども彼の声はふだんよりもかえっておちついていたくらいでした。

Kはやがてあけた襖をぴたりと立て切りました。私の部屋はすぐもとの暗闇《くらやみ》に帰りました。私はその暗闇より静かな夢を見るべくまた目を閉じました。私はそれぎり何も知りません。しかし翌朝《よくあさ》になって、昨夕《ゆうべ》の事を考えてみると、なんだか不思議でした。私はことによると、すべてが夢ではないかと思いました。それで飯を食う時、Kに聞きました。Kはたしかに襖をあけて私の名を呼んだと言います。なぜそんなことをしたのかと尋ねると、べつにはっきりした返事もしません。調子の抜けたころになって、近ごろは熟睡ができるのかとかえって向こうから私に問うのです。私はなんだか変に感じました。

その日はちょうど同じ時間に講義の始まる時間割りになっていたので、二人はやがていっしょに家《うち》を出ました。けさから昨夕の事が気にかかっている私は、途中でまたKを追窮しました。けれどもKはやはり私を満足させるような答をしません。私はあの事件について何か話すつもりではなかったのかと念を押してみました。Kはそうではないと強い調子で言い切りました。きのう上野で『その話はもうやめよう』と言ったではないかと注意するごとくにも聞こえました。Kはそういう点にかけて鋭い自尊心をもった男なのです。ふとそこに気のついた私は突然彼の用いた『覚悟』という言葉を連想しだしました。すると今までまるで気にならなかったその二字が妙な力で私の頭をおさえはじめたのです。

四四

「Kの果断に富んだ性格は私によく知れていました。彼のこの事件についてのみ優柔な訳も私にはちゃんとのみ込めていたのです。つまり私は一般を心得たうえで、例外の場合をしっかりつらまえたつもりで得意だったのです。ところが『覚悟』という彼の言葉を、頭の中で何べんも咀嚼《そしゃく》しているうちに、私の得意はだんだん色を失って、しまいにはぐらぐら動きはじめるようになりました。私はこの場合もあるいは彼にとって例外でないのかもしれないと思いだしたのです。すべての疑惑、煩悶《はんもん》、懊悩《おうのう》、を一度に解決する最後の手段を、彼は胸の中に畳み込んでいるのではなかろうかと疑ぐりはじめたのです。そうした新しい光で覚悟の二字をながめ返して見た私は、はっと驚きました。その時の私がもしこの驚きをもって、もう一ぺん彼の口にした覚悟の内容を公平に見回したらば、まだよかったかもしれません。悲しいことに私は片眼《めっかち》でした。私はただKがお嬢さんに対して進んで行くという意味にその言葉を解釈しました。果断に富んだ彼の性格が、恋の方面に発揮されるのが、すなわち彼の覚悟だろうといちずに思い込んでしまったのです。

私は私にも最後の決断が必要だという声を心の耳で聞きました。私はすぐその声に応じて勇気を振り起こしました。私はKよりさきに、しかもKの知らないまに、事を運ばなくてはならないと覚悟をきめました。私は黙って機会をねらっていました。しかし二日《ふつか》たっても三日たっても、私はそれをつらまえることができません。私はKのいない時、またお嬢さんの留守《るす》なおりを待って、奥さんに談判を開こうと考えたのです。しかし片方がいなければ、片方がじゃまをするといったふうの日ばかり続いて、どうしても『今だ』と思う好都合が出て来てくれないのです。私はいらいらしました。

一週間の後私はとうとう堪え切れなくなって仮病《けびょう》をつかいました。奥さんからもお嬢さんからも、K自身からも、起きろという催促を受けた私は、生返事《なまへんじ》をしただけで、十時ごろまで蒲団《ふとん》をかぶって寝ていました。私はKもお嬢さんもいなくなって、家の中がひっそり静まったころをみはからって寝床《ねどこ》を出ました。私の顔を見た奥さんは、すぐどこが悪いかと尋ねました。食べ物は枕《まくら》もとへ運んでやるから、もっと寝ていたらよかろうと忠告してくれました。からだに異状のない私は、とても寝る気にはなれません。顔を洗っていつものとおり茶の間で飯を食いました。その時奥さんは長火鉢《ながひばち》の向こう側から給仕をしてくれたのです。私は朝飯とも昼飯とも片づかない茶碗《ちゃわん》を手に持ったまま、どんなふうに問題を切り出したものだろうかと、そればかりに屈託《くったく》していたから、外観からはじっさい気分のよくない病人らしく見えただろうと思います。

私は飯を終《しま》って煙草《たばこ》を吹かしだしました。私が立たないので奥さんも火鉢のそばを離れるわけにゆきません。下女を呼んで膳《ぜん》を下げさせたうえ、鉄瓶《てつびん》に水を注《さ》したり、火鉢の縁をふいたりして、私に調子を合わせています。私は奥さんに特別な用事でもあるのかと問いました。奥さんはいいえと答えましたが、今度は向こうでなぜですと聞き返してきました。私はじつは少し話したいことがあるのだと言いました。奥さんはなんですかと言って、私の顔を見ました。奥さんの調子はまるで私の気分に、はいり込めないような軽いものでしたから、私は次に出すべき文句も少ししぶりました。

私はしかたなしに言葉のうえで、いいかげんにうろつき回った末、Kが近ごろ何か言いはしなかったかと奥さんに聞いてみました。奥さんは思いもよらないというふうをして、『何を？』とまた反問してきました。そうして私の答えるまえに、『あなたには何かおっしやったんですか』とかえって向こうで聞くのです。

四五

「Kから聞かされた打ち明け話を、奥さんに伝える気のなかった私は、『いいえ』と言ってしまったあとで、すぐ自分の嘘《うそ》を快からず感じました。しかたがないから、べつだん何も頼まれた覚えはないのだから、Kに関する用件ではないのだと言い直しました。奥さんは『そうですか』と言って、あとを待っています。私はどうしても切り出さなければならなくなりました。私は突然『奥さん、お嬢さんを私にください』と言いました。奥さんは私の予期してかかったほど驚いた様子も見せませんでしたが、それでもしばらく返事ができなかったものとみえて、黙って私の顔をながめていました。一度言い出した私は、いくら顔を見られても、それに頓着《とんじゃく》などはしていられません。『ください、ぜひください』と言いました。『私の妻としてぜひください』と言いました。奥さんは年を取っているだけに、私よりもずっとおちついていました。『あげてもいいが、あんまり急じゃありませんか』と聞くのです。私が『急にもらいたいのだ』とすぐ答えたら笑いだしました。そうして『よく考えたのですか』と念を押すのです。私は言い出したのは突然でも、考えたのは突然でないという訳を強い言葉で説明しました。

それからまだ二つ三つの問答がありましたが、私はそれを忘れてしまいました。男のようにはきはきしたところのある奥さんは、ふつうの女と違ってこんな場合にはたいへん心持ちよく話のできる人でした。『よござんす、差し上げましょう』と言いました。『差し上げるなんていばった口のきける境遇ではありません。どうぞもらってください。御存じのとおり父親のない哀れな子です』とあとでは向こうから頼みました。話は簡単でかつ明瞭《めいりょう》に片づいてしまいました。最初からしまいまでにおそらく十五分とはかからなかったでしょう。奥さんはなんの条件も持ち出さなかったのです。親類に相談する必要もない、あとから断わればそれでたくさんだと言いました。本人の意向さえたしかめるに及ばないと明言しました。そんな点になると、学問をした私のほうが、かえって形式に拘泥《こうでい》するくらいに思われたのです。親類はとにかく、当人にはあらかじめ話して承諾を得るのが順序らしいと私が注意した時、奥さんは『大丈夫です。本人が不承知のところへ、私があの子をやるはずがありませんから』と言いました。

自分の部屋へ帰った私は、事のあまりにわけもなく進行したのを考えて、かえって変な気持ちになりました。はたして大丈夫なのだろうかという疑念さえ、どこからか頭の底にはい込んできたくらいです。けれども大体のうえにおいて、私の未来の運命は、これで定められたのだという観念が私のすべてを新たにしました。

私は昼ごろまた茶の間へ出かけて行って、奥さんに、けさの話をお嬢さんにいつ通じてくれるつもりかと尋ねました。奥さんは、自分さえ承知していれば、いつ話してもかまわなかろうというようなことを言うのです。こうなるとなんだか私よりも相手のほうが男みたようなので、私はそれぎり引き込もうとしました。すると奥さんが私を引き留めて、もし早いほうが希望ならば、きょうでもいい、稽古《けいこ》から帰って来たら、すぐ話そうと言うのです。私はそうしてもらうほうがつごうがいいと答えてまた自分の部屋に帰りました。しかし黙って自分の机の前にすわって、二人のこそこそ話を遠くから聞いている私を想像してみると、なんだかおちついていられないような気もするのです。私はとうとう帽子をかぶって表へ出ました。そうしてまた坂の下でお嬢さんに行き合いました。なんにも知らないお嬢さんは私を見て驚いたらしかったのです。私が帽子をとって『今お帰り』と尋ねると、向こうではもう病気はなおったのかと不思議そうに聞くのです。私は『ええなおりました、なおりました』と答えて、ずんずん水道橋《すいどうばし》の方へ曲がってしまいました。

四六

「私は猿楽町《さるがくちょう》から神保町《じんぼうちょう》の通りへ出て、小川町《おがわまち》の方へ曲がりました。私がこの界隈《かいわい》を歩くのは、いつも古本屋をひやかすのが目的でしたが、その日は手づれのした書物などをながめる気が、どうしても起こらないのです。私は歩きながら絶えず家《うち》の事を考えていました。私にはさっきの奥さんの記憶がありました。それからお嬢さんが家《うち》へ帰ってからの想像がありました。私はつまりこの二つのもので歩かせられていたようなものです。そのうえ私は時々往来のまん中で我知らずふと立ち留まりました。そうして今ごろは奥さんがお嬢さんにもうあの話をしている時分だろうなどと考えました。またある時は、もうあの話がすんだころだとも思いました。

「私はとうとう万世橋《まんせいばし》を渡って、明神《みょうじん》の坂を上がって、本郷台へ来て、それからまた菊坂《きくざか》をおりて、しまいに小石川の谷へおりたのです。私の歩いた距離はこの三区にまたがって、いびつな円を描いたともいわれるでしょうが、私はこの長い散歩のあいだ、ほとんどKの事を考えなかったのです。今その時の私を回顧して、なぜだと自分に聞いてみてもいっこうわかりません。ただ不思議に思うだけです。私の心がKを忘れうるくらい、一方に緊張していたとみればそれまでですが、私の良心がまたそれを許すべきはずはなかったのですから。

Kに対する私の良心が復活したのは、私が家《うち》の格子をあけて、玄関から座敷へ通る時、すなわち例のごとく彼の部屋を抜けようとした瞬間でした。彼はいつものとおり机に向かって書見をしていました。彼はいつものとおり書物から目を放して、私を見ました。しかし彼はいつものとおり今帰ったのかとは言いませんでした。彼は『病気はもういいのか、医者へでも行ったのか』と聞きました。私はその刹那《せつな》に、彼の前に手を突いてあやまりたくなったのです。しかも私の受けたその時の衝動はけっして弱いものではなかったのです。もしKと私がたった二人曠野《こうや》のまん中にでも立っていたならば、私はきっと良心の命令に従って、その場で彼に謝罪したろうと思います。しかし奥には人がいます。私の自然はすぐそこで食い留められてしまったのです。そうして悲しいことに永久に復活しなかったのです。

夕飯《ゆうめし》の時Kと私はまた顔を合わせました。なんにも知らないKはただ沈んでいただけで、少しも疑い深い目を私に向けません。なんにも知らない奥さんはいつもよりうれしそうでした。私だけがすべてを知っていたのです。私は鉛《なまり》のような飯を食いました。その時お嬢さんはいつものようにみんなと同じ食卓に並びませんでした。奥さんが催促すると、次の部屋でただ今と答えるだけでした。それをKは不思議そうに聞いていました。しまいにどうしたのかと奥さんに尋ねました。奥さんはおおかたきまりが悪いのだろうと言って、ちょっと私の顔を見ました。Kはなお不思議そうに、なんできまりが悪いのかと追窮しにかかりました。奥さんは微笑しながらまた私の顔を見るのです。

私は食卓についたはじめから、奥さんの顔つきで、事のなりゆきをほぼ推察していました。しかしKに説明を与えるために、私のいる前で、それをことごとく話されてはたまらないと考えました。奥さんはまたそのくらいのことを平気でする女なのですから、私はひやひやしたのです。さいわいKはまた元の沈黙に帰りました。平生より多少機嫌《きげん》のよかった奥さんも、とうとう私の恐れをいだいている点までは話を進めずにしまいました。私はほっと一息して部屋へ帰りました。しかし私がこれからさきKに対して取るべき態度は、どうしたものだろうか、私はそれを考えずにはいられませんでした。私はいろいろの弁護を自分の胸でこしらえてみました。けれどもどの弁護もKに対して面と向かうには足りませんでした。卑怯《ひきょう》な私はついに自分で自分をKに説明するのがいやになったのです。

四七

「私はそのまま二、三日過ごしました。その二、三日のあいだKに対する絶えざる不安が私の胸を重くしていたのはいうまでもありません。私はただでさえなんとかしなければ、彼にすまないと思ったのです。そのうえ奥さんの調子や、お嬢さんの態度が、しじゅう私を突っつくように刺激するのですから、私はなおつらかったのです。どこか男らしい気性をそなえた奥さんは、いつ私の事を食卓でKにすっぱぬかないともかぎりません。それ以来ことに目立つように思えた私に対するお嬢さんの挙止動作も、Kの心を曇らす不審の種《たね》とならないとは断言できません。私はなんとかして、私とこの家族とのあいだに成り立った新しい関係を、Kに知らせなければならない位置に立ちました。しかし倫理的に弱点をもっていると、自分で自分を認めている私には、それがまた至難の事のように感ぜられたのです。

私はしかたがないから、奥さんに頼んでKに改めてそう言ってもらおうかと考えました。むろん私のいない時にです。しかしありのままを告げられては、直接と間接の区別があるだけで、面目のないのに変りはありません。といって、こしらえ事を話してもらおうとすれば、奥さんからその理由を詰問されるにきまっています。もし奥さんにすべての事情を打ち明けて頼むとすれば、私は好んで自分の弱点を自分の愛人とその母親の前にさらけ出さなければなりません。まじめな私には、それが私の未来の信用に関するとしか思われなかったのです。結婚するまえから恋人の信用を失うのは、たとい一分一厘でも、私には堪え切れない不幸のようにみえました。

要するに私は正直な道を歩くつもりで、つい足をすべらしたばかものでした。もしくは狡猾《こうかつ》な男でした。そうしてそこに気のついているものは、今のところただ天と私の心だけだったのです。しかし立ち直って、もう一歩前へ踏み出そうとするには、今すべったことをぜひとも周囲の人に知られなければならない窮境に陥ったのです。私はあくまですべった事を隠したがりました。同時に、どうしても前へ出ずにはいられなかったのです。私はこのあいだにはさまってまた立ちすくみました。
五、六日たったのち、奥さんは突然私に向かって、Kにあの事を話したかと聞くのです。私はまだ話さないと答えました。するとなぜ話さないのかと、奥さんが私をなじるのです。私はこの問の前に固くなりました。その時奥さんが私を驚かした言葉を、私は今でも忘れずに覚えています。
『道理でわたしが話したら変な顔をしていましたよ。あなたもよくないじゃありませんか、平生あんなに親しくしている間柄《あいだがら》だのに、黙って知らん顔をしているのは』

私はKがその時何か言いはしなかったかと奥さんに聞きました。奥さんはべつだんなんにも言わないと答えました。しかし私は進んでもっと細かい事を尋ねずにはいられませんでした。奥さんはもとより何も隠すわけがありません。大した話もないがと言いながら、一々Kの様子を語って聞かせてくれました。

奥さんの言うところを総合して考えてみると、Kはこの最後の打撃を、最もおちついた驚きをもって迎えたらしいのです。Kはお嬢さんと私とのあいだに結ばれた新しい関係について、最初はそうですかとただ一口言っただけだったそうです。しかし奥さんが、『あなたも喜んでください』と述べた時、彼ははじめて奥さんの顔を見て微笑をもらしながら、『おめでとうございます』と言ったまま席を立ったそうです。そうして茶の間の障子をあけるまえに、また奥さんを振り返って、『結婚はいつですか』と聞いたそうです。それから『何かお祝いをあげたいが、私は金がないからあげることができません』と言ったそうです。奥さんの前にすわっていた私は、その話を聞いて胸がふさがるような苦しさを覚えました。

四八

「勘定してみると奥さんがKに話をしてからもう二日《ふつか》余りになります。そのあいだKは私に対して少しも以前と異なった様子を見せなかったので、私はまったくそれに気がつかずにいたのです。彼の超然とした態度はたとい外観だけにもせよ、敬服に値すべきだと私は考えました。彼と私を頭の中で並べてみると、彼のほうがはるかにりっぱに見えました。『おれは策略で勝っても人間としては負けたのだ』という感じが私の胸に渦巻《うずま》いて起こりました。私はその時さぞKが軽蔑していることだろうと思って、一人で顔をあからめました。しかしいまさらKの前に出て、恥をかかせられるのは、私の自尊心にとって大いな苦痛でした。

私が進もうかよそうかと考えて、ともかくもあくる日まで待とうと決心したのは土曜の晩でした。ところがその晩に、Kは自殺して死んでしまったのです。私は今でもその光景を思い出すとぞっとします。いつも東枕《ひがしまくら》で寝る私が、その晩にかぎって、偶然西枕《にしまくら》に床を敷いたのも、何かの因縁かもしれません。私は枕もとから吹き込む寒い風でふと目をさましたのです。見ると、いつも立て切ってあるKと私の部屋との仕切りの襖《ふすま》が、このあいだの晩と同じくらいあいています。けれどもこのあいだのように、Kの黒い姿はそこには立っていません。私は暗示を受けた人のように、床の上に肱《ひじ》を突いて起き上がりながら、きっとKの部屋をのぞきました。ランプが暗くともっているのです。それで床も敷いてあるのです。しかし掛蒲団《かけぶとん》ははね返されたように裾《すそ》の方に重なり合っているのです。そうしてK自身は向こうむきに突っ伏しているのです。

私はおいと言って声をかけました。しかしなんの答もありません。おいどうしたのかと私はまたKを呼びました。それでもKのからだはちっとも動きません。私はすぐ起き上がって、敷居ぎわまで行きました。そこから彼の部屋の様子を、暗いランプの光で見回してみました。

その時私の受けた第一の感じは、Kから突然恋の自白を聞かされた時のそれとほぼ同じでした。私の目は彼の部屋の中を一目見るやいなや、あたかもガラスで作った義眼のように、動く能力を失いました。私は棒立《ぼうだ》ちに立ちすくみました。それが疾風のごとく私を通過したあとで、私はまたああしまったと思いました。もう取り返しがつかないという黒い光が、私の未来を貫いて、一瞬間に私の前に横たわる全生涯《ぜんしょうがい》をものすごく照らしました。そうして私はがたがたふるえだしたのです。

それでも私はついに私を忘れることができませんでした。私はすぐ机の上に置いてある手紙に目をつけました。それは予期どおり私の名あてになっていました。私は夢中で封を切りました。しかし中には私の予期したような事はなんにも書いてありませんでした。私は私にとってどんなにつらい文句がその中に書きつらねてあるだろうと予期したのです。そうして、もしそれが奥さんやお嬢さんの目に触れたら、どんなに軽蔑されるかもしれないという恐怖があったのです。私はちょっと目を通しただけで、まず助かったと思いました。(もとより世間体《せけんてい》のうえだけで助かったのですが、その世間体がこの場合、私にとっては非常な重大事件に見えたのです)。

手紙の内容は簡単でした。そうしてむしろ抽象的でした。自分は薄志弱行でとうてい行《ゆ》く先《さき》の望みがないから、自殺するというだけなのです。それから今まで私に世話になった礼が、ごくあっさりした文句でそのあとにつけ加えてありました。世話ついでに死後の片付《かたづけ》方《かた》も頼みたいという言葉もありました。奥さんに迷惑をかけてすまんからよろしく詫《わび》をしてくれという句もありました。国もとへは私から知らせてもらいたいという依頼もありました。必要な事はみんな一口ずつ書いてあるなかにお嬢さんの名前だけはどこにも見えません。私はしまいまで読んで、すぐKがわざと回避したのだということに気がつきました。しかし私のもっと痛切に感じたのは、最後に墨の余りで書き添えたらしく見える、もっと早く死ぬべきだのになぜ今まで生きていたのだろうという意味の文句でした。

私はふるえる手で、手紙を巻き収めて、再び封の中へ入れました。私はわざとそれをみんなの目につくように、元のとおり机の上に置きました。そうして振り返って襖にほとばしっている血潮をはじめて見たのです。

四九

「私は突然Kの頭を抱えるように両手で少し持ち上げました。私はKの死顔《しにがお》が一目見たかったのです。しかしうつぶしになっている彼の顔を、こうして下からのぞき込んだ時、私はすぐその手を放してしまいました。ぞっとしたばかりではないのです。彼の頭が非常に重たく感ぜられたのです。私は上から今さわった冷たい耳と、平生に変らない五分刈りの濃い髪の毛をしばらくながめていました。私は少しも泣く気にはなれませんでした。私はただ恐ろしかったのです。そうしてその恐ろしさは、目の前の光景が官能を刺激して起こる単調な恐ろしさばかりではありません。私は忽然《こつぜん》と冷たくなったこの友だちによって暗示された運命の恐ろしさを深く感じたのです。

私はなんの分別もなくまた私の部屋に帰りました。そうして八畳の中をぐるぐる回りはじめました。私の頭は無意味でも当分そうして動いていろと私に命令するのです。私はどうかしなければならないと思いました。同時にもうどうすることもできないのだと思いました。座敷の中をぐるぐる回らなければいられなくなったのです。檻《おり》の中へ入れられた熊《くま》のような態度で。

私は時々奥へ行って奥さんを起こそうという気になります。けれども女にこの恐ろしいありさまを見せては悪いという心持ちがすぐ私をさえぎります。奥さんはとにかく、お嬢さんを驚かすことは、とてもできないという強い意志が私をおさえつけます。私はまたぐるぐる回りはじめるのです。

私はそのあいだに自分の部屋のランプをつけました。それから時計をおりおり見ました。その時の時計ほど埒《らち》のあかないおそいものはありませんでした。私の起きた時間は、正確にわからないのですけれども、もう夜明けにまもなかったことだけは明らかです。ぐるぐる回りながら、その夜明けを待ちこがれた私は、永久に暗い夜が続くのではなかろうかという思いに悩まされました。

我々は七時まえに起きる習慣でした。学校は八時に始まることが多いので、それでないと授業にまにあわないのです。下女はその関係で六時ごろに起きるわけになっていました。しかしその日私が下女を起こしに行ったのはまだ六時まえでした。すると奥さんがきょうは日曜だと言って注意してくれました。奥さんは私の足音で目をさましたのです。私は奥さんに目がさめているなら、ちょっと私の部屋まで来てくれと頼みました。奥さんは寝巻《ねまき》の上へ不断着《ふだんぎ》の羽織を引っかけて、私のあとについて来ました。私は部屋へはいるやいなや、今まであいていた仕切りの襖《ふすま》をすぐ立て切りました。そうして奥さんにとんだ事ができたと小声で告げました。奥さんはなんだと聞きました。私は顋《あご》で隣りの部屋をさすようにして、『驚いちゃいけません』と言いました。奥さんは青い顔をしました。『奥さん、Kは自殺しました』と私がまた言いました。奥さんはそこに居すくまったように、私の顔を見て黙っていました。その時私は突然奥さんの前へ手を突いて頭を下げました。『すみません。私が悪かったのです。あなたにもお嬢さんにもすまないことになりました』とあやまりました。私は奥さんと向かい合うまで、そんな言葉を口にする気はまるでなかったのです。しかし奥さんの顔を見た時不意に我とも知らずそう言ってしまったのです。Kにあやまることのできない私は、こうして奥さんとお嬢さんにわびなければいられなくなったのだと思ってください。つまり私の自然が平生の私を出し抜いてふらふらと懺悔《ざんげ》の口を開かしたのです。奥さんがそんな深い意味に、私の言葉を解釈しなかったのは私にとってさいわいでした。青い顔をしながら、『不慮の出来事ならしかたがないじゃありませんか』となぐさめるように言ってくれました。しかしその顔には驚きと恐れとが彫りつけられたように、硬く筋肉をつかんでいました。

五〇

「私は奥さんに気の毒でしたけれども、また立って今しめたばかりの唐紙《からかみ》をあけました。その時Kのランプに油が尽きたとみえて、部屋《へや》の中はほとんどまっ暗でした。私は引き返して自分のランプを手に持ったまま、入口に立って奥さんを顧みました。奥さんは私の後から隠れるようにして、四畳の中をのぞき込みました。しかしはいろうとはしません。そこはそのままにしておいて、雨戸《あまど》をあけてくれと私に言いました。

それからあとの奥さんの態度は、さすがに軍人の未亡人だけあって要領を得ていました。私は医者の所へも行きました。また警察へも行きました。しかしみんな奥さんに命令されて行ったのです。奥さんはそうした手続のすむまで、だれもKの部屋へは入れませんでした。

Kは小さなナイフで頸動脈《けいどうみゃく》を切って一息に死んでしまったのです。ほかに創《きず》らしいものはなんにもありませんでした。私が夢のような薄暗い灯《ひ》で見た唐紙の血潮は、彼の首筋から一度にほとばしったものと知れました。私は日中の光で明らかにそのあとを再びながめました。そうして人間の血のいきおいというもののはげしいのに驚きました。

奥さんと私はできるだけのてぎわとくふうを用いて、Kの部屋を掃除《そうじ》しました。彼の血潮の大部分は、さいわいに彼の蒲団《ふとん》に吸収されてしまったので、畳はそれほどよごれないですみましたから、後始末《あとしまつ》はまだ楽でした。二人は彼の死骸《しがい》を私の部屋に入れて、ふだんのとおり寝ている体《てい》に横にしました。私はそれから彼の実家へ電報を打ちに出たのです。

私が帰った時は、Kの枕もとにもう線香が立てられていました。部屋へはいるとすぐ仏臭い煙で鼻をうたれた私は、その煙の中にすわっている女二人《ふたり》を認めました。私がお嬢さんの顔を見たのは、昨夜来この時がはじめてでした。お嬢さんは泣いていました。奥さんも目を赤くしていました。事件が起こってからそれまで泣くことを忘れていた私は、その時ようやく悲しい気分に誘われることができたのです。私の胸はその悲しさのために、どのくらいくつろいだかしれません。苦痛と恐怖でぐいと握り締められた私の心に、一滴の潤いを与えてくれたものは、その時の悲しさでした。

私は黙って二人のそばにすわっていました。奥さんは私にも線香を上げてやれと言います。私は線香を上げてまた黙ってすわっていました。お嬢さんは私にはなんとも言いません。たまに奥さんと一口二口言葉をかわすことがありましたが、それは当座の用事についてのみでした。お嬢さんにはKの生前について語るほどの余裕がまだ出て来なかったのです。私はそれでも昨夜《ゆうべ》のものすごいありさまを見せずにすんでまだよかったと心のうちで思いました。若い美しい人に恐ろしいものを見せると、せっかくの美しさが、そのために破壊されてしまいそうで私はこわかったのです。私の恐ろしさが私の髪の毛の末端まで来た時ですら、私はその考えを度外に置いて行動することはできませんでした。私にはきれいな花を罪もないのにみだりに鞭《むち》うつと同じような不快がそのうちにこもっていたのです。

国もとからKの父と兄が出て来た時、私はKの遺骨をどこへ埋めるかについて自分の意見を述べました。私は彼の生前に雑司《ぞうし》ケ谷《や》近辺をよくいっしょに散歩したことがあります。Kにはそこがたいへん気に入っていたのです。それで私は冗談《じょうだん》半分に、そんなに好きなら死んだらここへ埋めてやろうと約束した覚えがあるのです。私も今その約束どおりKを雑司ケ谷へ葬ったところで、どのくらいの功徳《くどく》になるものかとは思いました。けれども私は私の生きているかぎり、Kの墓の前にひざまずいて月々私の懺悔《ざんげ》を新たにしたかったのです。今までかまいつけなかったKを、私が万事世話をして来たという義理もあったのでしょう、Kの父も兄も私の言うことを聞いてくれました。

五一

「Kの葬式の帰り道に、私はその友人の一人《ひとり》から、Kがどうして自殺したのだろうという質問を受けました。事件があって以来私はもう何度となくこの質問で苦しめられていたのです。奥さんもお嬢さんも、国から出て来たKの父兄も、通知を出した知り合いも、彼とはなんの縁故もない新聞記者までも、必ず同様の質問を私にかけないことはなかったのです。私の良心はそのたびにちくちく刺されるように痛みました。そうして私はこの質問の裏に、早くお前が殺したと白状してしまえという声を聞いたのです。

私の答はだれに対しても同じでした。私はただ彼の私あてで書き残した手紙をくり返すだけで、ほかに一口もつけ加えることはしませんでした。葬式の帰りに同じ問をかけて、同じ答を得たKの友人は、懐《ふところ》から一枚の新聞を出して私に見せました。私は歩きながらその友人によってさし示された個所を読みました。それにはKが父兄から勘当《かんどう》された結果厭《えん》世的《せいてき》な考えを起こして自殺したと書いてあるのです。私はなんにも言わずに、その新聞を畳んで友人の手に返しました。友人はこのほかにもKが気が狂って自殺したと書いた新聞があると言って教えてくれました。忙がしいので、ほとんど新聞を読む暇がなかった私は、まるでそうした方面の知識を欠いていましたが、腹の中ではしじゅう気にかかっていたところでした。私は何よりも家《うち》のものの迷惑になるような記事の出るのを恐れたのです。ことに名前だけにせよお嬢さんが引合いに出たらたまらないと思っていたのです。私はその友人にほかになんとか書いたのはないかと聞きました。友人は自分の目についたのは、ただその二種ぎりだと答えました。

　私が今おる家へ引っ越したのはそれからまもなくでした。奥さんもお嬢さんもまえの所にいるのをいやがりますし、私もその夜《よ》の記憶を毎晩くり返すのが苦痛だったので、相談のうえ移ることにきめたのです。

　移って二か月ほどしてから私は無事に大学を卒業しました。卒業して半年《はんとし》もたたないうちに、私はとうとうお嬢さんと結婚しました。外側から見れば、万事が予期どおりに運んだのですから、めでたいといわなければなりません。奥さんもお嬢さんもいかにも幸福らしく見えました。私も幸福だったのです。けれども私の幸福には黒い影がついていました。私はこの幸福が最後に私を悲しい運命に連れて行く導火線ではなかろうかと思いました。

　結婚した時お嬢さんが、――もうお嬢さんではありませんから、妻《さい》と言います。――妻が、何を思い出したのか、二人《ふたり》でKの墓参りをしようと言い出しました。私は意味もなくただぎょっとしました。どうしてそんな事を急に思い立ったのかと聞きました。妻は二人そろってお参りをしたら、Kがさぞ喜ぶだろうと言うのです。私は何事も知らない妻の顔をしげしげながめていましたが、妻からなぜそんな顔をするのかと問われてはじめて気がつきました。

私は妻《さい》の望みどおり二人連れ立って雑司ヶ谷へ行きました。私は新しいKの墓へ水をかけて洗ってやりました。妻はその前へ線香と花を立てました。二人は頭を下げて、合掌しました。妻はさだめて私といっしょになった顛末《てんまつ》を述べてKに喜んでもらうつもりでしたろう。私は腹の中で、ただ自分が悪かったとくり返すだけでした。

その時妻はKの墓をなでてみてりっぱだと評していました。その墓は大したものではないのですけれども、私が自分で石屋へ行って見立てたりした因縁があるので、妻は特にそう言いたかったのでしょう。私はその新しい墓と、新しい私の妻と、それから地面の下に埋《うず》められたKの新しい白骨とを思い比べて、運命の冷罵《れいば》を感ぜずにはいられなかったのです。私はそれ以後けっして妻といっしょにKの墓参りをしないことにしました。

五二

「私の亡友に対するこうした感じはいつまでも続きました。じつは私もはじめからそれを恐れていたのです。年来の希望であった結婚すら、不安のうちに式をあげたといえばいえないこともないでしょう。しかし自分で自分の先が見えない人間のことですから、ことによるとあるいはこれが私の心持ちを一転して新しい生涯にはいる端緒《いとぐち》になるかもしれないとも思ったのです。ところがいよいよ夫として朝夕妻と顔を合わせてみると、私のはかない希望はてきびしい現実のためにもろくも破壊されてしまいました。私は妻と顔を合わせているうちに、卒然Kにおびやかされるのです。つまり妻が中間に立って、Kと私をどこまでも結びつけて離さないようにするのです。妻のどこにも不足を感じない私は、ただこの一点において彼女を遠ざけたがりました。すると女の胸にはすぐそれが映ります。映るけれども、理由はわからないのです。私は時々妻からなぜそんなに考えているのだとか、何か気に入らないことがあるのだろうとかいう詰問を受けました。笑ってすませる時はそれでさしつかえないのですが、時によると、妻の癇《かん》も高じてきます。しまいには『あなたは私をきらっていらっしゃるんでしょう』とか、『なんでも私に隠していらっしゃる事があるに違いない』とかいう怨言《えんげん》も聞かなくてはなりません。私はそのたびに苦しみました。

私はいっそ思い切って、ありのままを妻に打ち明けようとしたことが何度もあります。しかしいざというまぎわになると、自分以外のある力が不意に来て私をおさえつけるのです。私を理解してくれるあなたのことだから、説明する必要もあるまいと思いますが、話すべき筋だから話しておきます。その時分の私は妻に対して己《おのれ》を飾る気はまるでなかったのです。もし私が亡友に対すると同じような善良な心で、妻の前に懺悔《ざんげ》の言葉を並べたなら、妻はうれし涙をこぼしても私の罪を許してくれたに違いないのです。それをあえてしない私に利害の打算があるはずはありません。私はただ妻の記憶に暗黒な一点を印するに忍びなかったから打ち明けなかったのです。純白なものに一雫《ひとしずく》のインキでも容赦なく振りかけるのは、私にとってたいへんな苦痛だったのだと解釈してください。

一年たってもKを忘れることのできなかった私の心は常に不安でした。私はこの不安を駆逐するために書物におぼれようとつとめました。私は猛烈ないきおいをもって勉強しはじめたのです。そうしてその結果を世の中に公《おおやけ》にする日の来るのを待ちました。けれどもむりに目的をこしらえて、むりにその目的の達せられる日を待つのは嘘《うそ》ですから不愉快です。私はどうしても書物の中に心を埋めていられなくなりました。私はまた腕組みをして世の中をながめだしたのです。

妻はそれを今日《こんにち》に困らないから心にたるみが出るのだと観察していたようでした。妻の家にも親子二人ぐらいはすわっていてどうかこうか暮らしてゆける財産があるうえに、私も職業を求めないでさしつかえのない境遇にいたのですから、そう思われるのももっともです。私もいくぶんかスポイルされた気味がありましょう。しかし私の動かなくなった原因のおもなものは、まったくそこにはなかったのです。叔父《おじ》に欺かれた当時の私は、ひとの頼みにならないことをつくづくと感じたには相違ありませんが、ひとを悪くとるだけあって、自分はまだ確かな気がしていました。世間はどうあろうともこのおれはりっぱな人間だという信念がどこかにあったのです。それがKのためにみごとに破壊されてしまって、自分もあの叔父と同じ人間だと意識した時、私は急にふらふらしました。ひとに愛想《あいそ》を尽かした私は、自分にも愛想を尽かして動けなくなったのです。

五三

「書物の中に自分を生埋めにすることのできなかった私は、酒に魂を浸して、己を忘れようと試みた時期もあります。私は酒が好きだとは言いません。けれども飲めば飲める質《たち》でしたから、ただ量を頼みに心を盛りつぶそうとつとめたのです。この浅薄な方便はしばらくするうちに私をなお厭世的にしました。私は爛酔《らんすい》のまっ最中にふと自分の位置に気がつくのです。自分はわざとこんなまねをして己を偽っている愚物だという事に気がつくのです。すると身振いとともに目も心もさめてしまいます。時にはいくら飲んでもこうした仮装状態にさえはいり込めないで、むやみに沈んで行く場合も出て来ます。そのうえ技巧で愉快を買ったあとには、きっと沈鬱《ちんうつ》な反動があるのです。私は自分の最も愛している妻《さい》とその母親に、いつでもそこを見せなければならなかったのです。しかも彼らは彼らに自然な立場から私を解釈してかかります。

妻の母は時々気まずい事を妻に言うようでした。それを妻は私に隠していました。しかし自分は自分で、単独に私を責めなければ気がすまなかったらしいのです。責めるといっても、けっして強い言葉ではありません。妻から何か言われたために、私が激したためしはほとんどなかったくらいですから。妻はたびたびどこが気に入らないのか遠慮なく言ってくれと頼みました。それから私の未来のために酒をやめろと忠告しました。ある時は泣いて『あなたはこのごろ人間が違った』と言いました。それだけならまだいいのですけれども、『Kさんが生きていたら、あなたもそんなにはならなかったでしょう』と言うのです。私はそうかもしれないと答えたことがありましたが、私の答えた意味と、妻の了解した意味とはまったく違っていたのですから、私は心のうちで悲しかったのです。それでも私は妻に何事も説明する気にはなれませんでした。

私は時々妻にあやまりました。それは多く酒に酔っておそく帰ったあくる日の朝でした。妻は笑いました。あるいは黙っていました。たまにぽろぽろと涙を落とすこともありました。私はどっちにしても自分が不愉快でたまらなかったのです。だから私の妻にあやまるのは、自分にあやまるのとつまり同じ事になるのです。私はしまいに酒をやめました。妻の忠告でやめたというより、自分でいやになったからやめたと言ったほうが適当でしょう。

酒はやめたけれども、何もする気にはなりません。しかたがないから書物を読みます。しかし読めば読んだなりで、うちやっておきます。私は妻からなんのために勉強するのかという質問をたびたび受けました。私はただ苦笑していました。しかし腹の底では、世の中で自分が最も信愛しているたった一人の人間すら、自分を理解していないのかと思うと、悲しかったのです。理解させる手段があるのに、理解させる勇気が出せないのだと思うとますます悲しかったのです。私は寂寞《せきばく》でした。どこからも切り離されて世の中にたった一人住んでいるような気のしたこともよくありました。

同時に私はKの死因をくり返しくり返し考えたのです。その当座は頭がただ恋の一字で支配されていたせいでもありましょうが、私の観察はむしろ簡単でしかも直線的でした。Kはまさしく失恋のために死んだものとすぐきめてしまったのです。しかしだんだんおちついた気分で、同じ現象に向かってみると、そうたやすくは解決がつかないように思われてきました。現実と理想の衝突、——それでもまだ不十分でした。私はしまいにKが私のようにたった一人で寂《さむ》しくってしかたがなくなった結果、急に処決したのではなかろうかと疑いだしました。そうしてまたぞっとしたのです。私もKの歩いた道を、Kと同じようにたどっているのだという予覚が、おりおり風のように私の胸を横ぎりはじめたからです。

五十四

「そのうち妻《さい》の母が病気になりました。医者に見せるととうていなおらないという診断でした。私は力の及ぶかぎり懇切に看護をしてやりました。これは病人自身のためでもありますし、また愛する妻のためでもありましたが、もっと大きな意味からいうと、ついに人間のためでした。私はそれまでにも何かしたくってたまらなかったのだけれども、何もすることができないので、やむをえず懐手《ふところで》をしていたに違いありません。世間と切り離された私が、はじめて自分から手を出して、いくぶんでも善《い》い事をしたという自覚を得たのはこの時でした。私は罪滅ぼしとでも名づけなければならない、一種の気分に支配されていたのです。

母は死にました。私と妻はたった二人ぎりになりました。妻は私に向かって、これから世の中で頼りにするものは一人しかなくなったと言いました。自分自身さえ頼りにすることのできない私は、妻の顔を見て思わず涙ぐみました。そうして妻を不幸な女だと思いました。また不幸な女だと口へ出しても言いました。妻はなぜだと聞きます。妻には私の意味がわからないのです。私もそれを説明してやることができないのです。妻は泣きました。私がふだんからひねくれた考えで彼女を観察しているために、そんな事も言うようになるのだと恨みました。

母の亡《な》くなったあと、私はできるだけ妻を親切に取り扱ってやりました。ただ当人を愛していたからばかりではありません。私の親切には個人を離れてもっと広い背景があったようです。ちょうど妻の母の看護をしたと同じ意味で、私の心は動いたらしいのです。妻は満足らしく見えました。けれどもその満足のうちには、私を理解しえないために起こるぼんやりした希薄な点がどこかに含まれているようでした。しかし妻が私を理解しえたにしたところで、この物足りなさは増すとも減る気づかいはなかったのです。女には大きな人道の立場から来る愛情よりも、多少義理をはずれても自分だけに集注される親切をうれしがる性質が、男よりも強いように思われますから。

妻はある時、男の心と女の心とはどうしてもぴたりと一つになれないものだろうかと言いました。私はただ若い時ならなれるだろうと曖昧《あいまい》な返事をしておきました。妻は自分の過去を振り返ってながめているようでしたが、やがてかすかなため息をもらしました。

私の胸にはその時分から時々恐ろしい影がひらめきました。はじめはそれが偶然外から襲って来るのです。私は驚きました。私はぞっとしました。しかししばらくしているうちに、私の心がそのものすごいひらめきに応ずるようになりました。しまいには外から来ないでも、自分の胸の底に生まれた時から潜んでいるもののごとくに思われだしてきたのです。私はそうした心持ちになるたびに、自分の頭がどうかしたのではなかろうかと疑ぐってみました。けれども私は医者にもだれにも診てもらう気にはなりませんでした。

私はただ人間の罪というものを深く感じたのです。その感じが私をKの墓へ毎月行かせます。その感じが私に妻の母の看護をさせます。そうしてその感じが妻に優しくしてやれと私に命じます。私はその感じのために、知らない路傍の人から鞭《むち》たれたいとまで思ったこともあります。こうした階段をだんだん経過してゆくうちに、人に鞭たれるよりも、自分で自分を鞭つべきだという気になります。自分で自分を鞭つよりも、自分で自分を殺すべきだという考えが起こります。私はしかたがないから、死んだ気で生きていこうと決心しました。

私がそう決心してから今日まで何年になるでしょう。私と妻とは元のとおり仲好く暮してきました。私と妻とはけっして不幸ではありません、幸福でした。しかし私のもっている一点、私にとっては容易ならんこの一点が、妻には常に暗黒に見えたらしいのです。それを思うと、私は妻に対して非常に気の毒な気がします。

五五

「死んだつもりで生きて行こうと決心した私の心は、時々外界の刺激でおどり上がりました。しかし私がどの方面かへ切って出ようと思い立つやいなや、恐ろしい力がどこからか出て来て、私の心をぐいと握り締めて少しも動けないようにするのです。そうしてその力が私にお前は何をする資格もない男だとおさえつけるように言って聞かせます。すると私はその一言《いちげん》ですぐぐたりとしおれてしまいます。しばらくしてまた立ち上がろうとすると、また締めつけられます。私は歯を食いしばって、なんでひとのじゃまをするのかとどなりつけます。不可思議な力は冷ややかな声で笑います。自分でよく知っているくせにと言います。私はまたぐたりとなります。

波瀾《はらん》も曲折もない単調な生活を続けてきた私の内面には、常にこうした苦しい戦争があったものと思ってください。妻が見てはがゆがるまえに、私自身が何層倍はがゆい思いを重ねてきたかしれないくらいです。私がこの牢屋《ろうや》のうちにじっとしていることがどうしてもできなくなった時、またその牢屋をどうしても突き破ることができなくなった時、畢竟《ひっきょう》私にとっていちばん楽な努力で遂行できるものは自殺よりほかにないと私は感ずるようになったのです。あなたはなぜといって目をみはるかもしれませんが、いつも私の心を握り締めに来るその不可思議な恐ろしい力は、私の活動をあらゆる方面で食い留めながら、死の道だけを自由に私のためにあけておくのです。動かずにいればともかくも、少しでも動く以上は、その道を歩いて進まなければ私には進みようがなくなったのです。

私は今日に至るまですでに二、三度運命の導いて行く最も楽な方向へ進もうとしたことがあります。しかし私はいつでも妻に心をひかされました。そうしてその妻をいっしょに連れて行く勇気はむろんないのです。妻にすべてを打ち明けることのできないくらいな私ですから、自分の運命の犠牲として、妻の天寿《てんじゅ》を奪うなどという手荒な所作《しょさ》は、考えてさえ恐ろしかったのです。私に私の宿命があるとおり、妻には妻の回り合わせがあります。二人を一束《ひとたば》にして火にくべるのは、無理という点から見ても、痛ましい極端としか私には思えませんでした。

同時に私だけがいなくなったあとの妻を想像してみるといかにも不憫《ふびん》でした。母の死んだ時、これから世の中で頼りにするものは私よりほかになくなったと言った彼女の述懐を、私は腸《はらわた》にしみ込むように記憶させられていたのです。私はいつも躊躇《ちゅうちょ》しました。妻の顔を見て、よしてよかったと思うこともありました。そうしてまたじっとすくんでしまいます。そうして妻から時々物足りなそうな目でながめられるのです。

記憶してください。私はこんなふうにして生きてきたのです。はじめてあなたに鎌倉《かまくら》で会った時も、あなたといっしょに郊外を散歩した時も、私の気分に大した変りはなかったのです。私の後にはいつでも黒い影がくっついていました。私は妻《さい》のために、命を引きずって世の中を歩いていたようなものです。あなたが卒業して国へ帰る時も同じことでした。九月になったらまたあなたに会おうと約束した私は、嘘《うそ》をついたのではありません。まったく会う気でいたのです。秋が去って、冬が来て、その冬が尽きても、きっと会うつもりでいたのです。

すると夏の暑い盛りに明治天皇が崩御《ほうぎょ》になりました。その時私は明治の精神が天皇に始まって天皇に終ったような気がしました。最も強く明治の影響を受けた私どもが、そのあとに生き残っているのは畢竟時勢遅れだという感じがはげしく私の胸を打ちました。私はあからさまに妻にそう言いました。妻は笑って取り合いませんでしたが、何を思ったものか、突然私に、では殉死でもしたらよかろうとからかいました。

五六

「私は殉死という言葉をほとんど忘れていました。平生使う必要のない字だから、記憶の底に沈んだまま、腐れかけていたものとみえます。妻の冗談を聞いてはじめてそれを思い出した時、私は妻に向かってもし自分が殉死するならば、明治の精神に殉死するつもりだと答えました。私の答もむろん冗談にすぎなかったのですが、私はその時なんだか古い不要な言葉に新しい意義を盛りえたような心持ちがしたのです。

それから約一か月ほどたちました。御大葬の夜私はいつものとおり書斎にすわって、あいずの号砲を聞きました。私にはそれが明治が永久に去った報知のごとく聞こえました。あとで考えると、それが乃木大将の永久に去った報知にもなっていたのです。私は号外を手にして、思わず妻に殉死だ殉死だと言いました。

私は新聞で乃木大将の死ぬまえに書き残していったものを読みました。西南戦争の時敵に旗を奪《と》られて以来、申し訳のために死のう死のうと思って、つい今日まで生きていたという意味の句を見た時、私は思わず指を折って、乃木さんが死ぬ覚悟をしながら生きながらえてきた年月《としつき》を勘定してみました。西南戦争は明治十年ですから、明治四十五年までには三十五年の距離があります。乃木さんはこの三十五年のあいだ死のう死のうと思って、死ぬ機会を待っていたらしいのです。私はそういう人にとって、生きていた三十五年が苦しいか、また刀を腹へ突き立てた一刹那《いっせつな》が苦しいか、どっちが苦しいだろうと考えました。

それから二、三日して、私はとうとう自殺する決心をしたのです。私に乃木さんの死んだ理由がよくわからないように、あなたにも私の自殺する訳が明らかにのみ込めないかもしれませんが、もしそうだとすると、それは時勢の推移から来る人間の相違だからしかたがありません。あるいは個人のもって生まれた性格の相違といったほうが確かかもしれません。私は私のできるかぎりこの不可思議な私というものを、あなたにわからせるように、今までの叙述で己を尽したつもりです。

私は妻を残して行きます。私がいなくなっても妻に衣食住の心配がないのはしあわせです。私は妻に残酷な驚怖を与えることを好みません。私は妻に血の色を見せないで死ぬつもりです。妻の知らないまに、こっそりこの世からいなくなるようにします。私は死んだあとで、妻から頓死《とんし》したと思われたいのです。気が狂ったと思われても満足なのです。

私が死のうと決心してから、もう十日以上になりますが、その大部分はあなたにこの長い自叙伝の一節を書き残すために使用されたものと思ってください。はじめはあなたに会って話をする気でいたのですが、書いてみると、かえってそのほうが自分をはっきり描き出すことができたような心持ちがしてうれしいのです。私は酔興《すいきょう》に書くのではありません。私を生んだ私の過去は、人間の経験の一部分として、私よりほかにだれも語りうるものはないのですから、それを偽りなく書き残しておく私の努力は、人間を知るうえにおいて、あなたにとっても、ほかの人にとっても、徒労ではなかろうと思います。渡辺華山《わたなべかざん》は邯鄲《かんたん》という画《え》*を描《か》くために、死期を一週間くり延べたという話をついせんだって聞きました。ひとから見たらよけいな事のようにも解釈できましょうが、当人にはまた当人相応の要求が心の中にあるのだからやむをえないとも言われるでしょう。私の努力もたんにあなたに対する約束を果すためばかりではありません。なかば以上は自分自身の要求に動かされた結果なのです。

しかし私は今その要求を果しました。もうなんにもする事はありません。この手紙があなたの手に落ちるころには、私はもうこの世にはいないでしょう。とくに死んでいるでしょう。妻は十日ばかりまえから市ヶ谷の叔母《おば》の所へ行きました。叔母が病気で手が足りないというから私が勧めてやったのです。私は妻の留守《るす》のあいだに、この長いものの大部分を書きました。時々妻が帰って来ると、私はすぐそれを隠しました。

私は私の過去を善悪ともにひとの参考に供するつもりです。しかし妻だけはたった一人の例外だと承知してください。私は妻にはなんにも知らせたくないのです。妻が己の過去に対してもつ記憶を、なるべく純白に保存しておいてやりたいのが私の唯一の希望なのですから、私が死んだあとでも、妻が生きている以上は、あなたかぎりに打ち明けられた私の秘密として、すべてを腹の中にしまっておいてください」

注釈

九＊中国　中国地方のこと。山陽・山陰両地方の総称で、岡山・広島・山口・島根・鳥取の五県をさす。

一〇＊長谷辺　鎌倉の町の南部、海岸に近いあたりで、「長谷大仏」「長谷観音」などで知られる。

＊塩はゆい　塩からい。

一一＊ホテル　海浜院をさす。明治二十年（一八八七）七月、虚弱児童の体質改良、肺癆その他諸病の療養所として建てられ、のちホテルとして名士の家族や外国人などに多数利用されたことが、当時の新聞などにみられる。

一九＊依撤伯拉（イザベラ）Isabella（英）。スペインの女性などによくあるイザベル（Isabel）の英語式発音。

＊一切衆生悉有仏生　あらゆる人間が心のうちにみな仏の性質をもっているという仏教精神の一つを表した語。「仏生」は普通「仏性」と書く。

＊安得烈　ドイツではAndree、フランスではAndreと書く。

＊アイロニー　irony（英）。皮肉。風刺。

＊御影　御影石のこと。神戸《こうべ》市東灘区《ひがしなだく》御影地方で、背後の六甲山脈《ろっこうさんみゃく》から花崗岩を多量に産するため、花崗岩一般についての俗称となった。

三三＊私々　「私達」の誤りか。

三四＊新橋　新橋停車場。その後の貨物専用の「汐留駅《しおどめ》」のこと。明治五年（一八七二）わが国最初の鉄道が敷かれるとともに設けられ、やがて東海道本線の起点として大正三年（一九一四）まで存続した。なお、現在の「新橋駅」は大正三年まで「烏森駅」と称されていた。

三五＊大学出身　東京帝国大学卒業の学士のこと。

四五＊自由と独立と……　明治三十八、九年（一九〇五、六）の断片に漱石は「現代ハパーソナリチーの出来ルダケ膨張する世なり而して自由の世なり。（中略）彼等は自由ヲ主張シ個人主義ヲ主張シ、パーソナリチーの独立ト発展とを主張シタル結果世の中の存外窮屈にて滅多ニ身動キモナラヌヿ《こと》ヲ発見セルト同時ニコノ傾向ヲドコマデモ拡大セネバ自己の意思の自由を害スルヿ《こと》非常なり」などと書きつけている。

五〇＊空の杯　つまり中味のない空論を熱心にやりとりすることを、酒席で見かける状景にたくしていった皮肉。献酬は杯のやりとり。

五六＊情合　愛情の状態。

五九＊大根　ものごとの根本原因。

六八＊のつそつ　体を前後に伸ばしたりそりかえしたり。たいくつで、手もちぶさたなさまをいう。

＊儒者の家へ……　まったく異種の二つのものがまぎれこむ様子のたとえ。徳川幕府の御用学者である儒

者と国禁のキリスト教との対比によってその効果を出したもの。

七六＊霧島　霧島つつじ。九州の霧島付近に野生するのでこの名がある。高さは一メートルから五メートルくらいで、五月ごろ紅色などの花が咲く。

七八＊あたじけなく　けちくさく。

七九＊持ち合ってる　病状がそれ以上悪くならないで、一定の状態を保ち持っていること。

八一＊口気　口調。くちぶり。

九〇＊過去の因果　仏教思想から出た語で、過去の行いの善悪により、その後の運命がきまることをいう。

九九＊老少不定　人の命数は定まりがなく、死期は年齢によって予知できないという意味の語。

一二五＊切下げ　切下髪。髪の端を首のあたりで切りそろえてたばね垂らす、昔の老人や未亡人の髪型。

一三一＊百円ぐらい　米一升の小売値段は一等米二十五銭二厘、四等米二十二銭四厘。明治三十九年（一九〇六）文化科卒業の森田米松（草平）は翌年やっと中学教師として一週六時間、月額二十円の報酬、大正五年（一九一六）文科卒の芥川龍之介は同年海軍機関学校の教官として月俸六十円、同年の久米正雄は医事雑誌の編集で四十円である。百円が誇大であることがわかろう。

一三七＊輪廻　梵語《ぼんご》 samsara の訳語。あらゆる生あるものの魂は転々と他のものに生まれかわり、あたかも車輪がまわるように、はじめも終わりもなく迷いの世界をめぐりつづけるという意味の仏教語。

一三三＊二六時中　明六つと暮六つ（朝夕の六時）を合わせての意味で、一日中、一昼夜を意味する。

一三四＊心得　ここでは、下心、心づもりの意味。

一五三＊とくに　とっくに、すでに、の意味。

一六五＊マン・オフ・ミーンズ　man of means（英）。財産家。

一七〇＊布衍　意義を他にのべひろげて通用させること。

一七六＊叔父は……　漱石は明治四十、四十一年（一九〇七、八）ごろの断片に小説の構想として「×A甥ノ財産ヲ管理ス。事業ニ失敗ス。財産ヲ流用ス。之ヲ弁償セントシテ成ラズ。甥成長シテ財産ノ譲渡シヲ請求ス。A言葉ヲ左右ニシテ荏苒《じんぜん》日ヲ送ル。甥Aヲ以テ悪漢トス。冷刻トス。Aノ煩悶」と書き留めている。

一七九＊本郷台　旧本郷区（現在、文京区）一帯の高台で、東は上野、西は小石川、南は駿河台に接している。

＊伝通院　文京区小石川三丁目にある浄土宗の寺で、足利時代初期に了誉上人が建立し、無量山寿経寺という。のち、家康の母を葬ったため徳川氏の菩提所《ぼだいじょ》として栄えた。

＊砲兵工廠　関東大震災まで現在の後楽園あたりにあった陸軍造兵廠のこと。

一八三＊唐めいた趣味　詩・書画・茶などを好む中国風の風流趣味。

一九九＊木原店　当時、また、その後の東急百貨店北側のあたりにあった寄席「木原亭」のこと。

二〇五＊大観音　文京区向丘二町目光源寺には、奈良の長谷寺の本尊を写した十一面観音像がある。

二二五＊幽谷から……　『詩経』（殷から春秋時代までの三百十一編の詩を孔子が編したといわれるもの）の「小雅」編にある「幽谷より出て喬木に遷《うつ》る」の文句によったもので、鳥が深い谷間から高い木に飛びうつるように、環境が一時に変わったことをいったもの。

二一八＊取りつき把　とりつくしま。ここでは、うちとけて話しあういとぐちをいう。

二二四＊シュエデンボルグ　Emanuel Swedenborg（一六八八―一七七二）スウェーデンの哲学者・神秘思想家。心霊研究により、新エルサレム教会という一派を開いた。

二二九＊道学の余習　儒教の道徳などを学んだ習慣の残り。

二三一＊そこ一里　旅人が道程をたずねると土地の者がすぐそこと教えたが、一里もあったという意味の諺。

二三六＊軍鶏　本所回向《えこう》院（墨田区両国二―八―一〇）のそばに、今も「坊主軍鶏」という評判の鳥肉屋がある。

二四一＊糠る海　ふつう「泥濘《ぬかるみ》」と書く。

二五三＊ゴム輪　人力車には、明治四十年（一九〇七）以後になってはじめてゴムの車輪が使用されるようになったが、明治四十二年十二月一日中外商業に「護謨輪の俥ならでは乗つた気がせぬと云ふ今日此頃……」などと書かれている。

二六〇＊男女に関係した点　浄土真宗では僧侶にも妻帯を許していることをさす。

二七四＊鉛のような飯　気分がすぐれず、御飯の味がわからなかったことのたとえ。

三〇〇＊邯鄲という画　中国の有名な故事「邯鄲の夢」に材を得た絵。「邯鄲夢裡図」。崋山が割腹自殺する前一日に仕上げた作品で、この一図によりわが夢の一生を記念したという。

解説

夏目漱石——人と作品

宮井一郎

一　文学的胎動

恵まれないおいたち　夏目漱石ほどその内質において人と作品が密着している文学者は、日本ではおそらく他にないであろう。したがって、その人を語ることはほとんどそのまま彼の文学を語ることである。たとえば、四十歳をすぎて子を生むことは女の恥であるとか、その子を生家で育てると母親は死ぬるというふうな古い迷信や習慣のために、当時（慶応三年）の江戸郊外（現新宿区喜久井町）の草分け名主の五男に生まれながら、誕生と同時に四谷の方へ里子に出されたとか、その里親が露店商人であったため幼い漱石をざるに入れて夜店のかたわらに置いていたとか、それを偶然に通りかかった姉が見つけて連れて帰ったとか、である。また、その後新宿の名主塩原昌之助の養子にやられ、養父母それぞれの利己的な思惑から、両方から甘やかされて育ったとか、その養父母の醜い利己心を幼い漱石はおぼろげに感じ取っていたとか、その養父母の不仲からやがて養母が離縁されたた

明治25年ころの漱石

め九歳のとき実家へ引き取られたが、実父母をおじいさんおばあさんと呼ぶようにしつけられていたとか、等々である。そういう不自然な、したがって伸び伸びした自由の少しもない幼少年時代を経て成長したことは、生来純粋で感受性の強い漱石をして、自然と自由を求めるためには、ほとんどその全生命をかけても悔いない人間に育てあげたということはいなみえない事実であった。『道草』はその直接な具体的な表白であるが、そのほかの彼のすべての作品も、また朝日新聞入社とか、あるいは博士号辞退問題などに端的に示されているその人間としての行住も、すべてそこに由来しているのだということからもそれをみることができるのである。

文学的開眼　漱石が十七歳で大学予備門予科に入学して二十六歳で帝国大学文科大学英文学科を卒業するまでの間に、中村是公、芳賀矢一、正岡子規、山川信次郎、菊池謙二郎、米山保三郎というふうな、後年それぞれの部門で第一流の人物となった人と親交を結んだことは、彼の人間と文学の形成について直接間接に実に量ることのできない影響を与えたのであって、このこともそのおいたちとともに記憶しなければならないことである。中でものちに満鉄総裁になった中村是公については、漱石とは全く異質な磊落奔放《らいらくほんぽう》な自由な生活から、人間的に大いに学ぶところがあったので、そのことは、『それから』の代助の兄、『彼岸過迄』の田口、『明暗』のお延の叔父《おじ》である岡本などにあざやかに利用されているのである。また、正岡子規によって青年時代の孤独を慰められ、そこから文学への最初の開眼を導かれたことは周知の通りである。この文学的開眼を注目しそこに漱石の本質を洞察《どうさつ》して、最初建築科志望であった漱石を説いて英文科に転じさせたのは米山保三郎である。彼は夭折《ようせつ》したため世間的には名をなさなかったが、その慧眼《けいがん》は忘れるわけにはいかないのである。漱石の作品の重要な一側面である精緻《せいち》な構築性はこの建築志願と決して無縁ではないのだから。

教育は当人のため　漱石は大学在学中に、「老子の哲学」「文壇に於《お》ける平等主義の代表者『ウォルト、ホイットマン』Walt Whitman の詩について」「英国詩人の天地山川に対する観念」あるいは「中学改良策」などを書いている。「中学改良策」はおのおの学科の配合に至るまできわめて具体的に書いたものであるが、その根本理念は、「理論上より言えば教育はただ教育を受くる当人の為《ため》にするのみ」という点にあって、「国家のために」という目的すら否定するような非常に自由な基盤に立っているのである。その他の文章もすべて人間の自然あるいは自由を翹望《ぎょうぼう》する心情に発したものであることはその表題を見ただけでも明らかであろう。彼の性情がここまで成長してきたことを証しているのである。

自由模索の呻吟　明治二十六年帝大卒業と同時に、漱石は高等師範学校の英語講師となったが、わずかに二か年足らずでここを辞して四国の松山中学の教師に転じている。いうまでもなく、高師は当時の普通教育の大本山である。そこから片いなかの中学への自発的な転任はとうてい常識では律しきれないものである。失恋の結果とか、給与の問題とかいろいろいわれているが最大の原因は、彼の自然や自由を求めてやまない心が、高師の教育勅語一辺倒的な空気に堪えられなかったのであろう。そのことは「坊っちゃん」の冒頭がこれを証している。この作品は舞台や事件は松山にとっているが、その主題は高師の生活に胚胎《はいたい》しているのである。

松山中学も在任一年で明治二十九年に熊本第五高等学校に転じて、明治三十三年ここから英国へ留学するのである。この熊本時代に短いものではあるが注目すべき文章「人生」を龍南会の雑誌に発表している。これは一般に漱石の「暗い深淵」の表白のように考えられているものであるが、実は彼の本能ともいうべき自由模索の呻吟《しんぎん》の、まことに素朴な表現なのである。

三十三歳から三十六歳にかけての英国留学中の漱石は、文字通り寝食を節して、のちに『文学論』としてまとめたものの資料の収集と整理に没頭したのであって、彼はここではじめて幼時から親しんできた「左国史漢」の東洋的な文学思想から近代思想への脱皮を遂げることができたのである。

鏡子と作品　漱石は熊本五高在勤中の明治二十九年、当時の貴族院書記官長中根重一の長女鏡子と結婚している。このことも漱石の「人と作品」を語るためには欠くわけにゆかない。もちろん結婚が人間にとって重要な事件であるということもあるが、同時に漱石の作品の多くのヒロインがこの鏡子をモデルとして生まれているからである。『猫』の苦沙弥の細君や、『道草』のお住が全面的にそうであるのは当然のことであるが、『虞美人草』の藤尾、『三四郎』の美禰子、『彼岸過迄』の千代子、『行人』の直子、『明暗』のお延、これらの女性像の創造には多かれ少なかれすべて鏡子にヒントを得ているのである。そのほか漱石の女性観については、彼の十四歳のとき死去した実母千枝と、それからちょうど十年のちに他界した嫂《あによめ》(直矩妻)の影響を忘れることはできない。前者については『硝子戸の中』に、後者についてはその死去の当時正岡子規にあてた長文の書簡に、その切々たる敬慕の情を心をこめてしるしているのである。小説においては『それから』『門』『行人』『こゝろ』のヒロインはこの両女の面影に負うところが多いのである。

二　初期の文学

新しい開幕の告知　帰朝後の漱石は、第一高等学校の教授、並びに東京帝国大学文科大学講師として教壇に立ち、一面では高浜虚子に勧められて『吾輩は猫である』の第一章を執筆、明治三十八年一月これを「ホトトギス」に発表した。日本の近代文学において最初ともいうべき、皮肉と風刺と諧謔《かいぎゃく》に富んだこの作品は、大いに世間のかっさいを博したので、引き続いて翌三十九年にかけて第十一章まで書いてこれを完結し、それと並行して『倫敦塔』『カーライル博物館』『幻影の盾』『琴のそら音』『一夜』『薤露行』『趣味の遺伝』『坊っちゃん』『草枕』『二百十日』『野分』などをやつぎばやに発表した。そのすべての作品は豊饒《ほうじょう》な内容と絢爛《けんらん》たる文章によって一世を風靡《ふうび》したのである。これを当時のジャーナリズムが見のがすはずはなかった。いろいろな曲折のすえ、明治四十年漱石は朝日新聞に入社した。その第一作が『虞美人草』である。この作品は文字通り洛陽《らくよう》の紙価を高からしめたもので、虞美人草模様の服飾品が売り出されるありさまであった。しかし、脱

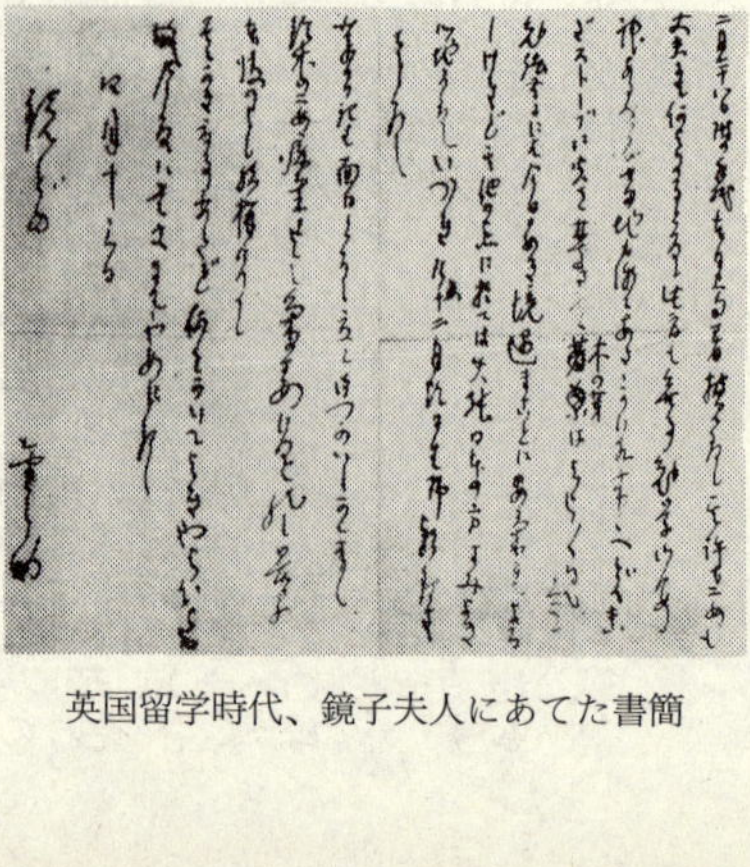

英国留学時代、鏡子夫人にあてた書簡

稿後ふり返ってみると、漱石内心の文学的良心は、この作品をどうしても肯定することができなかった。明らかに文学的には失敗作である。漱石は後年高原操に送った手紙でそのことを明記している。漱石は自己の文学の転回を心の底深く期するところがあったのである。

そして、このような漱石の初期文学の幕を閉じて、新しい開幕を告知するのが実に『坑夫』と、その次に書かれた『夢十夜』である。『坑夫』はそれまでの漱石の文学方法の主流を成していたロマンチシズムを、ここである程度後退せしめ漱石的なナチュラリズムによってそれを補うという、新しい創作方法による試行的な作品である。そのことは談話筆記「『坑夫』の作意と自然派伝奇派の交渉」に明らかである。また、『夢十夜』はそういう時点の作者の内部の深層を、十夜の夢に託したものであって、爾後《じご》の『三四郎』から『明暗』に至る作品群と、深い底辺で微妙な照応を示しているものである。つまり、この『坑夫』と『夢十夜』は漱石の文学のより内面を志向する第一回の転回の重要な結節点を成すものなのである。

三　後期の文学

我執の文学　以上で漱石の初期の文学は終わり、次いで『三四郎』以下『こゝろ』に至る本格的な近代文学に到達するのである。しかし、それも修善寺大患（明治四十三年）を

『彼岸過迄』初版本

中間項としてそれ以前の『三四郎』『それから』『門』の三作は、主として恋愛感情における自然・自由を高唱したものであり、あとの『彼岸過迄』『行人』『こゝろ』の三編は、同じく恋愛感情を扱いながら、人間の内部にわだかまる醜い我執の姿を執拗《しつよう》に追及しているのであって、作品のモチーフはかなり異なっているのである。これは前記の修善寺大患の予後において、はからずも至福ともいうべき自由の境地を体験した漱石が、その自由の対極の観念である我執を剔抉《てっけつ》して、人間生活のゆるぎない至福を明らかにしようとした、まことに倫理的な意図によるものであって、作品はそれぞれにある程度成功しているのであるが、ここで留意すべきは『行人』執筆の中途で、漱石の生涯で最も暗い人生観上の危機——切実に死を思うほどの厭世観《えんせいかん》に捕えられたことである。それは約半年間『行人』の執筆を中絶せしめたほどに深刻なものである。彼はそういう深淵を内部に懐抱しながら、それでもかろうじて『行人』を完結し、翌大正三年には次の『こゝろ』をも書き上げているのである。だから、この二つの作品の中には、そういう暗い翳《かげ》が基調底音のように響いている。

則天去私の世界　このような深淵を漱石がともかくも超克しえたのは、大正四年『道草』執筆の直前になってからである。そのことは当時の『断片』や『硝子戸の中』『道草』などを精緻に検討してゆけば明瞭《めいりよう》に跡づけることができるのであって、彼はそこでベルグソンの哲学に導かれながら、「自然の論理」という思念に到達したのである。これは漱石の若年からの理念である、自然あるいは自由の究極地で、それらをきわめてメカニカルなものとして認識したものである。これを簡単に要約することはまことに困難であるが、いわば自然の意志、運行、摂理をつらぬく論理ともいうべきもので、人間の存在もその論理の枠外のものではない。したがって人間の生活もその論理に随順すべきである、という人間実存の第一義諦に到達したのである。だから強《し》いてこれを西欧的に表現すれば、創造主である神の意志というふうにみることもできるし、東洋的には天という言葉に集約することもできるものである。漱石がこの時点で「則天去私」という識語を愛用したのも、実にここに由来するのであって、この識語は言い替えれば、「自然の論理に則《のっと》って私を去る」ということなのである。だから、これは「自然の論理」という認識と、それに「則って私を去る」という倫理の融合したものである。

　これはまた、そのまま晩年の漱石の文学方法ともなったもので、『道草』および『明暗』は実に謙虚に「私を去って」「自然の論理に則って」作中人物を捕捉《ほそく》解析し、それを豊麗な文質を駆使して描き出したものである。これは認識と倫理と芸術のまことに幸福な婚姻である。この間の消息を漱石は「倫理的にして始めて芸術的なり、真に芸術的なものは必ず倫理的なり」と、『明暗』執筆中に『断片』の中に書いている。

かくして漱石は、『明暗』を書き継ぐべき原稿用紙を机上に広げたまま、大正五年十二月九日午後六時四十五分永眠したのである。

なお、人間としての漱石については、その神経症のことに触れなければならない。これは鏡子夫人が『漱石の思い出』に書き、その他専門医家の説もあり、最近にも千谷七郎氏の『漱石の病蹟《びょうせき》』があるが、それらの論証をふまえた上で、私はなおそういう説に否定的である。これはことごとしく病気といいたてるほどのものではなく、文学者ならばほとんど必ずといってもよいほどに具有している内攻的な過敏な神経の発露にすぎないものであるというのがきわめて平凡な私の見解である。

（一九六八・一一・二三）

作品解説

中村 明（早稲田大学教授）

この作品が小説「こゝろ」として定着するまでには多少の曲折があったようだ。岩波書店の漱石全集によれば、牛込早稲田南町の漱石、夏目金之助が大正三年三月三十日に、長谷川如是《にょぜ》閑《かん》の兄にあたる東京朝日新聞の記者、笑月こと山本松之助に宛てた書簡に「今度は短篇をいくつか書いて見たいと思ひます、その一つ一つには違つた名をつけて行く積ですが予告の必要上全体の題が御入用かとも存じます故それを「心《こゝろ》」と致して置きます」と記し、この部分が四月十六日付の東京朝日新聞に小説予告「心」として掲載された。

新聞連載の始まったのは四月二十日で、最終回の八月十一日まで計百十回に及んだ。その第一回の冒頭に作品名「心《こゝろ》」、次に副題として「先生《せんせい》の遺書《ゐしょ》」と記された。岩波書店所蔵の自筆原稿でも同様で、一行目に「心《こゝろ》」、二行目に「先生の遺書」とあるという。

連載がかなり進んでから同じ山本松之助宛ての七月十三日の手紙に「私の小説も短篇が意外の長編になつて」云々《うんぬん》と書き、二日後に「私は小説を書くと丸で先の見えない盲目と同じ事で何《ど》の位で済むか見当がつかないのです夫《それ》で短篇をいくつも書《かく》といつた広告が長篇になつたやうな次第です」と書いたあと、「先生の遺書」の「仕舞には其旨《そのむね》を書き添へて読者に詫《わ》びる積《つもり》で居ります」と、当初の計画の変更を表明することばを記している。

連載完結後の九月、著者自身の装丁で岩波書店から単行本として刊行。「序」に「当時の予告には数種の短篇を合してそれに『心』といふ標題を冠《かぶ》らせる積だと読者に断わったのであるが、其短篇の第一に当る『先生の遺書』を書き込んで行くうちに、予想通り早く片が付かない事を発見したので」、その作品「一篇丈《だけ》を単行本に纏《まと》めて公けにする方針に模様がへをした」と書き、その一篇も「独立したやうな又関係の深いやうな三個の姉妹篇から組み立てられてゐる以上、私はそれを『先生と私』、『両親と私』、『先生と遺書』とに区別して、全体に『心』といふ見出しを付けても差支《さしつかえ》ないやうに思つたので、題は元の儘《まま》にして置いた」と事情説明をしている。

つまり、「心」という共通のテーマの連作短篇を書く予定だったが、最初の短篇のはずだった「先生の遺書」があまり長くなったため、それを独立させて単行本としたのだ。予定変更が生じたのは、それだけ漱石がこの作品に力を注いだ結果だともいえるだろう。

新聞連載で正題「心」、副題「先生の遺書」となっていた作品名は、単行本の初版では函《はこ》と表紙と扉に「心」、背表紙や右ページの柱に「こゝろ」と印刷され、大正六年五月刊行の縮刷版でも統一されていないという。この事実は、文字よりも音にこだわった漱石が「心」という作品名を確実に「こゝろ」と読ませるように心を配ったことを思わせる。

この作品は高校二年用のほとんどの教科書で採用されてきた。それほど国民必読の小説として評価が高い。以後の主要作品は随筆『硝子戸《ガラスど》の中《うち》』、小説『道草』、未完の小説『明暗』程度にすぎず、病没の二年半前、晩年の漱石が度重なる胃潰瘍《いかいよう》の発作に苦しみ、自らの死を見つめながら、ほとんど遺書のつもりで心血を注いだ作品だったかもしれない。

これほどに読者を惹《ひ》きつけるのはむろん、青春の恋の悩みと死という素材の普遍性のせいもある。信頼を裏切った他人に失望し、友情を裏切った自分にも絶望した人間が、妻にさえ打ち明けられない罪悪感と死に後れたという意識を抱きながら、ひたすら死に場所を探し続け、ついに自らの命を絶つ。そういう人類の永遠のテーマを真剣に見すえつつ根源的な問題に取り組んだ力作だったことはさらに大きい。一方、その題材や主題が巧みに生きるように語った漱石文学の表現力も見逃せない。その点を具体例で確認しておこう。

まずは作品の構成である。全体の約半分を占める後半の先生自身の遺書さえあれば、題材や主題は読者に一応伝わる。しかし、情報として必須《ひっす》ではない「先生と私」と「両親と私」とをその前に置くことで、作品に時間的・構造的な奥行が生まれた。「先生と遺書」の部分だけを短篇として発表したら、ある一人物の挫折《ざせつ》の告白は他人の話として平面的に読まれやすい。その外側に遺書の中の「私」とは別の他者としての「私」を設定することで、その作品世界に立体感が出る。遺書の筆者の生き方は手紙という形で他人の手に渡り、まずその人物を動かす。「私」は「先生」の生き方にとまどいながらもどこか共鳴する。そういう世代を超えた第三者の心理的な反響をとおして、作品は読者に働きかける。もはや他人の人生ではなく、そのとき問われているのは読者の生き方でもあるのだ。

その二つの章からなる前半部分は、遺書の中身を「先生」の胸の奥にしまいこみ、事情をまったく知らない若者の「私」に視点を置いて書かれた。それは、「先生」の不可解な言動の背景が何一つ解決されないまま、ごく自然に展開できる小説の枠組みなのだ。

毎月の墓参、その姿を見られたときの「あとをつけて来たのですか」という驚愕《きょうがく》ぶり……墓参の供を申し出られたときの迷惑とも嫌悪とも畏怖《いふ》ともつかぬ目の異様な光……子供はいつまでたったってできっこない、天罰だから……自分たち夫婦は「最も幸福に生まれた人間の一対である」のあと「べきはず」と続く……私は世間に向かって働きかける資格のない男……恋は罪悪ですよ、そうして神聖なものです……人間全体を信用しないんです。私自身さえ信用していないのです。私を信用してはいけませんよ。いまに後悔するから。そうして自分があざむかれた返報に、残酷な復讐《ふくしゅう》をするようになる……あっと思う間に死ぬ人もあるでしょう。不自然な暴力で……突然だが、君の家には財産がよっぽどあるんですか……平生《へいぜい》はみんな善人だが、いざというまぎわに、急に悪人に変る……個人に対する復讐以上の事を現にやっている。人間というものを、一般に憎むことを覚えたのだ……たった一人でいいから、ひとを信用して死にたい……

例えばこういった謎に満ちた「先生」の言動が、その背景を説き明かされることなく、物語はたっぷりとサスペンスを含んで展開する。「先生と私」と題した最初の章も、すべてが終わったあとに、その「私」が「先生」と向き合った日々を回想する形だから、時には「先生は美しい恋愛の裏に、恐ろしい悲劇をもっていた」といった暗示を書き、「奥さんは今でもそれを知らずにいる」と、執筆時が姿を現す箇所もある。が、その「悲劇」はそれ以上具体的に語られない。語り手は「私は今この悲劇について何事も語らない」と読者をじらす。「私」の問いかけに応じる「先生」のことばも、「じらせるのが悪いと思って、説明しようとすると、その説明がまたあなたをじらせるような結果になる」として打ち切ってしまう。ある時期から「先生」は人が変わってしまったと聞き、「私」がその原因を尋ねると、奥さんは仲のよい友達が変死した事実だけを述べ、「みんな言うとしかられるから」と口をつぐんでしまう。こうして思わせぶりに情報を小出しにして読者の興味をつなぎとめながら最後の章へと流れこむ。まさに推理小説的な手法と評してもよい。

巧みに張りめぐらされた伏線を利用してその謎解きをするのが最後の「先生と遺書」である。「先生」が「私」に宛てて自分の過去を打ち明けた内容だ。きわめて分析的・論理的にその時々の心の奥を照らし出す。遺書というより優れた心理小説を読む思いがする。ほんの一例として、友人Kの自殺を発見したときの「私」の心の動きを追ってみよう。

一目見た瞬間、目が動く能力を失い、棒立ちになる。その驚愕の直後、しまった、もう取り返しがつかないという後悔の念がきざす。そして、自分のこれからの暗澹《あんたん》たる人生を想像して絶望し、その恐怖にがたがた震えだす。それでも保身の気持ちが起こり、Kの遺書の内容が気になる。その中にもしも友人Kに対する自分の裏切りが記されており、もしそれが「奥さんやお嬢さんの目に触れたら、どんなに軽蔑《けいべつ》されるかもしれないという恐怖があった」。ところが、予期に反して、そのことは何も書いてないので、世間体が保たれ、これは助かったと思う。しかも、いろいろ書いてあるのにお嬢さんの名前だけはどこにも出てこない。Kはわざと回避したのだと気づく。Kからお嬢さんへの熱い思いを打ち明けられたときに、お嬢さんに対する自分の気持ちをKに伏せて、「精神的に向上心のないものは、ばかだ」という相手の言を盾にとって諦《あきら》めさせようと小細工し、ひそかに先回りして縁談を進めた裏切り行為を内省しては、そんな自分への相手の思いやりを感じて心の葛《かっ》藤《とう》が起こる。だが、負い目を感じながらも、結局は世間体を重視し、自分の関与が記されていない安全なその遺書を、わざと、「みんなの目につくように」机の上に置く。

自分を欺いた叔父《おじ》を憎み、自分だけは大丈夫と思いながら、気がつけば自分も親友を欺き、死に追いやっていた。何も違わない。他人を呪い、自分を呪いつつ、そういう人間というものの哀しみを味わう。だれしも持っているエゴと立ち回りのずるさ、それでも心の底にとどめている正義感、状況に応じて変化する両者の葛藤、そういう普遍的なテーマを、周到な傍証を重ねながら展開した倫理小説だということができるかもしれない。

最後の「明治の精神に殉死する」ということばの心を真に理解することは、昭和に生まれ生きてきた私たちには無理だろう。しかし、自分という人間を形成してきた時代の精神というものが確かにある。明治天皇とともに自分たちの時代は終わったという当時の人びとの意識は、平成の人びとには想像できないほど痛切なものだったろう。乃木大将の殉死に象徴される国民的衝撃であったことはわかるような気がする。「私に乃木さんの死んだ理由がよくわからないように、あなたにも私の自殺する訳が明らかにのみ込めないかもしれません」と先生の遺書にある。それは「時勢の推移から来る人間の相違」、「個人のもって生まれた性格の相違」だからしかたがないと「先生」は書いた。しかし、死ぬ覚悟をしながら生きてきた三十五年と、「刀を腹へ突き立てた一刹那《せつな》」と、乃木さんにとってどちらが苦しかったかという漱石の問いは、時代を超えて響き続けるにちがいない。

年譜

慶応三年（一八六七）

一月五日、牛込馬場下横町（現新宿区喜久井町）に生まれる。名主夏目小兵衛直克（五〇歳）、妻千枝（四一歳）の五男。金之助と命名。生後ただちに里子として四谷の古道具屋に出されたが、まもなく戻った。

慶応四年・明治元年（一八六八）　一歳

新宿に住む名主塩原昌之助の養子となり、塩原姓を名乗る。

明治六年（一八七三）　六歳

養父昌之助浅草の戸長に任命され、浅草諏訪町に移転。

明治七年（一八七四）　七歳

養夫婦間（養母やす）に不和が生じたため、しばらく生家に戻る。養母離縁。秋、浅草寿町戸田小学校に入学。

明治九年（一八七六）　九歳

夏ごろ、養母とともに塩原家在籍のまま生家にひき取られる。牛込市ヶ谷山伏町市ヶ谷小学校に転校。
明治一〇年（一八七七）　一〇歳
一月、養父下谷西町へ転居。
明治一一年（一八七八）　一一歳
二月、友人島崎柳塢らとの回覧雑誌に「正成論」発表。一〇月、転校先の神田猿楽町錦華小学校を卒業。
明治一二年（一八七九）　一二歳
三月、神田一ッ橋の東京府第一中学校入学。
明治一四年（一八八一）　一四歳
一月、実母千枝五五歳で死去。三島中洲の経営する麴町の二松学舎へ転校、漢学を学ぶ。
明治一六年（一八八三）　一六歳
秋、大学予備門受験のため、駿河台の成立学舎に入り英語を学ぶ。
明治一七年（一八八四）　一七歳
小石川極楽水そばの新福寺の二階に橋本左五郎と下宿、自炊する。七月、養父、無断で金之助名義の下谷西町の家屋を売却、同家を明け渡さないため、立退請求の告訴を提起される。九月、東京大学予備門予科に入る。同級に中村是公、芳賀矢一、福原鐐二郎、橋本左五郎らがいた。入学後まもなく盲腸炎を病む。
明治一八年（一八八五）　一八歳

猿楽町の下宿末富屋に中村是公ら一〇人余と起居を共にする。

明治一九年(一八八六)　一九歳

七月、学校落第。この落第を転機に、以後卒業まで首席。自活を決意し、中村是公と本所の江東義塾の教師となり、そこの寄宿舎に転居。急性トラホームを病み、自宅から通学を始める。東京大学予備門、第一高等中学と改称。

明治二一年(一八八八)　二一歳

一月、塩原家より復籍して、夏目姓にかえる。七月、第一高等中学予科卒業。九月、本科一部(文科)入学。

明治二二年(一八八九)　二二歳

一月、正岡子規と交友を結ぶ。当時の同級に山田美妙、上級に川上眉山、尾崎紅葉、石橋思案らがいた。五月、子規への手紙にはじめて俳句を記す。子規の「七艸集」評にはじめて漱石の筆名を署名。八月、学友と房総を旅行、九月、紀行漢詩文集「木屑録」を執筆、松山の子規に送って批評を求める。

明治二三年(一八九〇)　二三歳

七月、第一高等中学校第一部本科を卒業。九月、帝国大学文科大学に入学して、英文学を専攻する。

明治二四年(一八九一)　二四歳

夏、中村是公、山川信次郎とともに富士に登る。七月、特待生となる。このころから本気に俳句を始めた。敬愛した嫂(直矩妻)死去。一二月、

J・M・ディクソン教授の依頼で「方丈記」を英訳。

明治二五年（一八九二）　二五歳

四月、分家。徴兵の関係上、北海道後志国岩内郡吹上町一七番地に戸籍を移す。五月六日、東京専門学校講師となる。六月、「老子の哲学」（文科大学東洋哲学論文）を書く。七月より八月にわたって京都、堺に遊び、岡山で、大水害にあう。のち子規の郷里松山に行き高浜虚子と知る。一〇月、「哲学雑誌」に「文壇に於ける平等主義の代表者『ウォルト、ホイットマン』Walt Whitman の詩について」を発表。一二月、「中学改良策」を書く。

明治二六年（一八九三）　二六歳

三月から六月にかけて「哲学雑誌」に「英国詩人の天地山川に対する観念」を連載。七月、帝国大学英文科卒業。続いて大学院入学。同月、菊池謙二郎、米山保三郎とともに数日間日光地方に旅行。一〇月、東京高師の英語教師就任（一か年四五〇円給与）。

明治二七年（一八九四）　二七歳

春、肺病の疑いで療養に努める。八月松島に旅行し、瑞巌寺に詣でる。一〇月、小石川表町七三法蔵院に転居。一二月、鎌倉円覚寺の釈宗演に参禅した。

明治二八年（一八九五）　二八歳

四月、高等師範の教師をやめ松山中学教諭として赴任した。一、二転居してから、二番町上野老夫婦の家に移る。一二月、帰京、当時貴族院書記官長中根重一長女鏡子と見合いした。この年ごろより句作に専念し、徐々に俳壇に進出した。

明治二九年（一八九六）　二九歳

四月、松山中学を辞任し、第五高等学校講師となる。のち、市内の光琳寺町に一家を構える。六月、新居に妻を迎える。七月教授就任。一〇月、「人生」を五高校友会誌「竜南会雑誌」に載せる。

明治三〇年（一八九七）　三〇歳

三月「江湖文学」に「トリストラム・シャンデー」を発表した。六月、実父直克死去（八一歳）。七月、鏡子とともに上京。虎ノ門貴族院書記官長官舎に滞在中夫人流産、保養のため鎌倉に滞在。しばしば病床に子規を見舞った。九月、単身帰熊、大江村四〇一に転居。一〇月、鏡子帰熊。一二月、玉名郡小天村の温泉宿に出かけ前田案山子の別荘に投宿。

明治三一年（一八九八）　三一歳

一月、狩野亨吉、教頭として赴任。このころから漢詩を作り始める。七月、市内内坪井町七八番地に転居。一一月、「ホトトギス」に「不言之言」を掲載した。五高生寺田寅彦しばしば訪問。鏡子ひどい悪阻に苦しみ漱石自身も神経衰弱に悩む。

明治三二年（一八九九）　三二歳

一月、宇佐八幡、耶馬渓、豊後日田方面を旅行する。四月、「ホトトギス」に「英国の文人と新聞雑誌」を発表した。五月、長女筆子出生。八月、「ホトトギス」に「『小説エイルキン』の批評」を掲載する。九月上旬、山川信次郎と阿蘇登山。

明治三三年（一九〇〇）　三三歳

三月、市内北千反畑町に転居。六月、現職のまま英語研究のためイギリス留学を命ぜられる。満二年間学資一か年一八〇〇円。七月、熊本を引払い上京。九月、ドイツ汽船プロイセン号で横浜出帆。同行留学生は芳賀矢一、藤代禎輔ら。一〇月、パリに一週間滞在し万国博覧会を見る。月末ロンドン着、年末に 6 Flodden Road, Camberwell New Road, London, S. E. Mrs. Brett の家に下宿。

明治三四年（一九〇一）　三四歳

一月、次女恒子出生。四月に下宿の主人とともに Tooting に転居。長尾半平と交友する。五月、ベルリンより池田菊苗来る。五月、六月「ホトトギス」に「倫敦消息」を発表。

明治三五年（一九〇二）　三五歳

三月、「文学論」の執筆進む。旧友中村是公に会う。九月、子規根岸の自宅で死去。神経衰弱昂進し日本で発狂の噂が立つ。一二月、帰朝の途につく。

明治三六年（一九〇三）　三六歳

一月、神戸着帰京。三月、本郷千駄木町五七に転居。第五高等学校依願免官。四月、第一高等学校教授に任ぜられた。東京帝国大学文科大学講師を兼任。六月まで「文学形式論」を講じ、ほかに「サイラス・マーナー」の講読も担当した。六月、「自転車日記」を「ホトトギス」に発表した。神経衰弱が昂じ、約二か月妻子と別居した。九月、東大で「文学論」の講義を始め、三八年六月初まで二年間続く。他に「シェークスピア」を講読す。一〇月、水彩画を習い始めた。一一月、三女栄子出生。神経衰弱再び昂進。

明治三七年（一九〇四）　三七歳

一月、「帝国文学」に「マクベスの幽霊に就て」を発表した。二月、「英文学叢誌」に翻訳「セルマの歌」を発表した。九月、明治大学講師兼任。一一〜一二月、虚子と合作した長篇俳体詩「尼」を「ホトトギス」に発表。一二月、高浜虚子のすすめで虚子、碧梧桐、四方太、鼠骨ら子規門下の文章会「山会」で朗読するため創作「吾輩は猫である」を書いた。

明治三八年（一九〇五）　三八歳

一月、「ホトトギス」に「吾輩は猫である」第一部を掲載し、文名が一時にあがった。「倫敦塔」を「帝国文学」に「カーライル博物館」を「学燈」に発表した。二月、「猫」第二を「ホトトギス」に発表した。四月、「ホトトギス」に「猫」第三と「幻影の盾」とを発表した。五月、「琴のそら音」を「七人」に、談話筆記「批評家の立場」を「新潮」に掲載した。六月、「ホトトギス」に「猫」第四を発表。「英文学概説」の講義終る。七月、「ホトトギス」に「猫」第五を発表。「文学論」の講義終る。九月、「十八世紀英文学」（後日「文学評論」の名で出版）を東大で開講。「一夜」を「中央公論」に発表。一〇月、「吾輩は猫である」上篇出版（初め服部書店のちに大倉書店）。

一一月、「薤露行」を「中央公論」に載せた。一二月、四女愛子出生。このころから森田草平ひんぱんに訪れる。寺田寅彦、鈴木三重吉、野上豊一郎、中川芳太郎、小宮豊隆、橋口貢、橋口五葉、松根東洋城、野間真綱、篠原温亭らが出入した。

明治三九年（一九〇六）　三九歳

一月、「趣味の遺伝」を「帝国文学」、「猫」第七、第八を「ホトトギス」に発表。三月、「猫」第九、四月、「猫」第一〇、「坊っちゃん」を「ホトトギス」に載せた。五月、「漾虚集」出版（大倉書店、服部書店）。八月、「ホトトギス」に「猫」第一一を掲載。九月、「新小説」に「草枕」を発表した。岳父中根重一死去。一〇月、「中央公論」に「二百十日」を発表。一一月、「吾輩は猫である」中篇出版（大倉書店、服部書店）。一二月、本郷西片町一〇番地ろの七号に転居。

明治四〇年（一九〇七）　四〇歳

一月、「鶉籠」出版（春陽堂）。「ホトトギス」に「野分」を、「作物の批評」を「読売新聞」に発表した。四月、いっさいの教職を辞し、朝日新聞社に入社。同月、東京美術学校文学会のために「文芸の哲学的基礎」を講演した。五月三日「入社の辞」を「朝日新聞」に発表した。ついで「文芸の哲学的基礎」を連載した。同月、「文学論」「吾輩は猫である」下篇を出版（大倉書店）。六月、長男純一出生。二三日から一〇月二九日まで「虞美人草」を「朝日新聞」に連載。九月、牛込早稲田南町七番地に転居。一〇月、「写生文」を「読売新聞」に発表。秋、宝生新に謡曲を習った。この年ごろから面会日を木曜日に定めた。

明治四一年（一九〇八）　　四一歳

一月、一日より四月六日まで「坑夫」を「朝日新聞」に連載。「虞美人草」出版（春陽堂）。二月、朝日新聞社主催の講演会で「創作家の態度」について講演。四月、「創作家の態度」を「ホトトギス」に発表。六月、一三日より「文鳥」を「大阪朝日」に発表。七月、二五日より八月五日まで「夢十夜」を「朝日新聞」に連載。九月、一日より一二月二九日まで「三四郎」を「朝日新聞」に連載。「草合」出版（春陽堂）。一〇月、談話筆記「文学雑話」を「早稲田文学」に発表。一一月、「田山花袋君に答う」を「国民新聞」に発表。一二月、次男伸六出生。

明治四二年（一九〇九）　　四二歳

一月、「元日」を「朝日新聞」に、同月一四日より三月九日まで「永日小品」二四篇を「大阪朝日」に、うち一六篇を「東京朝日」に連載。三月、「文学評論」出版（春陽堂）。五月、「三四郎」出版（春陽堂）。六月、二七日より一〇月一四日まで「それから」を「朝日新聞」に連載。八月、持病の胃をわずらった。九月、満鉄総裁中村是公の招待で満州各地を旅行した。一〇月、帰京、同月二一日より一二月三〇日まで「満韓ところ〴〵」を「朝日新聞」に連載。一一月二五日「文芸欄」新設、これを担当した。

明治四三年（一九一〇）　　四三歳

二月、「客観描写と印象描写」を「朝日新聞」に発表。三月、五女ひな子出生。「門」を一日より六月一二日まで「朝日新聞」に連載。五月、「四篇」出版（春陽堂）。六月胃潰瘍で内幸町長与胃腸病院に入院、七月、月末退院。八月六日、療養のため修善寺温泉菊屋旅館に行く。同月二四日夜、大吐血、一時危篤状態に陥る。一〇月一一日帰京、長与胃腸病院に入院。二九日より四四年二月二〇日まで「思ひ出す事など」を「朝日新聞」に連載。

明治四四年（一九一一）　四四歳

一月、「門」出版（春陽堂）。二月、文学博士号を辞退した。二四日、談話筆記「博士問題」を「東京朝日」に掲載。「思ひ出す事など」の掲載終る。二月退院。四月談話筆記「博士問題とマードック先生と余」を「東京朝日」に発表した。五月、「文芸委員は何をするか」を「朝日新聞」に発表。六月、「坪内博士と『ハムレット』」を「朝日新聞」に発表。長野県教育会の招きで夫人同伴、長野市にて講演。帰途高田、松本、諏訪地方を旅行した。七月、「ケーベル先生」を「朝日新聞」に発表した。同月、「吾輩は猫である」の縮刷本出版。「教育と文芸」を「信濃教育」に発表した。八月、「切抜帖より」出版（春陽堂）。同月、大阪朝日新聞社主催の講演会のために明石、和歌浦、堺、大阪に行く。大阪で胃潰瘍が再発し湯川胃腸病院に入院した。九月退院帰京。一〇月、朝日文芸欄廃止。一一月、辞表を提出し、のち撤回した。同月、「朝日講演集」出版。五女ひな子死去。

明治四五年・大正元年（一九一二）　四五歳

一月、「彼岸過迄」を一日より四月二九日まで「朝日新聞」に連載。三月、「三山居士」を同紙に発表した。六月、「余と万年筆」を書く。七月、明治天皇崩御。改元。八月、中村是公に誘われ、塩原、日光、軽井沢、上林温泉、赤倉方面に旅行。九月、「彼岸過迄」出版（春陽堂）。神田佐藤病院で痔の手術を受けた。このころから水彩画や書を書き始めた。一〇月、一五日より二八日まで「文展と芸術」を「朝日新聞」に連載した。一二月、六日より「行人」を「朝日新聞」に連載。

大正二年（一九一三）　四六歳

一月より数か月強度の神経衰弱に苦しんだ。二月、講演集「社会と自分」出版（実業之日本社）。三月末、胃潰瘍で臥床。四月、「行人」中絶。九月、「行人」の続稿の連載を始め一一月完結。一二月、「漱石山房より」を「新潮」に書く。

大正三年（一九一四）　四七歳

一月、七日より一二日まで「素人と黒人」を「朝日新聞」に連載した。「行人」出版（大倉書店）。四月、二〇日より八月一一日まで「心　先生の遺書」を「朝日新聞」に連載。八月、「ケーベル先生の告別」「戦争から来た行違い」を「朝日新聞」に発表。九月、「こゝろ」出版（岩波書店）。胃潰瘍で約一か月臥床。

大正四年（一九一五）　四八歳

一月、一三日より二月二三日まで「硝子戸の中」を「朝日新聞」に連載。このころ、書画ことに良寛の書に傾倒した。三月、「私の個人主義」を「輔仁会雑誌」に発表した。京都に遊び胃潰瘍で臥床。「硝子戸の中」を出版（岩波書店）。四月、帰京。六月、三日より九月四日まで「道草」を「朝日新聞」に連載した。一〇月、「道草」出版（岩波書店）。一一月、中村是公と湯河原に旅行。

一二月、久米正雄、芥川龍之介ら林原耕三の紹介で入門。

大正五年（一九一六）　四九歳

一月、一日より二一日まで「点頭録」を「朝日新聞」に連載。一八日、湯河原にリューマチの治療に行き二月まで滞在。四月、真鍋嘉一郎より糖尿病の診断を受け約三か月治療。五月、二六日より一二月一四日まで「明暗」を「朝日新聞」に連載。一一月二二日、胃潰瘍で臥床。病状悪化。二八日大内出血。一二月二日第二回の大内出血により絶対安静。九日午後六時四五分永眠。翌一〇日、医科大学病理学教室で長与又郎の執刀により解剖。一二日、青山斎場で葬儀。導師釈宗演。戒名、文献院古道漱石居士。二八日、雑司ヶ谷墓地に葬る。

こゝろ

夏《なつ》目《め》漱《そう》石《せき》

昭和26年 8月25日　初版発行
平成16年 5月25日　改版初版発行
平成29年 7月30日　改版47版発行

発行者●郡司 聡

発行●株式会社KADOKAWA
〒102-8177　東京都千代田区富士見2-13-3
電話 03-3238-8521（カスタマーサポート）
http://www.kadokawa.co.jp/

角川文庫 13391

印刷所●旭印刷株式会社　製本所●本間製本株式会社

表紙画●和田三造

◎定価はカバーに明記してあります。
◎落丁・乱丁本は、送料小社負担にて、お取り替えいたします。KADOKAWA読者係までご連絡ください。（古書店で購入したものについては、お取り替えできません）
電話 049-259-1100（9:00～17:00/土日、祝日、年末年始を除く）
〒354-0041　埼玉県入間郡三芳町藤久保550-1

Printed in Japan
ISBN978-4-04-100120-2　C0193